狗《く》吠《はい》

波平由紀靖

郁朋社

狗吠／目次

装画／大阪芸大教授・劇画家　バロン吉元
装丁／根本比奈子

鋒両刃造太刀図

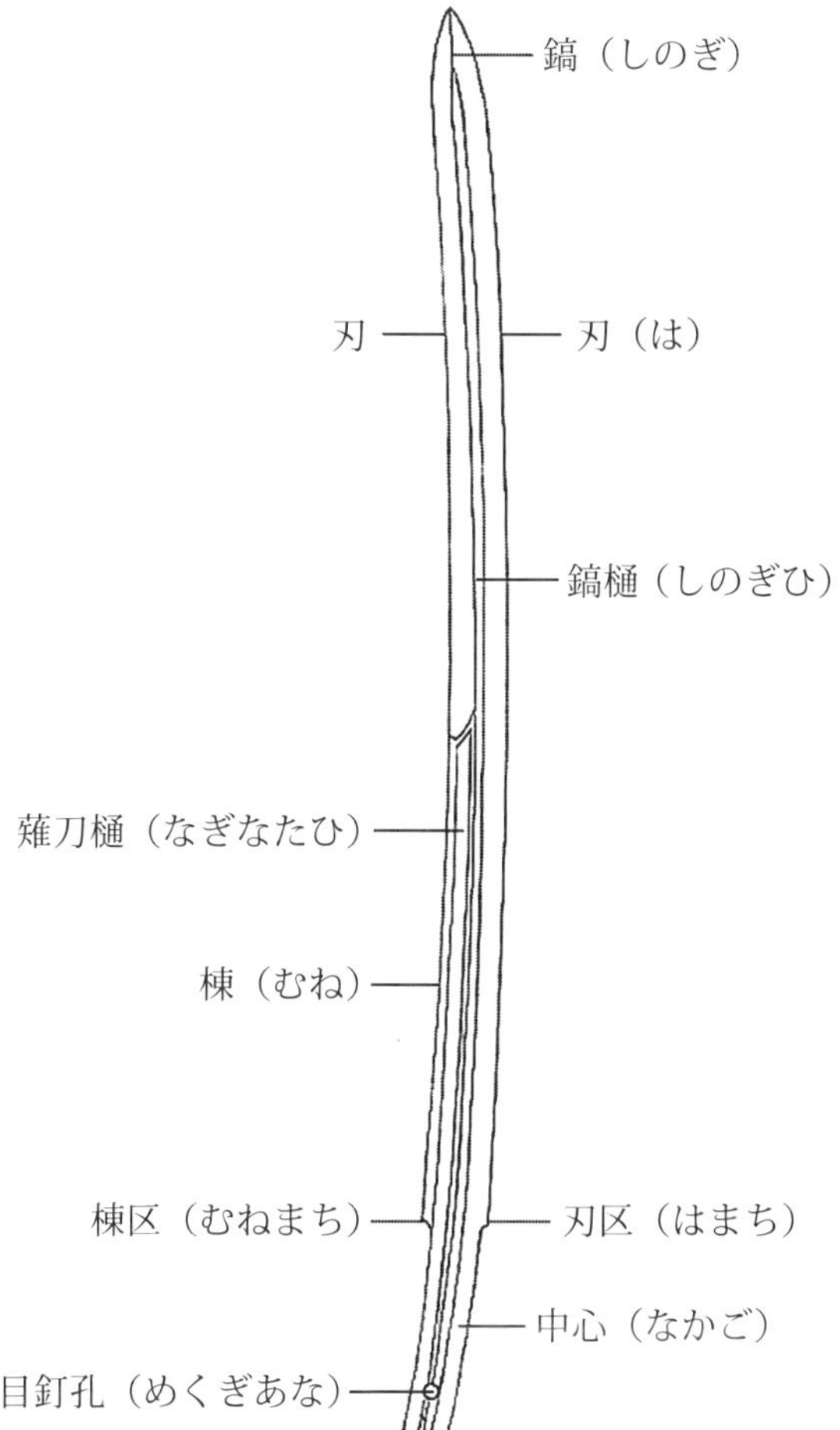
鎬（しのぎ）
刃
刃（は）
鎬樋（しのぎひ）
薙刀樋（なぎなたひ）
棟（むね）
棟区（むねまち）
刃区（はまち）
中心（なかご）
目釘孔（めくぎあな）
中心尻（なかごじり）

この書を亡き祖父母、吉左衛門とムメギクに捧ぐ

狗《く》吠《はい》

第一章　狗吠《くはい》

一

　平安時代の中頃、大和の国の南西部に位置する宇智《うち》郡阿陀《あだ》郷は、吉野川の清流沿いに広大な郷域を誇っていた。域内を伊勢街道が通じ、東征《とうせい》途上の神武《じんむ》天皇がこの地を通られたとの説話《せつわ》も残るほど、上代《じょうだい》から交通の要衝《ようしょう》の地であった。その一角、伊勢街道に寄り添うように西流して来た吉野川が、街道と直角に向きを変えて南流を始める右岸に、阿陀比売《あだひめ》神社という小社があった。

　天元《てんげん》元年（西暦九七八）の秋のこと、その日は十五夜（陰暦八月十五日）であった。吉野川の対岸の丘陵に黄金色《こがねいろ》の満月が姿を現すと、それに反応したかのように阿陀比売神社の境内で犬が鳴き始めた。それまで境内ですだいていた虫の声がピタリと止んだ。

　かん高い威嚇《いかく》の声、猛々《たけだけ》しい唸《うな》り声、哀調を帯びた尾を引く遠吠え――それらが絶妙な間を置いて、次々と発せられている。交互に聞こえる声音《こわね》の違いから、犬は二匹いるらしかった。

　月の出とともに始まった犬の鳴き声は、じつは犬をまねた人の声であった。注意深く聴いてもそれとわからないくらい、巧みに犬の声に似せていた。

　清《さや》かな月明かりに照らし出された神社の境内には、多くの老若男女が集まっていた。人々は異様ななりをした童《わらべ》たちの一団を、コの字形に取り囲むようにして見つめている。十歳前後とおぼしき三十名ほどの童たちは、稲藁《いねわら》を束ねて作った長円錐形のかぶり物で顔を覆《おお》い、褌《ふんどし》一枚だけの裸身に茅《かや》をすだれ状に編んだ蓑《みの》と袴《はかま》をまとっていた。矛《ほこ》の穂先のように尖ったかぶり物の先端は、雉《きじ》の羽根や、萩《はぎ》、桔梗《ききょう》、葛《くず》など秋の七草で飾られている。

童たちは東の方角に向かって六列に並んで正座していたが、彼らが座っているのは渦巻状に巻かれた長い大綱の上であった。大人の太ももほどの径があり、この夜のために部落の青年や童たちが、茅、葛のかずら、藁をなって作ったものである。渦巻の中央には円錐形に砂が盛られ、根引きした稲と御《ご》幣《へい》をつけた柴《しば》が立てられていた。

体格から見て年長者なのであろう、二人の童が一団を率いるように最前列に座っていた。犬声を交互に発していたのは、この二人であった。まるで月に向かって吠える狼のようである。彼らは顔を出したばかりの満月を拝むため、それに先だって辺りを清める邪気祓《じゃきばら》いの儀式として、犬の声をまねていたのである。

童たちは月の出る前のまだ明るいうちに、この一風変わった出で立ちで、長さ三十歩《ぶ》（約五十メートル）ほどもある大綱をかついで、「エイヨーチェスト」と、意味不明な掛け声を発しながら部落の主な通りを練り歩いた。人々を阿陀比売神社で行われる綱引きに誘うための触れ回りであった。そしてふたたび神社に帰って来ると、綱を渦状に巻き、その上に座って月の出を待っていたのである。その間に部落の人々が三々五々集まって来ていた。月の出る直前になると、部落の住人のほとんどが境内にあった。

月が山ぎわを離れると、儀式を終えた童たちは蓑と袴とかぶり物を脱ぎ捨てて、巻かれていた綱を延ばし始めた。青年たちもそれを手伝う。大綱が境内に真一文字に延ばされると、部落民は二手に分かれて綱引きに取りかかった。

「チェストー、チェストー」

気合いのこもった掛け声が境内に響き渡った。女性のかん高い声も入り交じり、人の群れが神域を揺るがしながら左右に激しく振れ動いた。

やがて大喚声とともに大綱が切れ、ある者はよろめき、ある者はしたたかに尻もちをついた。綱引きが終わると、切れた綱の長い方で境内の中央に丸い囲いが作られ始めた。短い方の綱は、翌日、吉野川に流されることになる。

「ハーレヤナッ、ハーレヤナッ、ヤットコセー」

綱で丸い囲いができると、ふたたびかぶり物と蓑笠、腰蓑を着けた童たちが、不可解な掛け声を発しながら囲いの南側から入場して来た。そして円陣になって列が整うと、童たちが唄いだした。

「サァー、ヨイヤン、ソーシッ、ソーラヨイ、ソーラヨイ、ソーラヨイヨイヨイ」

またもや不可思議な唄である。唄いながら四股《しこ》を踏むような仕草で力強く大地を踏みしめ、左回りに進み、唄い終わると手拍子を二拍叩いた。それを何度も繰り返す。かがり火も鳴り物もない中、中秋《ちゅうしゅう》の月明かりに照らされた童たちの踊りは、妖しく幻想的である。

村の水田は、まもなく稲を刈り取る時期にあたっていた。阿陀比売神社の十五夜祭りは、稲の豊作を祈願するとともに、健康祈願の行事でもある。満ち欠けをくり返す月は永遠の命の象徴であり、人々はそれにあやかろうと健康を祈願するのである。とぐろ状に巻かれた十五夜綱は蛇《じゃ》を現し、その一部を川に流すのは、蛇に部落の悪霊《あくりょう》を憑《つ》かせて穢れを祓《はら》う意味合いがあった。

踊りを終えた童たちは意気揚々と退場して行き、境内の片隅でかぶり物や腰蓑を脱ぎ捨てて、今度は腰に縄帯《なわおび》を締めた格好で現れると、勝ち残り戦ですもうに取りかかった。この頃になると、大人たちは囲いのまわりに敷いた莫蓙《ござ》の上で、すもうを観ながら酒盛りを始めていた。

囲いの西側正面に置かれた木臼《きうす》の上には、須恵器《すえき》に挿《さ》したススキと、竹で編んだ箕《み》に里芋、柿、みかん、栗などが供えられてあったが、その横に莫蓙ではなく夜目にも鮮やかな緋色《ひいろ》の敷物が拡げられていた。その敷物の上には、身分の高そうな一人の男が、傍らに太刀《たち》を置いて座っていた。まわりの村の長老らが、下にもおかない態度で男に酒を勧めている。三十代前半の、大柄で理知的な顔立ちの男は、大衣様《おおきぬ》と呼ばれていた。

月が中天《ちゆうてん》にかかる頃には、童たちのすもうは熱気を帯びていた。童たちはこの日のために八月一日から毎晩神社の境内に集まり、すもうの練習を重ねてきたのである。昨夜まではかがり火を焚いていたが、十五夜は月の明かりだけですもうを取るのである。すもうの規則は双方が褌姿に縄帯をしめ、互いにこれをつかんで取り組み、膝や手、尻、腰など体が地についてもかまわず、相手の背中を地面につけさせて押さえ込み、起き上がれなくすると勝ちである。

さきほど犬声を発していた年長の二人が、すもうも圧倒的に強かった。二人の名は菊麻呂《きくまろ》と火丸《ひまる》、ともに十三歳である。難なく勝ち上がってきた二人が、いよいよ対戦することになった。

「さあ、組んで」

勝負判定役の青年がうながした。二人が互いに腰に巻いた縄をつかんで組み合うと、青年が「チェスト」と叫びながら両人の背中を叩き、すもうが始まった。

二人はほぼ互角の対戦であった。しばらく技の掛け合いが続いた後、菊麻呂が押して出た火丸の力を利用して相手の体を腰に乗せるや大きくひねって地面に叩きつけた。そしてそのまま押さえ込んだのである。火丸は仰向けになり身動きできなくなった。

「菊麻呂の勝ち」

勝負判定役が右手で天を指し大声で叫んだ。周囲の観客から歓声が沸き起こった。菊麻呂と呼ばれた童は勝ち誇った様子もなく、体についた砂を払いながら立ち上がった。

「あの童、なかなかやるな」

勝負の行方を見守っていた大衣様と呼ばれる男が、盃を置いて呟くように洩らした。そして傍らでもてなしていた男に訊ねた。

「誰の子ぞ」

「はい。山田の須田麻呂《すだまろ》のせがれにございます」

「そうか、須田麻呂の子か」

大衣はその童に興味を抱いたらしく、ふたたび盃を口にしながらも、退出する菊麻呂の姿を目で追っていた。

二

満月が中天を過ぎ、十五夜すもうが終わっても、大人たちの宴《うたげ》はますます賑やかになっていた。童たちはそれぞれ家路につき、家に帰った菊麻呂は、筧《かけひ》の水で土にまみれた体を清めた。もう肌寒い季候であったが、先ほどの昂揚《こうよう》した気分の余韻が残り、いつもなら冷たく感じる水も何ら気にならなかった。

「今日は大変だったね。疲れただろう。甘粥《あまがゆ》（甘酒）を飲むといいよ」

息子のすもうを最後まで見届けた後、阿陀比売神社から先に帰っていた母が、菊麻呂に甘粥の入った椀《わん》を差し出した。

「ありがとう」

甘粥は特別な日にしか口にできない貴重な飲み物である。菊麻呂は甘粥を口に含んだ。渇いた喉を甘味が心地よく潤していく。菊麻呂は器の中の白い液体を味わい尽くすように、少しずつゆっくりと飲み干していった。

菊麻呂は半年ほど前に今宵の狗吠《くはい》役を命じられてから、父や村の古老にその発声法を習ってきた。初めての経験だったので不安もあったが、月に向かって吠えていると、妙な陶酔感を覚えるほど犬になりきっていた。菊麻呂は狗吠の役を無事終えた安堵感と、何番もすもうを取った疲れからか、寝床に横たわると死んだように眠りに落ちていった。

その夜の明け方、菊麻呂は夢を見た。阿陀比売神社の境内で、ひとり月に向かって狗吠を発していた。全天の星々をかき消してしまいそうな、煌々《こうこう》と冴える大きな満月であった。狗吠の声が月まで届き、それを月が返しているように谺《こだま》が響いていた。何度目かに発した狗吠の谺が耳元を去った後、ふたたび谺が返ってきたのである。それは本物の犬の声に思えた。

（俺の狗吠に犬が反応したのか！）

おもしろくなった菊麻呂は、今度はより大きな声で狗吠を発した。そして耳を澄ました。菊麻呂の声に応えるかのように、ふたたび犬声が返ってきた。今度は犬の声というより、透き徹るような何とも形容しがたい甘美な声だった。

（女の声だ！）

菊麻呂がそう思った時、急にまわりが明るくなり、それまで青白い月光を浴びていた菊麻呂は、いつの間にか眩しい陽の光にさらされていた。

（ここはどこだろう？）

目の前に果てしなく続く碧《あお》い世界が広がり、ゆったりと揺らいでいた。菊麻呂が見たことのない光景であった。菊麻呂は自分が水の中に立っているのに気づいた。その水が目の前でいきなり盛り上がり、白い飛沫《しぶき》をあげながら迫って来た。

（呑み込まれる！）

菊麻呂が慌てて後に下がると、こんどは真っ白な砂の上に立っていた。

（もしかしたらここは海辺！）

菊麻呂はいつか部落の古老から聞いた、海の話を想い出していた。

「この川の水は流れ下って行って、いつか海に注ぐのだ。海は広いぞ。まるであの大空のようだ。そして海の水には塩が含まれているから塩辛い。お前が舐《な》めている塩はそこから採って来たものなんだ。棲《す》んでいる魚も大きいぞ。人の大きさほどもある奴がいるんだ。そうそう、わしは見たことはないが、鯨という化け物みたいな大きい生き物もいるそうだ」

部落を流れる吉野川で、梁漁《やなりよう》を手伝っている時に聞いた話だった。大和の国に海はない。国から一度も外へ出たことのない菊麻呂は、まだ海を見たことがなかった。

「海辺には波が打ち寄せ、海は大きくうねっている」

そう言われても、菊麻呂は想像だにできなかった。

菊麻呂は碧と白のせめぎ合う境界に、身じろぎもせずたたずんでいた。その時、菊麻呂はふたたびあの甘美な狗吠を聞いたのである。声のした方を振り返ると、白い砂の上を一人の女が歩いて来るのが見えた。艶やかな薄衣《うすぎぬ》をまとった細身の女性は、肩に垂らした朱色の領巾《ひれ》を風にそよがせながら近づいて来た。裸足である。透けるような白い肌と、背中まで伸ばした長い翠髪《くろかみ》。細面の貌《かお》には気品と優しさを漂わせていた。

（何と美しい人なのだ！）

菊麻呂はこれまで、このような美しい女人を見たことがなかった。先の都の奈良に出かけた折り、行き合った女性に目を奪われたことがあったが、それでもこれほどまでではなかった。

女は菊麻呂と息の触れあう距離まで近寄って来た。菊麻呂は金縛りにあったように身動きできなかった。女が艶然《えんぜん》とした笑みを浮かべ、そよ風にあおられた領巾《ひれ》が、菊麻呂の頬をやさしく撫でた。その時、菊麻呂の下腹部に異変が起きていた。快感を溢れださせる得も言われぬ心地よい脈動《みゃくどう》。菊麻呂はそこで目が醒めた。

「夢だったのか……しまった！」

菊麻呂は粗相《そそう》をしてしまったと思った。小水《しょうすい》を漏らすなど、遠い幼い日のことである。菊麻呂は寝ていた莫蓙の尻の辺りを手でなぞってみたが、濡れている感触はなかった。どうやら下穿《したば》きを濡らしただけのようだ。菊麻呂はすっかり目が醒めてしまっていた。にもかかわらず、夢の中の美しい女人の面影が、まるで現実に出逢ったかのように、鮮やかに脳裡に焼き付いていた。

（夢の中に現れた天女のような人は、コノハナサクヤヒメに違いない！）

菊麻呂はそう直感した。天女のように美しい女人といえば、菊麻呂の知るかぎりそれはコノハナサクヤヒメだった。まるで桜の花が咲き誇るように美しかったと伝えられる女神である。

阿陀郷の住人で、自分たちの祖である木花咲耶姫《このはなさくやひめ》を知らぬ者はいない。菊麻呂も幼い頃より父母や祖父母にいくどとなく木花咲耶姫の物語を聞かされて育った。木花咲耶姫は、日本神話において、天照大神《あまてらすおおみかみ》の命を受けて高天原《たかまがはら》から日向国の高千穂の峰へ天降《あまくだ》った邇邇藝命《ににぎのみこと》の妻となった姫神であり、初代天皇神武はそのひ孫にあたる。絶世の美女と伝えられ、皇統の祖となった木花咲耶姫は、阿陀郷住人の矜恃《きょうじ》の源泉であった。木花咲耶姫は別名で、本名を神阿多都比売《かむあたつひめ》といい、阿陀比売神社の祭神は木花咲耶姫である。阿陀比売神社を遊び場所にして育った菊麻呂は、子どもながらに美しい木花咲耶姫への憧憬を抱いていた。

菊麻呂は姫神の夢の余韻に浸りながら、また寝込んでしまっていた。夜が明け、厠《かわや》に立った時、菊麻呂は下穿きが妙にぱさついているのが気になった。まるで糊が乾いた跡のようだった。菊麻呂にはその痕跡が何なのかまだ知識は無かった。

菊麻呂の一家は竹細工を生業《なりわい》としているが、近くを流れる吉野川で鵜飼《うかい》にも従事していた。朝餉《あさげ》の前に菊麻呂が一番にする仕事は、河畔に建てた鵜小屋に出向き、飼育している十数羽の海鵜《うみう》に餌を与え、小屋の掃除をすることである。菊麻呂が父親と行う鵜飼は小舟を用いず、一〜二羽の鵜を連れて川の浅瀬に入り、歩きながら鮎などを捕る徒歩鵜《かちう》と呼ばれるものである。

菊麻呂は鵜に餌を与えている間も、夢に見た女の面影を追っていた。まるで、まだ夢の中にいるような心持ちであった。菊麻呂は鵜に餌だけ与えると、毎日欠かすことのない鵜小屋の掃除もせず、憑かれたような足取りで阿陀比売神社に向かっていた。

（コノハナサクヤヒメ、コノハナサクヤヒメ、……）

菊麻呂は心の中で、そうつぶやきながら歩いていた。何のために神社に向かっているのか自分でもわからなかった。ただ夢の中の、木花咲耶姫とおぼしき女の残影だけが頭の中を占めていた。

阿陀比売神社の社殿《しやでん》近くまで来た時、菊麻呂は参拝に訪れている三人の先客がいるのに気づいた。太刀を佩《は》いた武官姿の男と、その従者らしい二人の男である。

（大衣様だ！）

菊麻呂は緊張した。昨夜、すもうを観戦していた身分の高い人である。菊麻呂が慌てて引き返そうとした時、参拝を終えて振り返った大衣と目があった。菊麻呂はやむなく路傍に片膝《かたひざ》をついた。三人が近づいて来た。

「夕べの童ではないか。なかなか巧かったぞ」

一行の主、阿多忌寸三幸《あたいみきみゆき》が、かしこまっている菊麻呂に声をかけた。菊麻呂はてっきりすもうを褒められたのだと思った。

「あれだけ巧く吠えられれば、都に上ってすぐにでも狗吠の役が勤まるぞ」

菊麻呂は犬をまねた吠え声を褒められたのだった。

（何だ、狗吠の方か……）

菊麻呂は内心、犬の吠えまねをするのが嫌だった。どうせ褒めてくれるなら、狗吠よりすもうの方にして欲しかった。

じつは阿陀郷の人々は、近隣の他郷の人々とは風俗、習慣を異にしていた。阿陀郷に住む人々は、今から三百年ほど前、大和朝廷との戦に敗れ、九州南部の薩摩国からこの地に移住させられた隼人《はやと》の一部族だった。隼人は奥羽《おうう》の蝦夷《えみし》と並び称される存在で、都から遠く離れた地で独自の文化や風習を営んでいた人々を、朝廷が異人種とみなして付けた蔑称《べっしょう》である。薩摩半島の南西部に阿多《あた》郡阿多郷という所があり、ここが阿陀郷の人々の本国であった。大和の阿陀郷の阿陀という地名は、薩摩の阿多からきていた。

隼人には阿多隼人の他に、大隅《おおすみ》隼人、二見《ふたみ》隼人などいくつかの部族があるが、彼らも同様に畿内とその周辺部の主要河川（瀬田川、木津川、大和川、吉野川）や道沿い（篠山街道、紀州街道など）に移住させられていた。隼人の移住は大和朝廷への服属のあかしと、本国に残る隼人にふたたび騒乱を起こさせないための人質的意味合いを持っていた。朝廷は移住させた勇猛な隼人を、宮門《きゅうもん》や屯倉《みやけ》（直轄地）の守衛、さらには畿内要衝の地の守りとして置いたのである。

阿陀比売神社は、このように異境《いきょう》の地に移配《いはい》された隼人たちが、望郷の念にかられながら阿多隼人の祖神である火照命《ほでりのみこと》（海幸彦《うみさちひこ》）と、その母神木花咲耶姫を合祀《ごうし》したものであった。

朝廷は畿内に移住させた隼人に、もう一つ重要な役目を与えていた。古代信仰の中では、魔除けの手段として、猛獣の像が用いられる。守護獣の代表は獅子《しし》であるが、我が国では神社仏閣の門前に獅子像とともに狛犬《こまいぬ》が対になって置かれるのが通例である。狛犬は犬に似た日本の想像上の獣であるが、狛犬の吠え声は悪霊退散の呪声《じゅせい》にうってつけと信じられていた。このため犬の飼育にたけ、犬の遠吠えをまねた声を発する隼人は、大和民族からすれば神秘的な異民族で鎮魂呪能《ちんこんじゅのう》にたけた存在と映ったのである。

朝廷は隼人の特殊な呪力《じゅりょく》を信じ、彼らに悪霊退散の呪声を発する役を命じた。宮中の重要な儀式や天皇の行幸《ぎょうこう》の際などに、穢《けが》れを清めるため、犬の鳴き声をまねた声を発せさせたのである。それは狗吠と呼ばれる、相当に格の高い呪術《じゅじゅつ》とされていた。

畿内および周辺諸国に移住した隼人の集団を率いるのが大衣で、大隅、阿多両隼人の首領がそれぞれ任命された。二人の先祖は、かつて薩摩国や大隅国に覇を唱えた隼人の名門である。兵部省《つわもののつかさ》のもとに隼人司《はやとのつかさ》という役所があり、二人の大衣はそこの配下に組み入れられ、平安京の一角に住まいを与えられていた。大隅隼人の長が左の大衣、阿多隼人の長が右の大衣である。右の大衣こと阿多忌寸三幸は、阿陀に所用があって数日前から帰郷していた。

「そなた歳はいくつになった」

「十三です」

「上番《じょうばん》するにはまだ少し早いか……」

畿内および周辺諸国の隼人は、一生に一度は一年間の任期で上洛し、隼人司の任務につかねばならない。大衣はそのことを言ったのである。その後、また考え直したように語りかけた。

「どうだ、都に行きたくはないか」

「それは行きたいですが……」

菊麻呂は口ごもった。隼人が大和政権に完全に服属したのが養老《ようろう》五年（七二一）、移住の時期はその前後に数次にわたって行われた。阿陀の隼人も薩摩から大和の地に移住して三百年近い歳月が流れ、その間には隼人の持っていた軍事的意義も薄れ、今では竹細工に従事する家が多く、鵜を飼い梁《やな》を打つなどして川魚を捕って生業としている者もあった。昔の伝統で都に上り兵士になる者も多かったが、最近では近隣の人々との同化も進み、隼人は衰退に向かっていた。

　手先の器用な菊麻呂は、十三にして見事な竹細工を作った。もろもろの日用品や漁で使う竹籠《たけかご》である。菊麻呂は当然のように、父祖伝来の生業を継いでいくものだと思っている。しかし都への憧れは抱いていた。阿陀から平安京までは歩いて三日ほどの距離しかなかった。

「昨夜、お主の狗吠を聴いて、これはものになると思った。まだ上番する歳ではないが、早めに都に出て、本格的に習ってみないか」

　大衣の三幸は武人肌に見える外見と違い、温厚な人柄であった。物言いも柔らかである。

「……それは、天子《てんし》様の兵士にしてくれるということですか」

「そのとおりだ。すぐには無理だが、いずれそうなる」

　昨年のことだったが、菊麻呂は父親と奈良まで竹製品を運んだ時、帝の行幸に随行している隼人の一団と遭遇した。行列の先頭を行く隼人たちは、他の供奉者《ぐぶしゃ》よりもひときわ目立つ美しい出で立ちで、とくに六騎の馬上の隼人は颯爽《さっそう》としていた。その中には菊麻呂の顔見知りの者も混じっていた。

その時の光景が脳裡によみがえり、菊麻呂の心が揺れた。

「お主の親父は山田の須田麻呂であったな。このことよく考えておけ」

　そう言い残して、大衣の一行は神社の坂道を下って行った。

　翌日、菊麻呂の父親が大衣の滞在先に呼び出された。

「今日はそちに頼み事があって、ここへ来てもらった。息子から何か聞いておるか」

「いえ、何も……」

「そうか。じつは昨日、お主の息子と阿陀比売神社で会った際、少しは話しておいたのだが……どうであろう、そなたの息子をわしに預けてはもらえまいか。都に連れて行き、隼人司で面倒を見ようと思うのだが」

「それはまた何故《なにゆえ》でございますか！」

「お主の息子は狗吠がじつに巧いの。あの天性の声音《こわね》は、狗吠にはうってつけだ。磨けば珠にも玉にもなると見た。今のうちに仕込めば、必ずやものになろう」

「せがれはまだ十三でございます」

「我々隼人は、かつては勇猛さをもって帝《みかど》のお側近くをお守りしてきたが、時代は変わり、今では隼人の一番の存在意義は狗吠をおいて他にない。そのような重要な狗吠だからこそ、才能のある者を若いうちから仕込みたいのだ。このこと聞き入れてはもらえまいか」

「大衣様にそこまで言われては……わかりました。息子のことはよろしくお願いいたします」

「そうか、息子を預けてくれるか」

大衣は安堵の表情を浮かべた。

「わしは明後日《あさって》にはここを立たねばならぬ。急なことで申し訳ないのだが、そなたの息子を同行するゆえ、準備してもらえまいか」

「わかりました」

菊麻呂は父親の決断で、大衣の帰京に合わせ、一緒に都へ行くことになった。

第二章　異形《いぎょう》の剣《けん》

一

兵部省《つわもののつかさ》は朝廷の軍事を司《つかさど》るが、この中に隼人司《はやとのつかさ》は属していた。組織としての隼人司の構成は、隼人正《はやとのかみ》を長官として左右二人の大衣《おおきぬ》が任命され、この下に番上《ばんじょう》隼人（中堅幹部）二十人、狗吠役の今来《いまき》隼人二十人、油絹《あぶらぎぬ》や竹器の製作にあたる作手《つくりて》隼人二十人、歌舞奏上《かぶそうじょう》役の歌舞隼人二十人、それに一般の隼人である白丁《はくてい》隼人百三十二人の陣容である。

「菊麻呂はとりあえず今日から白丁隼人の見習いとして扱う。ここにいる都麻理《とまり》が礼儀作法や狗吠を教えてくれる。心して励み、早く正式な一員に加えてもらえるよう努めよ」

都に着くと、隼人司の建物内で大衣が菊麻呂に申し渡した。

「よろしくお願いします」

菊麻呂は都麻理に向かって頭を下げた。

「こちらこそな」

番上隼人の都麻理は三十代の生真面目そうな痩身《そうしん》の男だった。もともと菊麻呂と同じ阿陀郷の出であったが、上番の年期を終えた後も都に残り、引き続き隼人司の任務についていた。狗吠が巧かったため、大衣に頼まれ都に定住していたのである。

菊麻呂にとり初めての都は見るものすべてが珍しく、刺激的であった。生活も激変した。これまでの竹細工を作り、父の徒歩鵜《かちう》を手伝う生活から、狗吠を一から叩き込まれ、それと同時に兵士としての調練もあり、武術なども習得しなければならなかった。狗吠には何種類もの発声法があり、宮中の儀式ごとに細かく発声手順が定められており、菊麻呂はその奥深さに驚かされるとともに、習得への意欲をかき立てられるのだった。

菊麻呂が都に上って一年余り経った頃だった。菊麻呂は狗吠もかなり巧くなっていた。そんなある日、菊麻呂は隼人司の長官である隼人正《はやとのかみ》に呼び出された。

「本日をもって、そなたを正式に白丁《はくてい》隼人に任じる。以後、職務に精出すように」

上品な顔立ちの隼人正は、感情を交えない口調で形式通りに辞令を伝えた。白丁隼人に欠員が出たため、急遽《きゅうきょ》菊麻呂を昇格させたのである。規定ではまだその年齢ではなかったが、体格も他の白丁隼人と比べても遜色がなかったので、特別な計らいで昇進が決まった。

「大刀を貸し与える。決して粗末に扱うでないぞ」

隼人正の傍らに控えていた大衣の阿多忌寸三幸《あたいみきみゆき》が、菊麻呂に大刀を下げ渡した。大衣や隼人司の中堅幹部である番上隼人は、自身の刀は身銭を切ってそろえなければならないが、それ以下の今来隼人や白丁隼人には貸与《たいよ》されるのである。

「はい」

菊麻呂はその大刀を押し戴くように受け取った。都に上って以来、宮門を守る兵士としての訓練を受けていたが、その際に使用するのは木刀であった。本物の刀を手にするのは初めてである。そのずしりとした重さが菊麻呂の胸を高鳴らせた。

　菊麻呂が貸与された大刀の抜き身を目にしたのは、兵舎に帰ってからであった。先輩の白丁隼人から、大刀の扱い方や手入れ法を教わったのである。大刀は黒い漆塗りの鞘《さや》に入っていた。先輩にうながされ鞘から刀身をおそるおそる抜き放つと、片切刃《かたきりば》の直刀《ちょくとう》が姿を現した。

（何と美しい！）

　菊麻呂は初めて間近にする刀身の、透徹《とうてつ》な鉄色《かないろ》に圧倒された。黄金色《こがねいろ》に比べても、何ら遜色《そんしょく》のない煌《きら》めきを放っていた。

（黄金色には温かみがあるが、刀身の輝きには人の心を竦《すく》ませるような美しさがある。人の生死にかかわる武器だからだろうか。大衣様から大刀を受け取った時、ずっしりと重みを感じたが、あれは単なる重さではなく、人の命の重みを感じたのかもしれない）

　菊麻呂はそのようなことを考えながら、しばらく声もなく刀身に見とれていた。それが菊麻呂の刀との初めての出逢いであった。天元《てんげん》二年（九七九）、菊麻呂十四歳の秋のことである。

　それからも狗吠《くはい》の練習や、兵士としての調練は続いた。菊麻呂はまるで犬に同化したかのように吠え続けた。天性の素質に恵まれていた菊麻呂は、いつの間にか狗吠に関しては誰もが一目《いちもく》置く存在になっていた。そして努力が報われる日はじきにやって来た。

「もう、お前に教えることはなくなった。薩摩や大隅の本国のことは知らぬが、少なくともこの畿内では、お前に優る狗吠を発する者はいないであろう。大衣様に申し上げて、今来《いまき》隼人に取り立ててもらえるよう頼んでみる」

　菊麻呂が都に上って以来、狗吠の教育にあたってきた番上隼人の都麻理が言った。今来隼人とは、本来は南九州から朝貢《ちょうこう》に上って来たばかりの新来《しんらい》隼人の意味で、都に滞在する六年間は狗吠の役を命じられていたが、朝貢の制度がなくなり隼人本国からの都上りが途絶えてからは、一つの職階として残され、畿内の有能な隼人たちが任じられるようになっていた。隼人司には二十名ほどの今来隼人がいた。

「本日をもって、そなたを今来隼人に任じる。以後、職務に精出すように」

隼人正は一年前に菊麻呂を白丁隼人に任じた時と同様、型どおりの口上で辞令を伝えた。都麻理が菊麻呂に今来隼人推挙の話をしてから二ヶ月ほど後のことである。十五夜すもうの翌日、菊麻呂が阿陀比売《あだひめ》神社で大衣に狗吠を褒められてから丸二年の歳月が流れていた。

菊麻呂に初めての狗吠役がまわってきたのは、今来隼人に昇格して間もない天元四年（九八一）の元旦儀礼であった。菊麻呂十六歳。前年の六月一日には、円融《えんゆう》天皇の第一皇子懐仁《やすひと》親王（後の一条天皇）が誕生しているから、元旦儀礼もいやがうえにも盛り上がりを見せた。

儀式は朝廷の正殿である大極殿《だいごくでん》で執り行われる。参列者が大極殿に昇るには、朝堂院《ちょうどういん》の正門である応天門《おうてんもん》を通らなければならない。儀式が始まる前になると、二人の大衣以下百八十名余りの隼人は、応天門の前で待機することになる。大隅隼人と阿多隼人が左右に分かれて向き合い、一列に置かれた胡床《こしょう》に着座してその時を待つのである。

儀式に参加する隼人の服装は、参列者の目を意識したひときわ華やかなものである。頭部両側面に紅白二色を組み合わせた耳形の髪飾りを垂らし、両肩には邪気を祓う呪力《じゅりょく》があるとされる、緋色の薄絹でできた領巾をまとっていた。その上に黒漆大刀《くろぬりのたち》を佩《は》き、大型の隼人の楯《たて》と木槍《きやり》を持つという絵に描いたような出で立ちである。

ここでひときわ人目を惹くのが、隼人の楯と呼ばれる独特の模様が描かれた木製の楯である。大型の楯の表面《おもてめん》には、赤、白、黒を用いて大きな鈎形《かぎがた》の渦巻模様が、楯の上下の端には赤と黒で二重に塗り分けられた鋸歯文《きよしもん》が描かれていて、さらに三角形の二辺の形をした楯の頂部からは長い馬毛が垂らされていた。

儀式の参列者は応天門をくぐる前に、通路の左右に整然と並ぶ百八十人もの隼人の中を通らねばならなかった。とくに置楯《おきだて》された隼人の楯の光景は、参列者にすれば壮観であるとともに異様でもあり、そこにずらりと居並んだ隼人が、異民族であることを強く意識させられる場面である。

楯は隼人が異民族であることを、ことさらに強調するための道具立てであった。朝廷は隼人を儀式の一端に組み入れることによって、天皇の権力が南の果ての蛮族にまで及んでいることを誇示する効果を狙ったのである。

儀式が始まると、まずは隼人の出番である。高位高官の公卿らが起立すると同時に、二十名の今来隼人が先触れの狗吠を発した。儀場を不思議な静寂が包み、荘厳さがみなぎる。少し間を置いて、左側に陣取った大隅隼人が本声を大声で十遍発した。次いで右側の阿多隼人が同じく本声を十遍、次ぎに左の大隅側が小声一遍、合わせて右の阿多側が同じく小声一遍の末声を発した。最後に今来隼人の一人が細声を二遍発して狗吠は終わった。

狗吠は儀式を荘厳化するとともに、清浄でなければならない儀場の入り口で邪気、邪霊を祓い、穢れを中に持ち込まないようにする意味合いがあった。菊麻呂はこれまでに培《つちか》った狗吠の成果を精一杯発揮しようと、人であることを忘れたように無我夢中で吠え続けた。

元旦の儀式は滞りなく終わった。菊麻呂にとって、その日は晴れがましい一日であったが、儀式は玉響《たまゆら》の出来事であった。

初めて宮中で狗吠を発したため、兵舎に帰った菊麻呂は気分が昂揚《こうよう》していた。二年前、阿陀比売神社の十五夜すもうの時、満月に向かって狗吠を発したが、宮中と鄙《ひな》の小社の違いはあってもその時の気持ちに似ていた。その純粋な気持ちに同部屋の宇志《うし》が水を差した。

「俺たちはしょせん飼い犬さ。帝の権威を飾る役割を担《にな》っているだけだ」

晴れの舞台で狗吠を発し、まだ興奮が冷めないでいた菊麻呂は、その時はそんな見方もあるのかと気にも留めなかった。

その後、外人賓客《ひんきやくさんちよう》の参朝時など、菊麻呂が狗吠を発する場面は増えていった。狗吠という隼人の呪力は、天皇の行幸にも利用された。天皇行幸では左右の大衣二人が馬に乗ってこれを引率し、同じく馬上の番上隼人四人がこれに続いた。狗吠役の今来隼人十人も徒《かち》で供奉《ぐぶ》し、悪霊祓いに効果のあるという緋色の領巾をまとっていた。そして行列が国境《くにざかい》、山川、道路の曲がりなど、邪霊がひそみやすいと信じられている場所にさしかかると、これを鎮め祓うため今来隼人が狗吠を発した。

新嘗祭《にいなめさい》では隼人の歌舞である隼人舞《はやとまい》が奏上されることになっていた。その歌舞では箏《そう》、笛、笏拍子《しやくびようし》などの楽器の演奏をともなっていたが、これには女性隼人も参加していた。この隼人舞に参加した菊麻呂らは、手にした楯をいっせいに伏せる行為をしてみせた。これは武具を伏せることによって、降伏の意を示しており、服属を誓う舞である。紅白の渦巻紋様の隼人の楯が、その模様の異様さで、かつては異族として存在したことを表し、それを伏せることによって、今は降伏して帝に従順であることを、儀式の場で繰り返し演じさせられたのである。

「俺たちはしょせん飼い犬さ」

狗吠の役にも楯伏舞《たてふしまい》にもすっかり慣れた頃になると、菊麻呂の脳裡にいつか先輩隼人の口から出た言葉がよぎるようになっていた。

(俺は隼人司の仕事に誇りを持ってきたが、本当にこれでいいのだろうか。これが俺たち隼人の宿命だとすれば、何とも哀しいではないか)

菊麻呂の心の片隅に、迷いが巣くい始めていた。

二

天元《てんげん》五年(九八二)、平安京が眩《まばゆ》い新緑に包まれた頃、菊麻呂は円融天皇の行幸に付き従う機会があった。菊麻呂が帝の行幸に供奉するのは二度目である。大衣二人と番上隼人四人は馬に乗って行列の先頭を進んでいたが、洛外のとある曲がり角にさしかかった時、馬上の大衣二人が太刀を抜き放ち、天に向かって高々と掲げたのである。それを合図に菊麻呂たち今来隼人は一斉に狗吠を発した。その時だった。行幸時の狗吠役にも慣れ、周囲を見まわす余裕のできた菊麻呂の目に、二人の大衣の持つ抜き身の太刀が飛び込んできた。

(あれは剣《つるぎ》ではないのか……)

菊麻呂の狗吠が途切れた。菊麻呂は二人の大衣の持つ太刀を、放心の態《てい》で凝視していた。

大衣や番上隼人は、太刀は自費でそろえることになっていた。だが行幸や儀式の際に大衣が佩く太刀は、隼人司から貸与された特別なものだと菊麻呂は聞いていた。

「それは珍しい異形の剣だぞ。その昔、俺たちのご先祖様が狗吠の役を行うようになった時、朝廷が大和鍛冶の天国《あまくに》に命じて作らせたのだそうだ。同じものを三振りさ。一振りは大隅、阿多の大衣が代々受け継ぐ定めで、ふだんは隼人司の武器庫に収められているのだ。もう一振りの太刀は、五十年ほど前、平将門《たいらのまさかど》と藤原純友《ふじわらのすみとも》が謀反を起こした時、この反乱の鎮圧を命じられた将軍の平貞盛《たいらのさだもり》に節刀《せっとう》として下げ渡されたのだそうだ」

節刀とは、天皇が出征する将軍に持たせた、任命の印としての刀である。菊麻呂が白丁隼人に任じられた時、菊麻呂に刀の手入れ法を教えてくれた物知りな先輩隼人がそう語ったのだった。

天国は大和鍛冶では三百年近い伝統を持つ名流で、大宝《たいほう》年間（七〇一～七〇四）頃の天国を初代として、今日まで連綿とその技を伝えている。異形の剣三振りを鍛えたのは、平安時代中期頃の天国であり、その鍛冶場は代々菊麻呂の生まれた阿陀郡の北西に位置する宇陀郡に構えていた。阿陀からは一日ほどの行程である。

三騎ずつ二列に並んで歩む馬のすぐ後、今来隼人の一団の先頭に菊麻呂は位置していたが、大衣らの太刀は遠目にも異様なものに見えた。両刃《もろは》の剣のようでも、反りのある太刀のようでもあり、いかにも悪霊祓いにうってつけの剣形《けんぎょう》をしていた。その太刀の刀身が木々の緑を映して妖しく煌《きら》めき、一層神秘なものに見えた。

（この胸騒ぎは何だ……）

狗吠を発するのも忘れ、菊麻呂は大衣たちの持つ異形の剣に見とれながら歩いていた。

それからひと月ほど経った日のことであった。

「これから武器庫の刀を手入れするから手伝え」

菊麻呂は都麻理に声をかけられた。

「わかりました」

隼人司の広い兵営内には、校倉造《あぜくらづく》りの武器庫があった。武器庫には隼人が使用する大刀《たち》百九十振り、楯百八十枚、木槍《きやり》百八十竿《さお》などが保管されてある。菊麻呂は都麻理に従って武器庫に入った。都麻理は整然と並べられた武具には目もくれず、明かり採りの小窓の扉を開けながら武器庫の奥へとまっすぐ進んで行った。突き当たりの中央の壁に、巾が一尋《ひろ》ほどの三段になった棚がしつらえてあった。その棚の上段、中段には、それぞれ紫と緑の房紐《ふさひも》でくくられた桐製の刀箱が一つずつ置かれていた。下の段には何も置かれていない。

「大衣様が儀式や行幸の際に佩《は》く太刀だ。この武器庫に収められた中では最も大事なものだから粗相のないように扱え。緑の房紐の箱が三幸様の太刀だ。向こうに運んでくれ」

都麻理は菊麻呂にそう命じた。

（この箱の中には、あの太刀が入っているのか！）

菊麻呂の胸が高鳴り、行幸の際に垣間見た異形の剣の姿が瞼によみがえっていた。

菊麻呂は桐箱を抱きかかえると、武器を手入れする場所まで運んだ。箱を板間に拡げた緋色の敷物の上に置くと、都麻理がうやうやしく紐《ひも》を解き始めた。菊麻呂は胸をときめかせながら、都麻理の作業を見守っていた。

やがて刀袋の中から錦包糸巻太刀《にしきつつみいとまきたち》様式の拵《こしら》えが姿を現し、都麻理が鞘から刀身を静かに抜き放った。菊麻呂が行幸の際に見た異形の剣が、白日のもとにさらされ異彩を放った。遠目にも尋常ならざる姿に見えたが、間近にすると一層その異様な刀姿《とうし》が菊麻呂に迫ってきた。それはまさに邪霊を鎮めるにふさわしい剣形《けんぎょう》をしていた。

剣と太刀を合わせたような造りで、刀身の棟《むね》側にも切先《きっさき》から半ばまで刃が付いており、特異な両刃《もろは》の刀身形状をしていた。刀身のほぼ中央にある表裏の鎬筋《しのぎすじ》には切先から中心《なかご》へ太く力強い樋《ひ》を、棟側の表裏の鎬地《しのぎじ》には中央から中心へかけて薙刀樋《なぎなたひ》を掻き流している。腰元《こしもと》から中心にかけ強く反っているが、上半身《うえはんみ》にはほとんど反りが付いていない。断ち斬りにも刺突《しとつ》にも用いることができるめずらしい構造となっていた。

「この太刀は天国の作だ。名前くらい聞いたことはあるだろう」

都麻理が刀身をすがめるようにして言った。

「宇陀郡の有名な刀鍛冶ですね」

「今日の反りのある太刀を作り始めた最初の刀鍛冶だ」

直刀から反りのある湾刀《わんとう》への進化が起こったのは平安時代の半ば頃のことで、それまでは大陸伝来の鍛刀法で直刀が作られていた。今では衛府《えふ》の官人《かんじん》はむろんのこと、大衣や番上隼人も反りのある太刀を佩くようになったが、一般の兵士はまだ反りのない平造《ひらづく》りや切刃造《きりはづく》りの直刀を佩いている。菊麻呂が貸与されているのも直刀である。ちなみに平安時代の鎬造りで反りをもった刀を「太刀」、直刀には「大刀」の字をあてて「たち」と読んでいる。

直刀から湾刀へ刀が変化したその主な原因は、古代には徒歩による戦闘が主で、斬る、刺すといった剣術が主体だったのが、平安時代の初めから中期にかけてあった奥州の戦乱では馬上戦が多くなり、刺すといった剣術より、斬る剣術が主流を占め始めたからである。まず蝦夷《えみし》鍛冶によって芯鉄《しんがね》を入れた画期的な鍛刀法が生み出されるとともに湾刀の原型が作られ、これらの刀を参考に反りのある姿形を確立させたのが平安時代の半ば頃に活躍した天国であった。

刀に初めて銘を切ったと言われる大宝年間の天国が宇陀鍛冶の始祖なら、異形の剣を鍛えた天国は宇陀鍛冶中興の祖であった。そして承平天慶《じょうへいてんきょう》の乱の頃までに、この天国の鍛法を継いだ大和鍛冶などが、日本の各地に強靭《きょうじん》でしなやかな刀の鍛法を広めていったのである。平安中期を過ぎる頃には、反りのある湾刀が徐々に主流となりつつあった。

菊麻呂は都麻理の手にした太刀を凝視し続けた。凛《りん》とした直刃の刃文、精緻な美しい鍛え肌、素人眼にも名刀の雰囲気が伝わってくるのだった。太刀に魅せられた菊麻呂は、我を忘れて異形の剣に見入っていた。

「刀に塗る油をよこせ。何を考えているんだ」

都麻理の叱責の声が浴びせられた。菊麻呂は傍らの椿油の入った壺を慌てて差し出した。菊麻呂は都麻理に声をかけられても気づかないほど、異形の剣に見とれていたらしかった。

三

隼人司の武器庫で異形の剣を目にした夜、菊麻呂はふたたび木花咲耶姫《このはなさくやひめ》の夢を見た。ふたたびと言っても、十五夜すもうのあの夜から、四年もの歳月が流れていた。この間、菊麻呂は片時たりとも木花咲耶姫のことを忘れたことはなかったから、これまで夢を見なかったのが不思議なほどである。最初の夢に現れた木花咲耶姫の面影は、時の流れの中で色褪せるどころか、むしろ美化され、菊麻呂の理想の女性像となって美意識の原点を形作っていた。心を惹かれる美しいものの背後には、必ず木花咲耶姫の影があった。

十五夜すもうの夜に見た夢がよほど脳裡にこびりついていたのか、二度目の夢はその続きのようでもあった。菊麻呂は木花咲耶姫と白い砂浜の上に立っていた。木花咲耶姫は細身の体を、その線がくっきりと浮き出るような薄衣でまとい、長い翠髪《くろかみ》と朱色の領巾を風にそよがせていた。広大な砂浜と凪いだ海が対をなすように果てしなく続き、見渡すかぎり白と碧《あお》の世界である。

木花咲耶姫が菊麻呂を誘《いざな》うように歩き出した。菊麻呂もつられてそれに従う。二人は穏やかにざわめく渚を裸足で歩き続けた。菊麻呂が初めて経験する灼熱の太陽が、じりじりと白砂を焦がし、目を開けていられないくらいの眩しさ。それなのに足の裏は不思議と熱さを感じなかった。菊麻呂が後を振り返ると、自分の足跡だけが遙か彼方まで続いていた。

「どこまで行くのですか」

菊麻呂が木花咲耶姫のか細い背に呼びかけた。木花咲耶姫は振り返って微笑《ほほえ》むと、ほっそりとした白い手で前方を指し示した。すると二人はいつの間にか大きな河口にやって来ていた。菊麻呂が見たこともないような広い川幅である。木花咲耶姫はためらうことなく川の中に入って行き、上流に向かって歩み始めた。

「危ないですよ」

菊麻呂が尻込みしていると、木花咲耶姫は後返って来て、菊麻呂の右手首を無言でつかんだ。きゃしゃな女の腕とは思えない力で引き寄せられた菊麻呂は、よろけるように川の中に引き入れられて行った。川はかなりの深さがあるはずなのに、まるで浅瀬を歩いているようだった。流れをしばらく遡《さかのぼ》ると、川の中央に真っ白な中洲が見えてきた。砂の色に紛れるように、一羽の白鷺《しらさぎ》が悄然《しょうぜん》と羽を休めている。

木花咲耶姫が、それまで握り締めていた菊麻呂の手を離し、中洲に向かって歩き始めた。すると菊麻呂は、いつのまにか木花咲耶姫が肩から垂らした領巾の片端をつかんでいた。木花咲耶姫が歩みを進めるたびに領巾は肩からずり落ちていき、ついにはふわりと宙に舞ったのである。それと同時に木花咲耶姫が身につけていた薄衣も剥がれ、領巾と一緒に川に落ちていた。

美しい裸身であった。神々《こうごう》しくさえあった。木花咲耶姫は菊麻呂に艶然とした笑みを送ると、そのまま中洲に歩いて行き、白い砂の上に仰臥《ぎょうが》したのである。菊麻呂は放心した心持ちで、あられもない木花咲耶姫の姿を見つめていた。

突然、情景が変わり、菊麻呂は遠くの山を見つめていた。その山の稜線の連なりは、まるで女性が仰臥しているようにも見えた。

（木花咲耶姫が山になってしまった……）

そう思った時、菊麻呂は夢から醒めていた。菊麻呂の心の中に、得も言われぬ情念が澱《おり》のように残された。

今、菊麻呂の美意識の琴線《きんせん》に触れるものが二つあった。男心をとろけさせずにはおかない木花咲耶姫の美しい面影と、それと対照的な異形の剣の怜悧《れいり》な美。あのような美しい人に出逢いたい、あのような美しい太刀はどのようにして作られるのだろう。その二つの想いが相半ばして、菊麻呂の胸を焦がしていた。

菊麻呂は幼少の頃より家業の竹細工を手伝っていた。隼人の本国である南九州は、南方系の植物である竹の種類が豊富だったため、隼人は竹器の製作にたけていた。隼人司にも二十人ほどの作手《つくりて》隼人と称する者たちがいて、宮廷などで使用するさまざまな竹器の製作を一手に引き受けていたほどである。このような環境の中で育った菊麻呂は、大衣の勧めで上洛する頃には、大人顔負けの竹器を作っていた。笊《ざる》や、簾《すだれ》、竹籠《たけかご》、魚籠《びく》などを、じつにきめ細やかに編むことができた。菊麻呂は手先の器用さでは誰にも負けない自信があった。

その菊麻呂が大衣の異形の剣を前にした時、打ちのめされた気分に陥った。

(これが人の手によって作られたものとは、とても信じがたいことだ。硬い鉄をどうしたらこのような神秘的な存在にまで高められるのか。刀鍛冶は刀を鍛える時、神に祈り、精進潔斎《しょうじんけっさい》して事にあたると聞くが、これはまさに神業《かみわざ》以外の何ものでもない。神のご加護がなければ決して作れない代物だ。世の中には何とすぐれた腕をもつ人がいるものだ。とてもじゃないが、俺にはこのような美しい太刀は、どんなに努力しても作れないだろう)

洛中に野鍛冶の鍛冶場があった。異形の剣に世間の広さを思い知らされた菊麻呂は、暇さえあればその鍛冶場をのぞき込むようになった。枇杷色《びわいろ》に赤められた鉄塊が叩き延ばされ、刃物や農具に姿を変えていく様がたまらなく菊麻呂の興味を惹いた。

菊麻呂は鍛冶職人とも懇意になった。そして彼らと会話を交わしているうちに、刀を鍛えてみたいという想いが強くなっていった。

(あの異形の剣を鍛えたのは宇陀鍛冶だという。宇陀に行き、刀鍛冶になりたい)

菊麻呂の想いは日増しに募っていった。

菊麻呂は今まで、自分の人生の行く末について深く考えたことはなかった。いつか嫁をもらい、子をなすことはあっても、これまでと変わらぬ日常を続けていくものとばかり思っていた。それがひょんなことから大衣に見いだされ、宮廷と関わりのある生活を送るようになった。菊麻呂にとって想像だにしなかった生活の変化であった。一度、別の世界を覗いてしまった菊麻呂は、また他の世界も見てみたくなった。菊麻呂に夢ができたのだ。

菊麻呂に明瞭な人生の目標ができたのと同時に、いつか同部屋の宇志《うし》が漏らした何気ない言葉が、菊麻呂の脳裡にたびたびよみがえるようになっていた。

「俺たちはしょせん飼い犬さ。帝《みかど》の権威を飾る役割を担《にな》っているだけだ」

あの時の宇志の一言が、今になってようやく理解できるようになっていた。同時に菊麻呂の心に芽生えた一抹《いちまつ》の迷いが、しだいに大きなものになろうとしていた。

（犬《いぬ》の耳形をした派手な髪飾りをつけ、誇らかに狗吠《くはい》を発している俺は何なのだ。俺たちは神社の狛《こま》犬と何ら変わらない存在ではないか。新嘗祭《にいなめさい》の時、帝の御前で演じる隼人舞だってそうだ。あれは朝廷に服従を誓う舞にほかならない。俺たち隼人は服従という事態をさまざまな形で朝廷に示すことを余儀なくされている。本国の隼人が朝廷軍に敗れて三百年も経つというのに。狗吠が巧いと褒められ、何らためらうことなく、この仕事を続けてきたが、これでよいのだろうか）

菊麻呂は悶々とした日々を送るようになった。隼人司の仕事に疑念を抱くようになった菊麻呂にとり、一縷《いちる》の光明は異形の剣の存在だった。

（刀鍛冶になり、あの異形の剣をこの手で作ってみたい）

その想いは抜き差しならない程になっていた。

（でも……大衣様は許してくれるだろうか）

この頃、狗吠を発すれば、菊麻呂は隼人司で一番と目されていた。すでに都麻理の代理で後輩の教育を任されるほどである。そのような立場であったから、今来隼人を辞するのはかなわぬことのように思えた。


その年の秋のことであった。大衣の阿多忌寸三幸《あたいみきみゆき》が、所用で大和の宇陀郡にある室生寺《むろうじ》を訪ねることになった。室生寺は奈良盆地の東方、伊賀国との国境に近い室生の地にある山岳寺院である。付き従ったのは番上隼人一人、今来隼人二人、それに白丁隼人二人である。大衣と番上隼人の二人は馬に跨《また》がっていた。

（大衣様に胸のうちを打ち明けるよい機会かもしれない）

室生寺行きの顔ぶれに加えられた時、菊麻呂はまっさきにそう思った。宇陀郡には異形の剣を鍛えた天国の里があり、伝統ある大和鍛冶の中心地でもある。菊麻呂の生まれ育った阿陀からも近く、鍛冶の修業をするなら宇陀が最適であった。

（これも何かの縁かもしれない）

菊麻呂は室生寺行きに天の采配《さいはい》のようなものを感じていた。

平安京から奈良を経て、宇陀の室生寺までは往路三日の行程である。菊麻呂はこの間に、大衣に相談できるかもしれないと思った。番上隼人の都麻理が、お供の責任者として加わっていた。菊麻呂は道中、まず都麻理に相談することにした。

「都麻理さん、俺は隼人司を辞めて、刀鍛冶になろうと思っているのですが」

菊麻呂は気心の知れた都麻理に、単刀直入に打ち明けた。都麻理は、狗吠の手ほどきを受けて以来、菊麻呂にとっては上役というより兄のような存在であった。

「刀鍛冶になるだって！」

都麻理は何を言い出すんだ、という顔をした。

「ええ」

「今の勤めが気に入っていたんじゃないのか。隼人司ではまがりなりにも自分の居場所を築いているではないか。他の道を歩もうとすれば、また一からやり直しだぞ。それより嫁を娶《めと》って身を固める方がよいような気がするが。……いつからそのようなことを考えていたんだ」

「都麻理さんが武器庫で天国の太刀を見せて下さった時からです。衝撃的でした。あのような妖しい太刀が、人の手で作られたことに感銘を受けました。あれ以来、あの太刀のことが片時も頭から離れなくなりました。そして、どうしてもこの手で作ってみたくなったのです。こうして大衣様のお供で、偶然にもあの太刀が作られた宇陀の地へ行くことになりました。奇縁としか言いようがありません。この機会を逃さずに、大衣様の了解を得たいと思っています。大衣様にお話する前に、まずは都麻理さんに相談するのが筋だろうと思いました。都麻理さんは右も左もわからなかった俺を、こうして今来隼人に育て上げてくれた恩人ですから」

菊麻呂の話を聞いて、都麻理の表情が驚きから困惑へと変わった。

「……どうやら決意は固そうだな。一度しかないお前の人生だ。大衣様に相談してみるがよい。だが大衣様はお前の狗吠の才能に惚れ込み、阿陀からお前を連れて来られた方だ。強く慰留されるかもしれぬぞ」

「はい、わかっています。何とかして大衣様を説得してみます」

菊麻呂は都麻理に打ち明け、これで退路が断たれた気がした。

室生寺は興福寺の法相宗《ほっそうしゅう》に連なる山岳寺院で、宇陀川の支流、室生川の中流域にある。一行が室生川に架けられた木橋を渡り、室生寺に着いたのはまだ明るいうちであった。寺の境内は紅葉のまっ盛りで、室生山の山麓から中腹にかけて散在する堂塔は、まるで錦秋《きんしゅう》に浮かんでいるようであった。菊麻呂たちは室生寺の宿坊《しゅくぼう》に旅装を解いた。

「大衣様にはあのことを話したのか」

二人きりになった時、都麻理が菊麻呂に訊ねた。

「いえ、まだです」

平安京を出てから三日目であった。大衣とは終日行動をともにしているものの、他の随行者の手前、なかなかこみいった話をする機会はなかった。それに物見遊山の旅ではなかったから、大衣に余計な気苦労をかけまいという遠慮もあった。

「もう宇陀まで来てしまったのだぞ。思い切って打ち明けねば時機を失するぞ」

「はい、よくわかっています」

菊麻呂は都麻理に背中を強く押されたような気がした。


その機会は思いがけずやって来た。翌日の早朝、朝餉《あさげ》まではまだ間があったので、菊麻呂は宿坊を出て境内を散策することにした。

根本堂《こんぽんどう》に続く長い石段は、自然石を積み上げた見あげるような急坂であった。鎧《よろい》の横縞《よこじま》模様にも似た美しい石段の頂きに、根本堂の柿葺《こけらぶき》の屋根が見えていた。幅広い石段の傍らに根を張る幾本かのモミジの古木は、昇り始めた朝日を浴びて真っ赤に燃えていたが、あるものは葉をすっかり落としていて、石段を血の色で覆っていた。

根本堂の方から朝の勤行《ごんぎょう》の声が響いていた。菊麻呂が読経に導かれるように石段を登って行くと、やがて正面に根本堂が全貌を現した。優雅な屋根の曲線が建物に気品と厳粛さを与え、背後の鬱蒼《うっそう》とした杉木立が、それをさらに助長していた。読経の声が大きくなった。開け放たれた扉の向こうに垣間見える薬師如来像に向かって、菊麻呂はしばらく手を合わせた。

根本堂の西側の階段を登り、左に折れて、さらに階段を登り詰めると、モミジの紅葉の中に溶け込んでしまいそうな朱塗りの五重塔が建っていた。都でそびえ立つような五重塔を見慣れている菊麻呂にとっては、何とも愛らしい小さな塔である。瓦葺《かわらぶき》ではなく桧皮葺《ひわだぶき》の屋根がよけいにその感を強くしていた。

視線を落とした菊麻呂の目に、ひとりの人影が飛び込んできた。人の気配を感じたのか、男が振り返った。五重塔を眺めていたのは大衣の三幸《みゆき》であった。その刹那、菊麻呂は四年前に阿陀比売神社の社殿前で大衣に逢った時のことを想い出していた。

「菊麻呂か」

「お早いですね」

「うわさには聞いていたが、何とも小さい五重塔じゃの。都で見かける塔の、三分の一ほどの高さしかあるまい。まことに可愛らしい塔じゃ」

「いかにも……」

菊麻呂はよい機会が訪れたと思った。想えば阿陀比売神社で偶然大衣に会ったのが縁で隼人司に出仕するようになったが、今度は五重塔の前で今来隼人辞任の願いを申し述べようとしていた。菊麻呂は大衣の前に歩み寄りひざまずいた。

「大衣様、お話したいことがございます」

「何か……」

「私事で恐縮ですが、暇をいただけないでしょうか」

「……どうしたのだ」

「はい、隼人司を辞めて鍛冶修業に出たいのです」

「鍛冶修業？」

「刀鍛冶になりたいのです」

「せっかく狗吠の役を任されるようになったというに、それはどうしたことか」

菊麻呂は大衣の異形の剣を見てからの心の移ろいを訥々《とつとつ》と語った。

「だめだ、今、お主に抜けられては宮中の儀式が成り立たなくなる。それはひいては、わしが責任を取らねばならないのだぞ」

大衣は菊麻呂を随分と持ち上げて、なかなか許そうとはしなかった。菊麻呂はやむなく切り札を出すことにした。

「刀鍛冶になりたいのにはもう一つわけがあります。異形の剣をこの手で作ってみたいという願望の他に、どうしても薩摩の阿多《あた》を訪れてみたいのです。先祖が無理矢理引き裂かれた故郷を、一度でよいからこの目でしっかりと見て来たいのです。薩摩の地は遠いですから、行き倒れになって帰って来られぬかもしれません。親兄弟とも永久に別れることになるかもしれません。それでも行ってみたいのです。事情が許せば阿多に住んでもよいと思っています。そのために手に職をつけたいのです。鍛冶の腕があればどんな所でも食べていけます」

菊麻呂は大衣に切々と訴えた。

「彼の地では武器の製造は認められていないのだぞ」

薩摩と大隅の二国は、奈良、平安の両時代にわたって刀剣類の製造が禁じられていた。隼人族の一部を畿内に移住させ人質としていても、それでもまだ朝廷は隼人の反乱を恐れていたのである。九州の他の国が甲冑《かっちゅう》、大刀《たち》、弓などを作って太宰府《だざいふ》に納めているのに、薩摩、大隅の二国にはそれが許されず、鹿革《しかがわ》など武具の材料でそれに代えさせていた。

「刀が打てなければ、野鍛冶になって包丁や鎌でも作ります。何とぞお許しを」

菊麻呂は地に伏して頭を下げた。

「……」

しばらく沈黙の時が続いた。大衣の祖先はかつて南九州の地で、大隅隼人と勢力を二分していた阿多隼人の統領であった。望郷の念は他の隼人以上に強かった。時の流れの中ですっかり朝廷の末端組織に組み込まれ、隼人の高貴な末裔《まつえい》ゆえに勝手はならなかった。大衣を故郷に帰せば、また反乱の神《み》輿《こし》になるとも限らなかった。

「菊麻呂がうらやましいの」

大衣は天を仰いで呟くように言った。

「わしもできたら阿多の地に帰りたいものだ……」

室生の山中から、雄鹿が雌鹿を求める哀調を帯びた声が切なげに響いていた。

「よし、わかった。隼人正《はやとのかみ》にも話して、お主の希望をかなえてつかわそう」

「ありがとうございます」

菊麻呂はしばらく地面に頭をすりつけていた。

「ところで刀鍛冶になるには、どこぞの刀鍛冶のもとで修業を積まねばならぬが当てはあるのか」

「いいえ、当てなどありませぬが、できれば異形の剣の作られた宇陀の鍛冶場で修業できたらと考えております」

「そうか。お主の惚れ込んだという異形の剣は天国《あまくに》の作だ。ここからほど近い稲津《いなつ》村で、まだその係累が興福寺の僧兵どものために刀を鍛えているはずだ。ここ室生寺は僧兵を養っていないから、刀鍛冶とは縁がなさそうだが、天国は同じ宇陀郷の刀鍛冶、何かつてがあるやもしれぬ。ここの貫主《かんじゅ》殿に話してみよう」

「重ね重ねありがとうございます」

森の奥でふたたび雄鹿が啼いた。


翌朝、朝餉を終えた菊麻呂たちが宿坊で談笑していると、大衣がやって来て菊麻呂に声をかけた。

「菊麻呂、ちょっといいか」

「はい」

大衣は菊麻呂を本坊にいる貫主の所へ連れて行った。貫主と大衣は二人で食事を済ませたところらしく、小坊主が後片付けをしていた。

「まあ、そこに座りなさい」

　貫主が菊麻呂をうながした。

「大衣殿に聞いたが、刀鍛冶の修業をしたいのだそうじゃのう」

「はい」

「先々代の天国殿が鍛えた刀に惚れ込んだとか」

「はい」

「ちょうどよかった。拙僧《せっそう》は当代の天国殿とは顔見知りの間柄じゃ。この寺の少し先に龍穴《りゅうけつ》神社という龍神を祀る神社があっての。この神社は朝廷からの勅使《ちょくし》により雨乞いの神事を催すほど社格も高く、この室生寺も昔は龍穴神社の神宮寺《じんぐうじ》だった時期もある。二十年ほど前のことだが、この神社が正四位下《しょうしいのげ》に昇叙《しょうじょ》された時、天国殿がその記念にと立派な太刀を奉納して下さったのだ。当寺は武器などとは縁のない寺だが、それ以来、天国殿とは親しくさせてもらっている。これは夕べ書いた天国殿宛ての添え文《そえぶみ》じゃ。これを持って稲津村へ行ってみなされ。弟子にしてもらえるかわからぬが、よろしく頼んでおいた」

「ありがとうございます」

　昨日の今日であった。話の思わぬ進展ぶりにとまどいつつも、菊麻呂は書状を押し戴くようにして受け取った。大衣はその様子を腕組みして見つめていた。

「天国殿は刀の中心《なかご》に銘を切らねばならぬので、文字を習っていると言われていたから文意は通じるであろう」

「そうですか」

「菊麻呂、わしはまだ数日この寺に滞在せねばならぬから、今日、さっそく稲津村へ行って参れ。ここから村までは日帰りできる距離だそうだ」

大衣が慈愛に満ちた顔で言った。

「よろしいのですか」

「ああ、善は急げじゃ」

「それではお言葉に甘えて行って参ります」

菊麻呂は貫主と大衣に深々と頭を下げると、本坊から宿坊に戻った。

「何事であった」

菊麻呂の帰りを待ちわびていたのか、都麻理は菊麻呂の姿を見るなり訊いてきた。都麻理には大衣に打ち明けたことは伝えてあった。

「貫主様と当代の天国様はお知り合いとかで、さっそく文《ふみ》を書いて下さいました」

菊麻呂は添え文を都麻理に見せた。

「おう、それはよかったな」

「大衣様のお許しが出たので、これから天国様の鍛冶場へ行って参ります」

「そうか、気をつけて行って来い。うまく弟子にしてもらえるとよいがの」

「仲間たちには都麻理さんから事情を話しておいて下さい」

「ああ、わかった」

菊麻呂は身支度を整えると、室生寺を飛び出して行った。

室生寺から天国の鍛冶場がある稲津村までは三十七里（約二十キロ、平安時代の一里は五三四メートル）余り。歩いて行けば正午頃には着くはずである。菊麻呂は大刀を佩《は》いて、宇陀川の支流である室生川沿いを駆け下り、初瀬街道に出て、榛原《はいばら》から芳野《よしの》川沿いに菟田野《うたの》の稲津村に向かった。菊麻呂は夢を見ているようであった。昨日までの煩悶が嘘のようであった。

（まさかこんなにうまく事が運ぶとは思わなかった。これで刀鍛冶になり、あの異形の剣をこの手で作れるかもしれない）

そう思うと、一刻も早く天国に会いたかった。澄み切った秋空の下を、菊麻呂は飛ぶように駆けて行った。

大和高原に位置する稲津村は、山林に囲まれた豊かな田園地帯であった。菊麻呂は村人に天国の鍛冶場を訊ね訊ねして行ったが、誰一人として天国を知らぬ者はなかった。

「稲津神社を訪ねて行くとよい。天国殿の鍛冶場は鳥居に向かってすぐ左側の所にあるよ」

村人は親切に教えてくれた。道すがら煙りが立ちのぼり、鎚音を響かせている粗末な鍛冶小屋に何軒か出くわした。村人によれば稲津には七戸ほどの鍛冶場があるということだった。

天国の鍛冶場とおぼしき鍛冶小屋からも盛んに鎚音が響いていた。道に面した開け放たれた格子戸から中をのぞくと、三人の男たちが鍛錬の最中だった。菊麻呂は鍛冶場の脇の炭小屋で、顔を真っ黒にして炭を切っていた男に言葉をかけた。菊麻呂と同年配ほどの若者である。

「天国様の鍛冶場はこちらでしょうか」

顔も粗衣も炭だらけになった男が、鉈《なた》を振る手を休めて顔をあげた。

「そうだが……」

「天国様にお会いしたいのですが」

「親方は鍛錬中だから、今は手が離せないよ」

「どれほど待ったらよろしいですか」

「さあな、俺にもよくわからないよ」

「そうですか。それでは待たせて下さい」

菊麻呂は道ばたで鎚音の止むのを待つことにした。炭切りをしていた男に、色々と訊ねたいこともあったが、忙しそうに仕事に没頭しているので話しかけるのは遠慮した。

待っている間に、何度か鎚音が止むことがあり、菊麻呂が鍛冶小屋に足を向けようとするたびに鎚音は再開され、鍛錬はいつまでも終わりそうになかった。

(まだ陽があるうちに室生寺に帰り着きたいが、このままでは明るいうちには帰れないかもしれないな。しかたが無い、成り行きに任せるか)

菊麻呂が野宿を覚悟した時、鎚音が止み、炭切りをしていた男が鍛冶場の主を呼びに行った。手拭いで顔を拭きながら天国とおぼしき男が出て来た。四十代の半ばほどの歳格好である。

「何か用か」

男がぶっきらぼうに菊麻呂に呼びかけた。

「天国様でございますか」

「そうだが」

「阿陀郷の出で、都の隼人司《はやとのつかさ》に勤めている菊麻呂と申します。天国様の鍛冶場で刀鍛冶の修業をさせてもらいたくて、やって参りました。これは室生寺の貫主《かんじゅ》様の添え文でございます」

菊麻呂は懐から書状を取り出し、天国の前に差し出した。

「……」

天国は黙って書状を開き、目を通し始めた。菊麻呂は天国が字を読めるというだけでも尊敬に値すると思った。菊麻呂は隼人司という組織で働くようになると、読み書きの必要な場面にたびたび出くわしていた。好奇心旺盛な菊麻呂は、懇意にしている隼人司の使部《しぶ》（下級役人）に頼んで、手本の文字を書いてもらい、独学で読み書きの勉強をしていたが、まだ拾い読みの段階であった。

書状を読み終えた天国は、ぶしつけに菊麻呂の顔を穴があくほど見つめた。顔相《がんそう》を見て初対面の若造《わかぞう》が刀鍛冶としてものになるかどうか、見きわめようとしているようである。

突然、天国が菊麻呂に一歩あゆみよると、やにわに菊麻呂の佩いていた大刀の柄《つか》を握り引き抜いた。一瞬の出来事であった。

「あっ！」

菊麻呂が短い言葉を洩らした時には、天国は大刀の抜き身に目をやっていた。

「まだこんな時代遅れの直刀を佩いておるのか。まっすぐな大刀《たち》と違って、反りのある太刀《たち》を作るのは難しいぞ。ここを出る時は、自分で湾刀を鍛えて佩いて行け」

それは弟子にしてくれるということであった。

「はい！　ありがとうございます」

菊麻呂が拍子抜けするほど、あっけなく入門が認められたのであった。

（室生寺の貫主様が、よほどうまく売り込んでくれたのであろう）

菊麻呂は上品な顔立ちの貫主の顔を想い浮かべ、心の中で手を合わせた。

「これから都に帰り、隼人司に正式に許しをもらい、すぐに戻って参ります」

菊麻呂はそう言い残して、天国の鍛冶場を後にした。

第三章　正国

一

　菊麻呂が隼人司を辞し、ふたたび稲津村にやって来たのは、その年の晩秋の頃だった。阿陀の実家に立ち寄ることもなく、まっすぐ天国の鍛冶場を訪れたのである。当代の天国は異形《いぎょう》の剣《けん》を鍛えた天国の孫にあたった。稲津村には他にも天座《あまくら》、天藤《あまふじ》、天行《あまゆき》などの鍛冶場があった。いずれも先々代の天国につながる者たちで、今でも師風《しふう》を継いで鍛刀に励んでいた。

　大和鍛冶はこの地が古代国家の中心であった四世紀から存在し、宇陀鍛冶はもともと官営工房で武器の製作に従事した雑戸《ざつこ》（技術集団）であった。文武《もんむ》天皇の大宝《たいほう》元年（七〇一）には大宝の改革が行われ、刀には銘を切ることが義務づけられた。ちょうどこの時、大和国宇陀郡に初代となる天国が出現し、大宝律令《たいほうりつりょう》に従って自分の銘を製作した刀の中心《なかご》に刻むようになった。そして代は下がり、平安時代の中期の始め（九〇〇年頃）、異形の剣を鍛えた天国によって、鎬《しのぎ》造りで反りのある太刀様式の基礎が創られたのである。

　菊麻呂が天国に師事した頃は、これまでの直刀は廃《すた》れ始め、反りのある鎬造りの湾刀が主流になりつつあった。大和で生まれたこの鍛刀様式は全国へ伝わり、日本各地に名工が現れ始めていた。菊麻呂は幸運にも、日本刀の揺籃《ようらん》の時代に由緒ある天国の鍛冶場に入門できたのである。

稲津村には素戔嗚命《スサノオノミコト》を祭った稲津神社という小社があるが、鳥居に向かって左側、神社の西南の地に天国の鍛冶場はあった。菊麻呂の修業は、まず炭切りから始まった。炭切り三年と言われる、鍛冶の基礎的な仕事である。俵から出した原木の形を留《とど》める炭を、鍛錬用、卸《おろ》し鉄《がね》用、焼き入れ用と、それぞれの作業工程に合った大きさに細かく切らねばならない。

菊麻呂に炭切りの手ほどきをしたのは、初めて天国の鍛冶場を訪れた時、炭小屋で炭を切っていた男であった。まだ入門して一年余りだそうだが、鍛冶の仕事にやけに詳しかった。鍛刀の実技の経験は浅いのに、刀作りの技法を語らせれば兄弟子たちも舌を巻くほどであった。男は名を宗近《むねちか》と言った。菊麻呂と同年配である。菊麻呂と宗近は、二人住まいの弟子小屋で日々顔を合わせることになった。

「あんた隼人司《はやとのつかさ》に勤めていたらしいが、隼人の出か」

二人で炭を切っている時、宗近が菊麻呂に訊ねた。

「ああ、俺のご先祖たちは三百年も前に、薩摩から大和に連れて来られたんだ」

「どうやら俺たちは同じような境遇らしいな」

「あんたも隼人なのか!」

「違う、俺は蝦夷《えみし》の出だ」

「蝦夷……」

古代の東北地方には陸奥国《むつのくに》と出羽国《でわのくに》の二国が置かれたが、蝦夷とは奥羽の地に住み、朝廷による支配を拒否し、独自の文化と風俗を維持した人々のことである。蝦夷という言葉は、このような人々を、朝廷が異民族とみなして付けた蔑称《べっしょう》である。まさに南の隼人と対をなす存在であったが、七世紀から九世紀まで断続的に続いた戦いで奥羽の地が朝廷軍に平定されると、隼人同様その一部は全国各地に強制移住させられ俘囚《ふしゅう》と呼ばれた。

「俺の先祖は奥州の舞草《もうくさ》という所で刀鍛冶だったのだが、大和に破れた後、その南にある玉造《たまつくり》という所に移配《いはい》になった。ここで鍛冶集団の一員として刀作りに励んでいたところ、藤原氏に見いだされ、お抱え鍛冶として都に連れて来られたのだ」

「そうか、宗近さんは俺と違って、根っからの刀鍛冶の血筋だったのか。どうりで色んなことに詳しいはずだ。それなのになぜこの鍛冶場に？」

菊麻呂は宗近が鍛冶の世界に明るい理由がわかった。権勢《けんせい》著しい藤原氏のお抱え鍛冶なら、都で刀を作っておればよいではないかと思った。

「一子相伝《いっしそうでん》の鍛冶の技術を、末代まで伝えていくのは、思った以上に難しいことなのだ。跡を継ぐべき子に恵まれなかったり、恵まれても手先の不器用な子だったりしたら、技術の伝承は難しい。特に刀は命のやりとりに関わるだけに、なお一層難しいのだ。俺の家も祖父の代で鍛冶の伝統を絶やしてしまい、親父は生まれながらの藤原家の郎党《ろうとう》だった。でも俺は刀鍛冶の血筋のせいか、ある日、たまらなく刀を打ちたくなって、こうしてここへやって来たんだ。藤原家のお抱え鍛冶に習ってもよかったのだが、天国様の名声は都にまで知れ渡っていたから、迷うことなくこの鍛冶場を修業の地に選んだのさ」

宗近は秘めていた想いを菊麻呂に熱く語った。

「そうだったのか」

菊麻呂と宗近は、互いに隼人と蝦夷という似た者どうしの境遇とわかり、一気に親しくなった感があった。

「あんたはどうして刀鍛冶などになろうとしたんだ。都にいた方がお気楽だっただろうに」

「ここの先々代が鍛えた異形の剣に惚れ込んだからだ。その太刀をこの手で作ってみたくなり、ここへやって来たというわけだ」

「異形の剣？」

「知らないのか」

「ああ……」

「それは変わった造りだぞ。剣のようでもあり、太刀のようでもある」

菊麻呂はそう言うと、鉄箸《てつばし》で地面に異形の剣の姿を描き始めた。

「なるほど、これは珍しい剣形だ。もう先々代の天国様の時代に、このような太刀が作られていたとは。共鉄柄《ともがねつか》でないのに、刀身に反りがついている。玉造りの太刀より一歩先を行っている」

共鉄柄とは刀の中心《なかご》を握りやすい大きさに作り、それ自体が柄となったもので、古代の環頭大刀《かんとうたち》（柄頭が環状になった上古の大刀）や中世の毛抜形太刀《けぬきがたたち》（中心《なかご》に毛抜形の透かしを施したもの）がこの形式である。

「たまづくりのたちとは？」

「玉造鍛冶が鍛えた太刀のことだ。別名俘囚の野剣《のだち》とも呼ばれている」

「あの俘囚剣は宗近さんの縁者たちが鍛えたのか！」

大和朝廷は捕虜とした蝦夷の鍛冶たちを俘囚と呼び、陸奥の玉造郡で刀剣製造に従事させていた。

ここで作られた太刀は玉造りの太刀と呼ばれ、中央の軍事組織である、近衛府の大将、衛府《えふ》の督《とく》は、この俘囚剣を佩くことが定められていた。いわゆる衛府の太刀である。

「仕事が終わったら見せたい物がある」

突然、宗近が菊麻呂に言った。

「見せたい物って何です」

「見てからの話だ」

夕方、仕事を終え、二人が寝泊まりしている小屋に帰ると、宗近が布にくるんだ物を持ち出してきた。それは一風変わった造りの刀であった。鞘から刀身を抜くと、刃長が一尺六寸（約四十八㌢）ほどの短い刀である。

「これは」

「俺たち蝦夷《えみし》が使っていた刀だ。ここへ入門した時、家にあった物を持って来たんだ」

菊麻呂は刀を手に取ってみた。

「変わった形状の柄だな」

手に握る柄の先端部が、山菜の蕨《わらび》の若芽に似た渦巻状の突起になっていた。中心《なかご》には鍔《つば》寄りを広くした長円形の透かしが打ち抜かれている。

「刀身にもかすかだが反りがあるだろう。柄も棟《むね》側に大きく傾いている。全体的には湾刀と同じだ。突くより、斬ることを目的にしている」

菊麻呂は刀身と一体となった共鉄柄《ともがねつか》を握り振りおろしてみた。柄が手のひらにしっくりと馴染み、じつに扱いやすい造りだった。

「握りやすいし、片手で振り回すには扱いやすい長さだ」

二度、三度と素振りをくり返しながら菊麻呂が感想を述べた。

「中心《なかご》がそのまま柄になっている共鉄柄は、斬りつけた時の衝撃がもろに手に伝わるから、中心に透かしを入れて衝撃をやわらげているんだ」

「衛府の太刀と同じだな」

「玉造鍛冶はこの短い蝦夷の刀に改良を重ねて、現在の衛府の太刀を作り上げたんだ。長く続いた奥羽の戦いで、騎馬戦で有利になるよう刀をもっと長くし、斬り込んできた相手の大刀を受けるため鎬《しのぎ》を立て、透かしを品よくまとめて柄頭《つかがしら》の蕨の部分を取り去ったものが衛府の太刀さ。衛府の太刀が俘囚の野剣と呼ばれている所以だ」

「それでは先々代の天国様が鍛えた異形の剣はどういうことになるんだ」

衛府の太刀は中心《なかご》に紐や糸などを巻いて握りとしている共鉄柄であるのに対し、異形の剣は木製の柄に中心をはめ込んで使用する最新の造りである。

「ううん、何とも言いがたい不思議な太刀だな。両刃の剣のようでもあるが反りがある。共鉄柄の衛府の太刀が完成をみた頃に、すでに反りがあり、柄に木を用いる中心《なかご》の刀が作られたというのは驚くべきことだ。親方の天国様は今では共鉄柄の太刀は作られていない。共鉄柄の太刀はいずれ廃《すた》れていく運命なのだろう。古いようでも新しいようでもある異形の剣は、直刀から湾刀への端境期《はざかいき》が生んだ特異な太刀なのだろうな」

宗近は菊麻呂の予期した以上に、刀に関して驚くほど知識が豊富だった。菊麻呂は蝦夷の刀鍛冶の血を引いている宗近に、羨望すら覚えた。そして隼人とともに蛮族として扱われた蝦夷が、刀の進歩に大きく寄与したことを知り、大きな感銘を受けた。

二

師の天国は職人には珍しく、鷹揚な性格の持ち主だった。弟子たちには持てる技を懇切丁寧に教えた。弟子の能力を引き出し、伸ばす才にたけた男だった。

菊麻呂は刀鍛冶の道に入って、驚くことがたくさんあった。刀を鍛えるにはその素材となる鉄が必要となるが、刀鍛冶はその鉄も自分たちで造るのである。菊麻呂は近くを流れる芳野《よしの》川の河原で採取した砂鉄を用いて、タタラ炉で鉄を造る方法も学んだ。造った鉄塊は鉄滓《てつさい》などの不純物を多く含んでいるため、それを叩き出し粗鉄《あらがね》を造る折り返し鍛錬という術《すべ》も学んだ。

天国の鍛冶場では梅雨が明けると、弟子全員で山に入り秋口頃まで炭を焼いた。鍛冶仕事にとって、炭は鉄と優劣がつけがたい大切な要素である。タタラ炉で鉄を吹くにしても、火床《ほど》（鉄鍛造用の小型炉）で鉄を赤めるにしても、きわめて影響が大きい。特にタタラの操業では膨大な炭を必要とするため、夏の暑い季節になると、天国一門は山にこもり、一年分の炭を焼くのである。

日本刀は変革期にあった。直刀から湾刀への進化とともに、折れず、曲がらず、斬れ味を鋭くするための工夫も重ねられていた。これまで硬、軟の異なる鋼を練り合わて丸鍛えにした造り込みがほとんどだったものが、芯鉄《しんがね》（比較的軟らかい鉄）を皮鉄《かわがね》（硬い鉄）で包み込む手法が編み出されていた。これも蝦夷が始めた造り込みで、外側の鉄は硬いので斬れ味が増し、中にくるんだ軟らかい鉄で衝撃を吸収して、折れと曲がりをなくする工夫であった。このためタタラの操業で造られた粗鉄《あらがね》を、硬い鉄と軟らかい鉄に鍛え分ける方法も学んだ。そうこうしているうちに、瞬く間に時が過ぎていった。

菊麻呂が天国の鍛冶場で働き出して一年半にもならぬ頃のことであった。永観《えいかん》二年（九八四）の三月、菊麻呂の兄の加世彦《かせひこ》が鍛冶場に訃報をもたらした。正月に帰郷した際は健在だった父親が、突然亡くなったというのである。菊麻呂は天国に暇をもらい、阿陀へ帰った。

菊麻呂の父、須田麻呂は、謹厳実直な人であった。菊麻呂は都に出るまでは父親の背中を見て育った。竹細工や徒歩鵜《かちう》も父から手ほどきを受けた。すもうや狗吠《くはい》もしかりである。勝手に隼人司を辞し、刀鍛冶の道に進んだ息子を、慈愛に満ちた眼差しで見守っていてくれた父であった。弔いを済ませた後も、菊麻呂は言いようのない喪失感を味わっていた。

二十日ほど後、菊麻呂は稲津村に帰った。阿陀の実家を出たのが昼過ぎだったせいで、天国の鍛冶場に着いたのは夜もふけてからであった。菊麻呂は天国に挨拶するのは明日にして、自分の弟子部屋がある掘立て小屋に向かった。

小屋の扉を開けると、中は真っ暗だった。同居人の宗近は寝ているものと思い、菊麻呂は物音を立てぬようそのまま寝床に横になった。歩き疲れたせいで、菊麻呂はすぐに寝入ってしまった。

翌朝、菊麻呂は夜が白む前に目が醒めた。しばらくそのまま寝床に入っていたが、何か違和感を感じた。いつもの宗近の騒々しい寝息がまったく聞こえなかった。

「宗近さん」

菊麻呂は闇に向かって呼びかけてみた。しかし返事はなかった。菊麻呂は起き上がると、宗近の寝床を覗き込んだ。そこにあるはずの人影が無かった。

「……？」

菊麻呂は慌てて火を熾した。明かりに照らし出された部屋の中には、菊麻呂の私物以外は無くなっていた。

（宗近さんに何かあったのだろうか！）

天国の鍛冶場では老若九人の者が働いている。菊麻呂と宗近以外は稲津村の住人で、皆それぞれの家から通って来ている。弟子部屋で暮らしているのは菊麻呂と宗近の二人であった。菊麻呂には宗近が部屋を出て行く理由が思い当たらなかった。それも菊麻呂が阿陀に帰っている、わずか二十日余りの間にである。菊麻呂は陽が昇るのももどかしく、天国の住む母屋に向かった。親方夫婦も起きたばかりであった。

「昨夜、帰って参りました。遅くなったものですから、挨拶には伺いませんでした。父の葬儀には色々ご配慮いただきありがとうございました」

菊麻呂は宗近のことが気になっていたので早口になっていた。

「そうか、大変だったな。寂しくなったであろう」

「はい。ところで宗近さんはどうなさったんですか。部屋にいないのですが」

「宗近にも不幸があってな。菊麻呂が阿陀に立って三日後のことだった、二人兄弟の兄さんが亡くなったと知らせが届いた」

菊麻呂の父、宗近の兄と、弟子の身内に不幸が続き、天国も暗い顔で語った。

「部屋に宗近さんの私物が何一つありませんでしたが……」

「宗近はここへはもう帰って来ないぞ」

「どういうことですか！」

「刀鍛冶になるのを断念したのだ。宗近の父親は近衛中将《このえのちゅうじょう》藤原様の郎党だったそうだ。父親の跡を継いだ兄が亡くなったので、宗近が都へ帰って兄の代わりに藤原様にお仕えしなければならなくなったとか。あれほど天与の才に恵まれた男も珍しかった。このまま鍛冶修業を続けていれば、ひとかどの刀鍛冶に大成すると期待していたのだが……惜しいことをした」

菊麻呂も宗近の刀に寄せる熱い情熱と、恵まれた才能には羨望の眼差しを向けていた。二人して刀鍛冶の道を究めようと、互いに切磋琢磨《せっさたくま》していただけに残念であった。

「菊麻呂に挨拶もせずに帰ることになって、まことに申し訳ないと言っていた。阿陀から帰って来たら、よろしく伝えて欲しいとのことだった」

「そうですか……」

菊麻呂は大事な友を失ってしまったのだ。

「菊麻呂、見せたい物がある。ちょっと上がれ」

天国は菊麻呂を母屋に招き入れた。

「これを見てみろ」

座敷に座っていると、天国が壁に立てかけてあった一振りの刀身を持ち出してきた。

「この太刀は？」

菊麻呂はそれを受け取りながら訊いた。

「宗近が残していったものだ」

「宗近さんが！」

菊麻呂は刀身を凝視した。刀姿、鍛え、刃文、どこから見ても、常の天国の作だった。中心《なかご》に切られた「宗近」の銘を見て、菊麻呂はようやく納得したほどだった。

「都に帰ればもう二度と刀鍛冶の道には戻れないから、ここを去るにあたってどうしても太刀を一振り鍛えたい。この鍛冶場に自分がいた証しを残しておきたいと言うのだ。兄の訃報を聞いてもすぐには帰らず、十日余りでこの太刀を打ち上げた。研ぎまで自分でやりたかったみたいだが、さすがに日がなく、荒砥《あらと》をかけ銘を切り終えると慌ただしく去って行った。仕上げの研《と》ぎはわしが行ったが、研いで見て驚いた。宗近がこの鍛冶場に来て三年近くになるが、太刀を鍛えたのはこれが最初にもかかわらず、わずかな匂い切れ（刃文のとぎれ）が出た以外は、もうわしの代作を任せてもよいくらいの腕になっていた。この鍛冶場の古株たちにも迫るほどの技量だ。宗近がまれに見る逸材とは思っていたが、迂闊にもここまでとは見抜けなかった。惜しい男を手放したものだ」

天国はしみじみと語った。菊麻呂は宗近の刀を見ながら、自分も頑張らねば、と決意を新たにするのだった。

宗近の残した太刀に刺激を受け、菊麻呂は一段と修業に励んだ。覚えねばならないことは山ほどあった。研ぎもその一つである。刀をどうにか打てるようになると、自分で鍛えた刀を研がねばならなくなった。都などには専門に刀を研ぐ職人がいるそうだが、まだ刀鍛冶みずからが自分の作った刀を研ぎ上げるのが一般的であった。湾刀時代になり、曲線を破綻なく研ぐのは至難なことである。鎬《しのぎ》造りの刀が一般的になり、それまでの片切り刃の刀と違って肉置きを崩さずに研ぐのも、これまた修練を要した。

炭を焼き、砂鉄を吹き、鉄を鍛え、刀身を研ぐ。刀鍛冶の仕事は多才を要求される難しい仕事である。菊麻呂がそれらを一つ一つ究めるうちに、時は容赦なく流れた。

三

寛和《かんな》二年（九八六）、菊麻呂は二十一歳になっていた。室生寺貫主《かんじゅ》の添え文を懐に忍ばせ、何かに憑かれたように稲津村へ駆けたあの日から、すでに三年半余りの歳月が流れていた。それは十七の胸に芽生えた夢をひたむきに追い求めた、鍛刀一筋の青年時代であった。

正月も半ばを過ぎた頃のことである。

「菊麻呂、中心《なかご》を作って持って来い」

昨夜、焼き入れを終えた刀身に、研ぎ場で荒砥《あらと》をかけていると、通りかかった天国が立ち止まって命じた。

「中心を、ですか？」

菊麻呂には親方の言っている意味がわからなかった。中心は刀身の一部で、柄《つか》に収まる部分だ。刀身と一体となって作られるもので、中心の部分だけ作っても何の意味もなさない。

「そうだ、刀身を区《まち》の一寸ほど上で断ち割った中心の部分だ」

区とは刀身と中心の境界部分のことである。

「中心だけ作ってどうされるのですか？」

「つべこべ言わず作って来い」

合点の行かない菊麻呂に、天国は威圧的な物言いをしたが、その言葉の抑揚に棘はなく、顔には笑みさえ浮かべていた。

「親方に中心を作れと言われたのですが」

菊麻呂は通りで出逢った天座《あまくら》に話した。天座は四十路《よそじ》を越えたばかりで、先々代天国の次男筋にあたる。豪傑肌の性格で、山で遭遇した熊と格闘になりこれを鉈《なた》で仕留めたが、本人はかすり傷しか負っていなかったという逸話の持ち主である。鍛冶場が近くなので、菊麻呂は懇意にしていた。

「そうか、中心を作れと言われたか。心して鍛えろよ」

天座は笑顔を浮かべながらそう言うと、菊麻呂の肩を叩いて去って行った。

「心して鍛えろよ」

菊麻呂は天座の言葉に引っかかりを覚えながらも、いつもの真摯《しんし》な作刀態度で中心《なかご》作りに臨んだ。粗鉄《あらがね》を精鍛し、実寸大の中心に仕立ててあげた。中心尻《なかごじり》もくるりと丸い栗尻《くりじり》に仕立て、掟《おきて》どおりに大筋違《おおすじかい》に鑢目《やすりめ》をかけた。

「中心ができ上がりました」

眩しく鉄色《かないろ》を放つ中心を、菊麻呂は鍛冶場で天国に手渡した。

「そうか」

天国はそれだけ言って、中心を受け取った。菊麻呂は天国から何らかの説明があるのではと思っていたので、肩透かしを食った格好である。菊麻呂はわけのわからぬままに仕事に戻った。

中心形《なかごがた》の鉄片を手にした天国は、細工場に上がった。銘切り台の前に座ると、台の上に置かれた鉛に中心を固定し、佩き表に朱墨《しゅずみ》で二つの文字を記した。そして墨が乾くのを待って、金鎚と鏨《たがね》を使って銘切りに入った。文字の一画一画を、台の向きを変えながら鏨を走らせていく。

佩き表に文字を彫り終えた天国は、中心を裏返してふたたび台の上に固定した。こんど朱墨で記した文字は八文字だった。朝から始めた銘切りの作業が終わったのは、夕暮れ近い頃である。

翌日、仕事が一段落し、休憩中の時だった。菊麻呂は天国に母屋に呼ばれた。天国の傍らには妻の千登世《ちとせ》も控えていた。

(何事だろうか?)

菊麻呂は神妙な顔で天国夫婦の前に座った。

「これまでよく頑張ったな」

天国がそう言って、菊麻呂に小さな細長い桐箱を差し出した。

「これは?」

「開けてみよ」

菊麻呂が箱を結わえていた紐をほどき、ふたを開けると、中に金属片が入っていた。

(俺の作った中心だ!)

中心には、のびやかな鏨さばきで、「正国」の二字銘が刻まれていた。

「裏も見てみよ」

天国にうながされ、中心を箱から出して裏返すと、「寛和二年一月吉日」の年紀が刻まれていた。

「菊麻呂の鍛冶名だ。わしの鍛冶名から一字をとり、これから正国《まさくに》を名乗るがよい。この鍛冶場を出て独立するもよし、留まるもよし、お前の好きにすればよい」

思いがけない親方の言葉だった。天国は菊麻呂に鍛冶名を授けるために中心を作らせたのだ。天国の直系は代々「天国」を名乗り、傍系の者は「天」の一字を鍛冶名に冠した。それ以外の者は「国」の一字をもらうのが慣習であった。

「本来なら四〜五年の修業の後に鍛冶名を授けるのだが、お前は手先が器用だ。まだここへ来て三年余りにしかならぬというのに、すでにわしの代作までこなしている。まるでお前の兄弟子だった宗近を見るような気がする。少し早いと思ったが鍛冶名を授けることにする」

菊麻呂は刀鍛冶の道を志して以来、技の高みを目指し日々努力してきた。その努力を天国が認めてくれたのである。

「ありがとうございます」

菊麻呂はこれまで指導してくれた天国に心から感謝した。

「もし、ここを出て別に鍛冶場を構えるのなら、早めに知らせてくれ。吹子《ふいご》（火を熾すのに用いる送風器）一式を作らせて、お前に持たせてやるつもりだから」

菊麻呂は独立することなど露ほども考えていなかった。ただ一つ胸に秘めていることがあった。異形《いぎょう》の剣《けん》のことである。菊麻呂は異形の剣に魅せられ、天国の門を叩いた。異形の剣を作るのが念願であった。その気持ちは今でも少しも揺らいではいない。いつの日か、あの異形の剣を鍛えられるようになったら、その先のこととして、薩摩の阿多《あた》行きが新たな目標となるはずであった。

菊麻呂は天座《あまくら》から聞いたことがあった。天国はあの異形の剣の木型を代々受け継いでいるというのだ。天座はそれを天国に見せてもらったことがあるらしかった。天座の話によると、先々代の天国は、異形の剣を鍛えるにあたって、まず朴《ほお》の木を削り、刀身の原寸大の木型を作ったのだそうである。そして、それに合わせて三振りの異形の剣を鍛えたと。

「親方に一つお願いがあるのですが」

菊麻呂は威儀を正して言った。

「何だ……」

「鍛冶名を頂いた記念に、異形の剣を打たせてもらえないでしょうか」

「異形の剣を打ちたいだと？」

「はい、先々代の天国様が朝廷の命で三振り鍛えたという、常の太刀姿と異なる刀のことです。三振りのうち一振りは関東で乱が起きた時、反乱の鎮圧を命じられた将軍に節刀《せつとう》として下げ渡されたそうですが、残りの二振りは隼人司《はやとのつかさ》の武器庫に大切に保管されていました。私はその太刀を手入れしたこともあります。そしてその太刀に魅せられて刀鍛冶の道に入りました。天座様に、その太刀の木型を親方がお持ちと聞き及びました。ぜひ拝見させていただけませんでしょうか」

「異形の剣とは、あの太刀のことか。あの反りのある両刃の太刀を鍛えるのは難しいぞ。わしとてまだ挑戦したことはない」

「それは重々承知しております。その上でお願いしているのです」

「そうか、それほどまで言うのなら……」

天国は立ち上がると次の間に消えて行った。

「菊麻呂さん、あんた幾つになったんだい」

天国がその場を外すと、妻女の千登世が訊ねた。

「二十一になりました」

「もうよい歳だね。これを機会に嫁を探さねばね」

「ええ、よろしくお願いします」

二人がしばらく世間話をしていると、天国が細長い桐箱を手にして戻って来た。それを板間に置いてふたを開けると、中にはウコン染めの黄色い布にくるまれた長物が入っていた。布を拡げると黒い木型が姿を現した。

「漆で加工してあったのですか！」

白木《しらき》の木型だとばかり思っていた菊麻呂は驚きの声をあげた。漆を塗られた木型はまだ艶々として、実際の鉄色《かないろ》の刀身とはまた違った妖しい雰囲気を醸し出していた。

「祖父《じい》さんも宮中の御用を賜ったのは初めてだったので、その記念すべき太刀の姿をこうして漆まで塗らせて末代まで残そうとしたのであろう。実は宮中からは、二振りの太刀を作るようにとの御下命だったらしく、祖父さんは三振り鍛えて、その中のできのよいものを差し出すつもりでいたらしいのだが、どれもすぐれていたため、結局三振りとも納めることになったのだそうだ。一本は手元に残しておくつもりだったのに、それがままならなくなったので、やむなく木型に漆を塗らせて記念の品としたのだそうだ」

「そうだったのですか。私はてっきり初めから三振りの御下命があったものとばかり思っておりました。隼人司の武器庫には、異形の剣を保管するための棚が三振り分ありましたから」

「いや、二振りだったそうだ」

「このような木型が存在するなど、考えたこともありませんでした。将来、鍛冶修業を終えた暁には、隼人司の大衣《おおきぬ》様に頼んで、武器庫にある異形の剣を見せてもらうつもりでした。親方、この木型を紙に写し取ってもよろしいでしょうか」

「いいとも」

「ありがとうございます。先々代の天国様の想いがこもった木型です。十分に注意を払いますので、しばらく預からせて下さい」

菊麻呂は木型を桐箱の中に戻すと、まるで赤子でも抱くように両手で胸にかかえ、嬉々として立ち上がった。

菊麻呂は細工場で、木型の写し取りにかかった。紙に太刀の形状を写し取り、その脇に肉厚などの寸法なども書き込んだ。この時、隼人司で学んでいた読み書きが役に立った。

天国の木型を写し終えると、それをもとに桐板で寸分違わぬ木型も作った。立体的な木型ではなく、鉄を素延べする際に必要な、刀身を横から見た平たい木型である。

菊麻呂は仕事の合間を見て、異形の剣作りに挑み始めた。両刃の太刀を作るのは初めてだったので、打ち出しに苦労した。しかしそれらの努力も最終段階の焼き入れでことごとく水泡に帰した。何度試みても焼き入れの際に、刀身にねじれが生じてしまうのである。

刀一振りを鍛えるには、貴重な鉄と膨大な炭が必要である。いつまでも天国に甘えているわけにはいかなかった。

(いつの日にか、また挑戦できることもあろう)

菊麻呂は断腸の想いで、異形の剣作りから手を引いたのである。

第四章　阿多

一

菊麻呂が正国《まさくに》の鍛冶名を名乗るようになって、五ヶ月ほど後のことであった。弟弟子の二人を相槌《あいづち》（鍛錬の際、大鎚を用いて、刀鍛冶と交互に熱した鉄塊を叩く役目）に折り返し鍛錬を行っていると、熱気のこもる鍛冶場に来訪者があった。天国《あまくに》に連れて来られたのは、菊麻呂の兄、加世彦《かせひこ》であった。菊麻呂は兄の顔を見るなり、嫌な予感がした。二年前、父の訃報《ふほう》を知らせに来た時と同じ表情をしていた。

「母さんが危篤《きとく》になった」

菊麻呂の予感は的中した。菊麻呂と六歳違いの兄は、鍛冶場に悪い知らせをもたらしたのだ。阿陀の家から稲津までは九十里（約四十八キロ）余り。兄は日の出を待たずに家を出て、急ぎ足でやって来たのであろう。顔には疲労の色がにじみ出ていた。

「うわごとでお前の名前をしきりに呼んでいる」

兄は肩で大きく息をしながら言った。

「悪いのですか」

「そう長くは持たないだろう」

「正国、すぐ母殿に会いに行け」

隣で話を聞いていた天国が言った。

「ありがとうございます。そうさせていただきます。兄さんは大丈夫ですか。今夜はここで休まれて、明日帰られてはどうですか」

「大丈夫だ、一緒に帰る」

「そうですか、では支度をして来ますので」

菊麻呂は弟子小屋に戻った。暑い最中の鍛錬で体中汗まみれになっていたが、乾いた手拭いで清めただけで旅装に着替えた。

「うわごとでお前の名前をしきりに呼んでいる」

兄の言葉が想い出され、着替えながらも涙がこぼれた。

「頓食《とんじき》（おにぎり）を用意しましたので、持って行きなさい」

鍛冶場を立つ時、天国の妻が菊麻呂に竹皮の包みを渡した。

「ありがとうございます。助かります。親方、それでは行って参ります」

二人は天国の家を出ると、夕暮れの忍び寄る道を阿陀に向かった。

「父さんが亡くなった時と同じですね。こんな遠くで勝手をしているものだから、兄さんにはいつも面倒をかけます」

二年前は訃報であった。三月とはいえ、まだ寒い時期であった。冴え冴えと煌めく星月夜の道を、二人は押し黙ったまま、足取りも重く、父の亡骸が待つ家へ向かったのだった。その時と違い、母は危篤の状態だという。阿陀には菊麻呂の帰りを待つ母がいるのだ。菊麻呂は兄の足を気遣いながらも、自然と足早になっていた。

阿陀の家に帰り着いたのは明け方であった。東の空が不気味な茜色《あかねいろ》に染まっていたので、菊麻呂はいやな予感を覚えていたが、それは不幸にも的中していた。家の戸口に立つと、姉らの嗚咽《おえつ》が聞こえてきた。

菊麻呂は戸を開けると、家の中に飛び込んだ。兄の家族や姉らが母の亡骸を囲んでむせび泣いていた。菊麻呂は家に上がると、母の枕元ににじり寄った。

「菊麻呂……間に合わなかったね。ついさっき亡くなったばかりなんだよ」

菊麻呂に気づいた姉が、涙を拭きながら言った。

「母さん……」

菊麻呂は母に呼びかけた。やすらかな寝顔だった。菊麻呂が握り締めた母の手には、まだぬくもりが残っていた。

母の弔いを終えると、またたく間に半月が過ぎ去っていた。父と母を相次いで失い、菊麻呂の心に言いようのない喪失感があった。生まれ育った阿陀の地は、そんな菊麻呂の心を癒やしてくれるのだった。ある日、菊麻呂は阿陀比売《あだひめ》神社に出かけた。神社にお参りするのは、父の葬儀に帰って来た時以来であった。

神殿の前で頭を垂れていると、いつのまにか頭の中は、薩摩への望郷の念でいっぱいになっていた。夢で見た木花咲耶姫《このはなさくやひめ》のことが脳裡をよぎった。父母を失い空虚になった菊麻呂の胸の中で、薩摩への望郷の念と木花咲耶姫への想いが、渾然一体《こんぜんいったい》となって脹らみ始めていた。

(母が亡くなったというのに、俺は何を考えているんだ)

菊麻呂は頭に浮かぶ雑念を振り払おうとした。しかし一度兆《きざ》した心のざわめきを鎮めることはできなかった。

(まだあの異形《いぎょう》の剣《けん》を作れる腕はないが、親方から正国の鍛冶名をもらい、いっぱしの刀鍛冶にはなれた。父母も亡くなり、我はまだ独り身。もし遠国《おんごく》の薩摩へ旅をするならば、この時をおいてないかもしれない)

菊麻呂は薄暗い神殿の奥を見つめながらそう思った。その日、これまでになく薩摩への望郷の念が菊麻呂の心を衝き動かしていた。思い立ったら一途に突き進む性格の菊麻呂である。その日のうちに、宇陀へ帰る決意をしていた。

「あまりにも急な話じゃないか。今日、帰るんだったら、夕べにでも話してくれればよかったのに。こちらはまだ数日はいるんだろうと思っていたんだよ」

慌ただしく帰り支度を始めた弟を見て、姉があきれ顔で言った。


宇陀に帰る道すがら、菊麻呂の頭の中で薩摩行きの計画が形あるものに煮詰まっていった。いつの日にか薩摩の阿多を訪れてみたい――漠然とした想いだったものが、今年中に準備を終え、来年早々には出発したいと決意していた。

菊麻呂は宇陀に帰ると、天国に薩摩行きの希望を述べ許しを請うた。

「薩摩か、わしには想像だにできぬ遠国じゃ。昔のこととはいえ、朝廷はお主ら隼人に気の毒な運命を背負わせたものだな。行ってもよいが、必ず帰って来いよ」

天国は菊麻呂の願いを聞き入れてくれた。

「そこでお願いがあります。路銀《ろぎん》にするため包丁などを鍛えて持参したいのですが、鍛冶場を使わせてもらってよろしいでしょうか」

朝廷は奈良時代より銅銭を発行していたが、たび重なる改鋳《かいちゅう》によってその価値は低下し、信用も失墜していた。そのため民衆の銭離れが起こり、世の中はふたたび物々交換の時代に逆戻りし、支払いなどには米、絹、布が用いられ続けていた。銅銭が使えるのは都や地方の一部でしかなかったが、菊麻呂が薩摩に旅立つ決意をした翌年の永延《えいえん》元年（九八七）の十一月には、ついに銭貨《せんか》の利用停止が宣言されるにいたるのである。そのようなご時世であったから、菊麻呂は絹、布の代わりに刃物をかついで旅をすることにしたのである。鍛冶や鋳物の原料となる鉄鋌《てってい》（板状に加工した鉄素材）でもよかったが、それを製品に加工して付加価値を高めた方が軽くて肩への負担も少なくなる。何よりも包丁や小刀などの日用品なら、どこへ行っても米や食料などとの交換に応じてもらえるはずで、絹や布などと違って雨に濡れる心配もなかった。

「それは構わぬが。ところで薩摩の国まで何日くらいかかるのだ」

天国が訊ねた。律令《りつりょう》の規定では、馬は日に七十里、歩は五十里と定められている。古代の一里は約五百三十四㍍であるから、歩行で一日約二十七㌔である。

「古老などから聞いたところによれば、我々隼人は大和朝廷に服属した直後より、六年おきに朝貢《ちょうこう》を重ねていたそうです。二百人から三百人ほどの編成で、貢ぎ物と食料をかついで四十日ほど要したと聞いております」

「そんなにかかるのか」

「私の場合は貢ぎ物などの重い荷物がありませんから、その半分の日数があれば行けると思います。しかし長い旅の間には予期せぬことも起こりましょう。雨や嵐の日もあると思います。増水で川を渡れなくなり、何日も無為に過ごさねばならない日もありましょう。それに薩摩に無事着けたとしても、どれほど滞在することになるのかもわかりません。ですから、かさのはる食料は最小にして、包丁や小刀などを持てるだけ用意して行こうと思います。それと自分の身を守る太刀も一振り作らせて下さい。隼人司《はやとのつかさ》で身につけた武術が、護身用に役立ちそうです」

「なるほどな、それでいつ立つのだ」

「年が明けたら準備できしだい立とうと思っています」

「そんなに急がずとも、暖かくなるのを待ってはどうか」

「一度こうと決めたら待てぬ性分ですので」

「そうか、わかった。好きにすればよい」

菊麻呂はその日から鍛冶場にこもり、まず護身用の太刀を鍛えた。鎬《しのぎ》造りの湾刀で、中心《なかご》は柄《つか》に差し込む時代の先端を行く太刀である。焼き入れした刀身を自分で研ぎ上げると、すぐに拵え作りを拵え屋に依頼した。続いて小刀や包丁などを鍛え始めた。菊麻呂はこうして先祖の地へ出かける準備を着々と整えていったのである。そして半年ほど後には、どうにか旅の準備も終えていた。これらに要した費用は、すべて隼人司にいた時分に貯えたものであった。

二

永延《えいえん》元年（九八七）の一月中旬、まだ寒さの厳しい時期にもかかわらず、菊麻呂はいよいよ薩摩の阿多《あた》へ旅立つことになった。旅支度が整うと、一日でも早く出立せずにはいられなかったのである。当年二十二歳。人の一生で最も体力の充実した歳頃であった。

「また必ず帰って参ります。親方や皆も、どうかつつがなきよう」

菊麻呂はこの日のために鍛えた刃物類を旅道具とともに葛籠《つづら》に入れて背負い、護身用の太刀はそれとわからぬように布で包んで手に持った。この頃は刀剣が広く世の中に出まわり、庶民までもがこれを手にするようになっていたため、四年前から平安京内は無論のこと、畿内でも庶民が兵仗《へいじょう》を佩用《はいよう》することは禁止されていたからである。

「菊麻呂の無事を神仏に祈っているぞ」

天国が菊麻呂の両肩に手を置き、力強く言うと、天国の家族や弟子たちは今生の別れとばかり、涙ながらに菊麻呂を見送ってくれた。

菊麻呂は後ろ髪を引かれる想いで、まず生まれ故郷の阿陀に向かった。阿陀に着くとまっさきに阿《あ》陀比売《だひめ》神社に立ち寄り、道中の無事を祈願した。阿多への旅は木花咲耶姫《このはなさくやひめ》に逢いに行く旅のようにも想えた。

（すべてはあの十五夜すもうの夜に始まったのだ。あの日、夢の中で木花咲耶姫に出逢わなければ、ここで大衣《おおきぬ》様とはち合わせすることもなかったし、あの異形の剣に心を奪われることもなかったかもしれない。しかしこれが俺の運命《さだめ》なら、行き着く所まで行ってみよう。神様、これからあなたたちの故郷へ出かけて参ります。薩摩の阿多にたどり着けますよう、どうかご加護をお願いします）

菊麻呂はまだ見ぬ阿多の地に想いを馳せながら柏手《かしわで》を打った。

参拝をすませた菊麻呂は、部落の外れにある共同の葬地《そうち》に向かった。そこには菊麻呂の父母や先祖たちも眠っている。人の亡骸はそこで土葬に付されるか、そのまま放置されて風葬に付されるかどちらかである。

葬地には枯れ草に覆われた土墳《どふん》が点在し、あちこちに白骨も転がっていた。寒風にさらされた墓場は、まさに荒涼とした死の世界であった。新たな亡骸を葬る時以外は、誰も近づかない死霊《しりょう》の棲む場所である。半年ほど前に埋葬したばかりの母の土墳さえ、どれなのか定かでなくなっていた。

菊麻呂がこのような場所に足を踏み入れたのは、二度と阿陀の地に戻れなかった時のことを考え、記憶に残る人々の霊に最後の別れを告げに来たのである。菊麻呂は瞑目《めいもく》し、永い間、掌《てのひら》を合わせ続けた。


「薩摩へ出かけるだと！」

突然、顔を見せたかと思うと、やにわに阿多行きを告げられた菊麻呂の兄は、眉間に皺《しわ》を寄せて絶句した。

「いつからそのようなことを考えていたのです」

菊麻呂が帰って来たことを聞きつけ、赤子をおぶって駆けつけた姉が、むずがる子をあやしながら訊ねた。

「隼人司《はやとのつかさ》を辞めたのはそのためです」

「まあ、あの頃からなのですか！」

「薩摩行きのため隼人司を辞めたのなら、なぜ四年もの間、鍛冶修業などという寄り道をしていたのだ。一人前の刀鍛冶になったら、嫁を娶《めと》ってこの村で一緒に暮らしてくれるものとばかり思っていたのだぞ」

兄が問い詰めるように言った。

「遠国《おんごく》の薩摩まで行き来するとなると、路銀もばかになりません。その準備もありましたし、それに何かあった場合に、鍛冶の腕があれば何とかなると考えたからです」

「そこまで周到に準備していたのか……いくら引き止めても無駄のようだな」

菊麻呂の固い意志を知った兄と姉は、それ以上、何も言うことはなかった。

大和の阿陀と薩摩の阿多の交流は、隼人に難儀を強いた朝貢《ちょうこう》の廃止で途絶えていた。皮肉にも朝貢の制度は、本国の隼人と畿内の隼人を結ぶ唯一の絆だったのだ。しかし朝貢廃止から二百年近く経った今でも、阿陀の人々の心には故郷への望郷の念は脈々と受け継がれていた。

「山田の須田麻呂の倅が、薩摩の阿多へ出かけるそうだ」

菊麻呂の阿多行きは、すぐに部落中に知れ渡った。そして誰言うとなく、送別の宴が催されることになった。宴は阿陀比売神社の寄り合い場で夜を徹して行われた。

翌朝、菊麻呂が実家を出る時は、村中の人が見送りに駆けつけた。

「生きて帰って来いよ」

誰かが大声で叫んだ。薩摩への旅は命がけだった。もう二度と会えないかもしれない、それはそこに集った人々の偽らざる気持ちであった。それでも人々は己の望郷の想いを菊麻呂に託したのだ。村人たちは平安京へ向かう菊麻呂を、姿が見えなくなるまで見送り続けた。

阿陀を立った菊麻呂は、三日後には奈良を経て平安京に入った。そしてまっさきに古巣の隼人司《はやとのつかさ》を訪ねた。

「私はこれから薩摩へ立つところですが、その前に大衣様はじめ隼人司でお世話になった方々にご挨拶をと思い、都に立ち寄らせてもらいました」

菊麻呂が大衣の阿多忌寸三幸《あたいみきみゆき》に会うのは四年ぶりのことであった。

「いつか室生寺《むろう》で阿多へ行きたいと申しておったが……あれは本気だったのだな」

大衣は驚いた表情を見せた。

「異形の剣はまだ打てませぬが、何とか一人前に刀を鍛えられるようになり、親方から正国という鍛冶名をもらうことができました。これを機会に阿多行きを決意いたしました」

「ほう、鍛冶名まであるのか。阿多から帰って来たら、さっそく一振り鍛えてもらわねばな」

「はい、喜んで」

その夜は大衣の家で菊麻呂の壮行の宴が催された。集まったのは、おおかた隼人の末裔たちである。移配から三百年近い時が流れたものの、畿内に住む隼人の面々には代々故郷の山河や風土のことは伝承されてきている。皆、それぞれが各自の望郷感というものを心に秘めていた。叶うものなら一度は帰郷してみたいと思っている者たちである。

「菊麻呂がうらやましいの」

菊麻呂と言葉を交わした者は皆、異口同音《いくどうおん》に薩摩行きを羨《うらや》んだが、同時にもう二度と再会することはできないかもしれないという憐憫《れんびん》の色を隠さなかった。

宴は夜遅くまで続いた。大衣宅でこのように宴が盛り上がったのはかつてないことであった。

翌朝のことだった。大衣が菊麻呂に一通の書状を与えた。

「これは薩摩国府《こくふ》にある泰平寺《たいへいじ》という寺の住職に宛てた添え文だ。菊麻呂の薩摩下向《げこう》にあたって何か手助けしてやりたいのは山々なのだが、彼の地の知人といえばこの照順《しょうじゅん》殿くらいのものだ。住職が奈良の薬師寺の学僧だった頃知遇を得たのだが、薩摩に入ったらまずこの方を訪ねてみよ。菊麻呂のことを頼んでおいたから、阿多の近況くらいはわかるかもしれない。それと、本国の縁者たちと行き来がなくなって久しいのだが、阿多の地にはまだどこかに健在なはずだ。もしそれらの者たちと会うことがあれば、よろしく伝えてくれ」

「はい、必ずお訪ねいたします。何か心強い味方を得たような気分です」

大衣の家系は、かつては阿多隼人の統領の家柄である。その家系に連なる者たちを探し出すのは容易に思えた。

「これは些少《さしょう》だが路銀にしてくれ」

大衣が布袋を手渡した。かなりの量の砂金であった。

「重ね重ねありがとうございます。今までのご恩は決して忘れません」

菊麻呂は大衣の前で地に手をついて頭を下げた。

三

菊麻呂は隼人司の面々に見送られ平安京を立った。影面《かげとも》の道（山陽道）を南下し、最初の駅家《うまや》である山城国の山崎駅に向かった。影面の道は都と九州の太宰府《だざいふ》を最短で結ぶ最も重要な官道である。この大路《たいろ》には三十里（約十六キロ）毎に駅家が設置され、道幅も広く整備されていたから、この街道をたどって行けば間違いなく九州へ行き着くはずであった。とは言うものの、この道は中央と地方間の情報伝達と年貢の輸送、国司等の任地への赴任など、主として公の用に供されるためのもので、個人が単身で旅をするにはさまざまな危険が待ち受けていた。

これから菊麻呂が向かう道は、かつて先祖の隼人が歩んだ苦難の道でもあった。薩摩の阿多から都へ貢ぎ物を納めるため、数百人規模の行列を作り、重い荷物を背負って旅をして来た道である。それはさながら蟻の行列にも似ていたが、蟻の方がまだましであった。蟻ならば向かう先は巣穴であり、そこには安息の場所があった。それに比べると、往路四十日の朝貢の旅は想像を絶する過酷さであった。大切な貢ぎ物と各自の食料を肩にかついで、毎日毎日歩けるだけ歩いた。少人数なら寺社や民家に宿泊を乞うこともできようが、数百人もの大勢ではそれも無理で、雨の日も嵐の日も野宿の連続であった。そのうえ口にする物といえば、炊いた米を天日で乾燥させた乾飯《ほしいい》とわずかな干物だけである。あとは道ばたの草をちぎって食べるしかなかった。時には飢えで病になり、命を落とす者も少なくなかった。まさに命がけの旅であったが、それはさらなる難儀の始まりにすぎなかった。都に貢ぎ物を届け終えた彼らは、その後、六年から八年も都に滞在し、雑事、労役に従事せねばならなかったのである。その間、彼らの帰郷を待つ家族は一家の支えであった男手を失い、生活は困窮を極めていた。これが戦いに負けた者の悲しい宿命であった。

菊麻呂が薩摩へ立った頃は、陸路で太宰府へ向かうより、海路の比重が高まっていたが、菊麻呂はあえて陸路を選んだ。先祖の歩んだ苦難の道をたどることによって、先祖の想いに少しでも近づきたいと考えたのである。

(俺は今、かつて先祖たちが朝貢のために上って来た道を歩いているのだ)

菊麻呂は影面の道を歩き始めると、感慨深い想いに駆られていた。

摂津の葦屋《あしや》まで来て、菊麻呂は初めて海というものを見た。影面の道をしばらくそれて南の方に歩いて行くと、立派な松並木が一直線に続いていた。松林の向こうから不思議なざわめきが聞こえ、菊麻呂はいつの間にか心がやすらぐような匂いに包まれていた。その音にも匂いにも、遠い昔に体験したことがあるような懐かしさがあった。

松林の中に入って行くと、白い砂浜が見えた。そして渚の向こうには碧い海がのたうちながら広がっていた。

(これが海というものか！　何という果てしなさだ。いつか夢で見た海もこのようだった。あれは正夢だったのだろうか)

菊麻呂はしばらく我を忘れて立ちつくしていた。

菊麻呂は野宿をしたり、雨の日は寺社の軒先を借りたりしながら、毎日歩けるだけ歩いた。月明かりの夜は、体調がよければ夜行も厭わなかった。川の水はまだ冷たかったが、吉野川の流域で育ち、鵜飼いを生業《なりわい》の一部としていた菊麻呂である。川での漁は得意であった。川魚を採り河原で焼いて空腹を満たした。包丁と海魚を交換してもらい、初めて生の海魚を口にし、その味に舌鼓を打ったこともある。畿内で暮らしていた時は、海魚といえば塩干しにしたものだった。

菊麻呂が命の危険を感じる出来事が起きたのは周防《すおう》の国でのことだった。国府のある娑婆県《さばのあがた》(防府)を過ぎると、佐波《さなみ》川にぶち当たった。大崎の渡しと呼ばれる渡し場があった。川の両岸には簡単な桟橋があり、小舟が舫《もや》われ客待ちをしていた。

「渡してもらえないか」

菊麻呂が舟の上に腰掛けていた船頭に声をかけた。

「米二合だ。よかったら乗りな」

菊麻呂は背負っていた葛籠《つづら》をおろし、舟の中央に置くと、自分も乗り込んだ。

「俺も乗せて行ってくれ」

もう一人の客が駆け込んで来た。男は渡し賃の米の入った小袋を船頭に渡すと、菊麻呂の葛籠を間にして舳先《へさき》に座り込んだ。菊麻呂は葛籠のふたをあけると、中の米袋から枡《ます》で米をすくい、船頭の差し出した器に二合の米を入れた。

「どうもどうも、それじゃ舟を出すぞ」

菊麻呂が葛籠のふたを閉めようとした時、相乗りの男と視線が合った。男は菊麻呂の葛籠の中を覗き込むようにしていた。

「兄さん、どこへ行くんだい」

男が訊いてきた。

「筑紫島《つくしのしま》（九州）の薩摩まで行くところです」

「そんな遠くまで行くのかい。この辺の言葉じゃないがどこから来たんだい」

「大和の国から来ました」

「そりゃあまた、大変な長旅だな。俺なんか、この周防の国から一歩も出たことはないんだぜ」

「そうですか」

　菊麻呂と男が語らっているうちに、舟はじきに対岸に着いていた。川越をした菊麻呂は、ふたたび葛籠を背負って歩き始めた。相乗りの男の姿はいつの間にか見えなくなっていた。

　渡し場からしばらく歩くと、山道にさしかかった。菊麻呂の背後から、三人連れの男たちがついて来ていた。人気の無い寂しい場所にさしかかった時だった。男たちがいきなり駆け寄って来た。菊麻呂が後を振り返えると、いかにも人相の悪い者たちだった。

（こいつら追い剥《は》ぎか……あの男もいる！）

　三人のうち二人は手に刀を握り締めていた。素手の一人は渡し舟で相乗りになった男だった。

「おい、背中の葛籠と太刀を置いて行け」

　三人の中の髭面《ひげづら》の男がだみ声で言った。

「やはり追い剥ぎのたぐいか」

「そうだ、わかったら痛い目に遭わぬうちにさっさとしろ」

　舟で一緒だった男が言った。舟の中で菊麻呂の葛籠の中を覗き込んでいたが、この男が二人を手引きしたのであろう。長旅の途中と知り、路銀を持っていると踏んだに違いない。

「断る」

　菊麻呂は毅然《きぜん》と言った。隼人司での四年間は、狗吠《くはい》と武術の修練に明け暮れた毎日であった。腕には少々覚えがあった。

「やっちまえ」

　首領とおぼしき髭面の男が言った。菊麻呂はやむなく太刀を抜き放った。争いのために太刀を抜いたのは、もちろん初めてであった。乱闘が始まった。相手は喧嘩慣れしていても、宮門警護のため太《た》刀打《ちうち》（剣術）を叩き込まれた菊麻呂の敵ではなかった。相手を斬る機会は何度もあったが、そのたびに菊麻呂は躊躇《ちゆうちよ》して太刀を振りおろせなかった。自分の鍛えた太刀を、賊どもの血で汚したくなかった。しかしそのように悠長に構えている場合ではなかった。下手をすれば殺されてしまうのだ。首領格の男が大上段に構えた直刀を振りおろしてきた時、菊麻呂は大刀先をかわすなり、意を決して相手の右手に斬りつけていた。

「ぎゃあああー」

人の声とは思えない絶叫が響き渡り、大刀と右腕が草むらに転げ落ちていた。男の肩先から血飛沫《ちしぶき》がほとばしった。もだえ苦しむ仲間の姿を見て、残りの二人は浮き足立ち、戦意を喪失していた。それを見た菊麻呂は、その場から逃げるように立ち去った。

「うわーっ」

血刀を手にしたまま駆けて来た菊麻呂を見て、行き会った農夫が恐怖の叫び声をあげた。その声で菊麻呂は我に返った。追い剥ぎらは追って来る気配はなかった。菊麻呂は腰にぶら下げていた手拭いで刀身の血糊を拭き取った。手拭いに付いた血が汚らわしく、おぞましかった。菊麻呂は血糊を拭き取っても、それを鞘に納めるのをためらっていた。

しばらく歩くと小川があった。菊麻呂は川の流れで刀身を洗い清めた。流れに浸した刀身を何度も何度もこすった。菊麻呂の脳裡にさきほどの血塗られた場面がまざまざとよみがえっていた。血飛沫をあげる二の腕。地面に転がった腕先。凄惨《せいさん》な情景であった。菊麻呂の鍛えた太刀は、人の肉を、そして骨をなんなく断ち斬ったのである。刀に求められる第一の要件は斬れ味である。作者みずからそれを体験する機会に恵まれ、予期した以上の斬れ味に驚いていた。それと相手の腕を斬り落とした時の感触が両手にこびりついたように残り、菊麻呂の身体感覚に虫唾《むしず》を走らせていた。

菊麻呂は葛籠から油を出して刀身に塗った。そして改めて刀身を見つめた。刀身には刃こぼれ一つなかった。菊麻呂は複雑な想いに駆られながら、ようやく刀身を鞘に納めた。

菊麻呂は歩きながら、腕を失った男のことが気になってしかたがなかった。

（血止めをしただろうか。もう死んだのではなかろうか）

そんなことを考えながら歩いていた。菊麻呂は自分が作っているものが何であるか十分承知しているつもりであった。実際に人を斬ってみて、その想いを新たにするのだった。


そうこうしながら日和《ひより》にも恵まれ、都を出てから半月余りで長門《ながと》の国の臨門《りんもん》（下関）に達していた。菊麻呂は影面《かげとも》の道をすべて歩き終えたのである。

「これが筑紫島《つくしのしま》か」

菊麻呂はおぞましい出来事以来、陰鬱《いんうつ》な気分で旅を続けていた。指呼《しこ》の距離に九州の山並みを望むと、まるで目的地にたどりついたかのように心が躍り、思わず涙が溢れそうになっていた。

本州と九州の間は、流れの速い穴戸《あなと》の瀬戸（関門海峡）で隔てられていた。その距離一里余り。菊麻呂は潮止まりを待って、舟で九州へ渡った。着いたのは豊前の杜崎《もにさい》（門司）である。九州に一歩を印すと、防府で起きた忌まわしい出来事から解放された気になった。菊麻呂はその後、太宰府を経て、九州西岸を南に下り、七日余りで薩摩の国に入った。

菊麻呂が薩摩国府の置かれている、川内《せんだい》川流域の高城《たき》に着いたのは二月十日のことであった。菊麻呂は大衣《おおきぬ》が添え文を書いてくれた照順法印《しょうじゅんほういん》に面会するため泰平《たいへい》寺を訪ねた。泰平寺は奈良時代初期の和銅《わどう》元年（七〇八）に、時の天皇の勅願により建立《こんりゅう》された由緒ある寺で、広大な敷地に大きな伽藍《がらん》が建てられていた。

菊麻呂は大衣の添え文を手にして寺の門をくぐった。

「三幸《みゆき》殿の紹介で都から拙僧《せっそう》を訪ねて来られたのか！」

住職の照順は驚いた様子で、さっそく書状に目を通した。

「子細はわかりました。お若いのに、よう薩摩行きを決心なさいましたな。しばらくこの寺に滞在し、阿多の様子をよく調べられてから行かれるがよかろう。やみくもに訪ねて行っても難儀をするだけですぞ。拙僧もできるだけ協力いたしましょう」

書状を読み終えた住職は、菊麻呂の来訪を心から歓迎してくれた。菊麻呂は住職の好意を喜んで受けることにし、その夜、都を出て以来、初めて屋内で眠ることができた。

「阿多の木花咲耶姫《このはなさくやひめ》の神話をご存じか」

翌日のことだった。宿坊《しゅくぼう》で朝餉《あさげ》をすませ、住職の部屋で語らっている時、照順の口から思いがけなく木花咲耶姫の名前が飛び出した。

「……」

一瞬、何のことかわからず、菊麻呂は住職の顔をただ見つめていた。

「ご存じではなかったか」

「いえ、存じております。私の生まれた大和の阿陀郷には木花咲耶姫を祀った阿陀比売《あだひめ》神社があり、私はそこを遊び場にして育ちました」

「おお、それはまた奇遇《きぐう》な。木花咲耶姫はそなたら阿多隼人に連なる女神ゆえ申したまでじゃが」

「木花咲耶姫が何か？」

「この寺に来られた時、小さな山が目に入られたと思うが、あれは神亀山《しんきざん》と言って可愛山陵《えのみささぎ》がある所じゃ。と申してもおわかりにならぬであろうが、木花咲耶姫の夫、邇邇藝命《ににぎのみこと》の山陵じゃ。今ではただの鬱蒼《うっそう》とした小高い森じゃがの」

「邇邇藝命の！」

「興味がおありなら、今日にも訪ねてみなされ」

「はい、さっそくお参りに行って来ます」

　菊麻呂は木花咲耶姫の名を耳にして、また一歩故郷に近づいたことを実感した。菊麻呂はさっそく山陵を訪ねてみた。年代を感じさせる杉木立が厳かな雰囲気を醸し出していたが、特に見るべきものがあるわけではなかった。


　夕方、住職が阿多の簡略な絵図を墨で書き、それに山河や道筋などを記した後、それぞれについて一つ一つ説明をしてくれた。

「ここから海岸線に沿って南に百里（約五十キロ）ばかり歩いて行けば、やがて大きな川にでくわすが、それが阿多一番の大河万之瀬川《まのせ》じゃ。阿多隼人は古来よりこの流域を中心に暮らしていたそうじゃ。万之瀬川は時には異国船も出入りする大河川じゃから、行けばすぐにわかるはず。この辺りからは東の方角に金峰山《きんぽうざん》、南西にはきれいな円錐形をした野間岳《のまだけ》が見える。いずれも阿多隼人が神聖な山として崇めていた霊峰じゃ。そうそう阿多に行かれるなら、何はさておき砂丘《さきゅう》のことを話しておかねばならなかった。ここの海沿いの砂浜は他国では見ることのできない、非常に珍しい砂浜ですぞ。砂丘と言って、砂が丘状に堆積した広大な砂浜が、延々と百里も続いておるのじゃ。その様はまさに絶景、白砂青松のそれは美しい海岸線ですぞ」

住職は阿多の風景を微に入り細にわたって話してくれた。

「おおそうだ。木花咲耶姫とは幼少の頃より縁があったと申されていましたな。阿多には木花咲耶姫に関わる遺跡がいっぱいありますぞ。邇邇藝命が上陸した神渡《かみわたり》海岸、邇邇藝命と木花咲耶姫が出逢った笠沙《かさ さ》の岬、二人が宮居《みやい》を定めた笠沙宮跡、木花咲耶姫が火照命《ほでりのみこと》(海幸彦=阿多隼人の祖)、火須勢理尊《ほすせりのみこと》、火遠理尊《おほりのみこと》(山幸彦=皇室の祖)の三人を燃え盛る産屋《うぶや》で無事出産された場所とされる双《ふた》子池《ごいけ》跡、木花咲耶姫の父を祭った大山祇《おおやまずみ》神社など、行く先には事欠きませんな」

住職は絵図に一つ一つ印《しるし》を付けながら菊麻呂に語った。

「阿多に着いたら、訪ねてみられるとよい」

ひとしきり話し終えると、住職は筆をしまいながら言った。

「大変参考になりました。このまま阿多の地に入っても、右も左もわからず、ただ途方に暮れるところでした。ありがとうございます」

菊麻呂は両手で絵図を持ちながら、感謝の言葉を述べた。

「それから、三幸殿の縁者のことだが、心当たりに訊ねてみたのだが、今となってはそれらの人々の消息はわからなくなっているようだ。時の流れは無常でござるな」

住職が申し訳なさそうに言った。

「そうですか」

「薩摩の地で最も勢力を誇っていた阿多隼人の一部が畿内に集団移住させられた結果、阿多隼人が勢いを持っていた頃には北部の少数派でしかなかった薩摩隼人が勢力を伸ばし、今では国名まで薩摩を冠するようになり、この国の居住民はひっくるめて薩摩隼人と呼ばれるようになった。そのようなわけで、阿多隼人の呼称もいつのまにかすたれ、阿多郡阿多郷に地名としてその名を留めているにすぎない」

「この国が薩摩と呼ばれるようになったのには、そのような経緯があったのですか。大隅隼人の居住地は大隅国なのに、こちらはなぜ阿多国ではなく薩摩国なのだろうと疑問に思っておりました。そうですか、阿多隼人はもはや薩摩隼人に吸収されてしまったのですね」

菊麻呂は力なく宙を見つめた。

「大和朝廷は隼人が服属する以前から、この地に隣国などから倭人《わじん》を集団移住させ、隼人の勢力を弱めようとしてきたのじゃ。何を隠そう、拙僧の先祖は豊後の国からの移住者だったのじゃよ。そなたとは立場こそ違え、朝廷によって、強制的に故郷を捨てさせられたことに変わりはない。それなのに、今では薩摩隼人の一員じゃ」

住職が菊麻呂を力づけるように言った。

「移住した阿多隼人も同じことです。朝貢が廃止された後は、本国とのつながりはしだいに希薄になり、さらにはその関係もいつしか絶えてしまいました。今では倭人との同化も進み、隼人司《はやとのつかさ》のみがその歴史の生き証人的存在になっています」

「いずこも同じじゃの。拙僧も以前、奈良の薬師寺での修行を終えて帰国する途中、豊後の我が本貫《ほんかん》の地を訪ねたことがあったが、身寄りの者を誰一人として探し出すことはできなかった。時の流れとはまことに残酷なものじゃの」
「そうでございましたか……」
かつて阿多隼人を率いた大衣の家系ですら、今ではその一族の消息を知ることは難しくなってい
た。ましてや名も無い菊麻呂の家系など、推して知るべしである。菊麻呂は阿多に行けば、親戚筋の
者たちに逢えるかもしれないと一縷《いちる》の希望を抱いて薩摩入りしたが、住職の話を聞くに及んでその夢
も潰《つい》えた思いであった。
「色々とお骨折りいただき、ありがとうございました」
菊麻呂は住職に深々と頭を下げた。

翌日、菊麻呂は朝餉をすませると早々に泰平寺を立った。住職に教えられたとおり、ひたすら南に
向かって歩いていた。シラス台地の山間《やまあい》を抜けしばらく歩くと、道は海岸線に沿うように通じてい
た。大和育ちの菊麻呂にとって南国の薩摩は暖かく、歩いていて汗が滲むほどであった。
陽が南中する頃、菊麻呂は道をそれ、海の方に向かった。松林を抜けると、見たこともない灌木の
群落があり、その先には眩い広大な砂丘がどこまでも続いていた。潮が引いているのか渚は一里ほど
先にあった。圧倒されそうな広い砂浜である。足もとに目を落とすと、これまた初めて目にする植物
が、砂浜を這うように蔓性《つるせい》の葉を延ばし、辺り一面を緑で覆《おお》っていた。植物の緑と、白い砂浜、碧い
海が強烈な色彩となって菊麻呂に迫ってきた。
(都からここまで歩いて来たが、こんなに広大で美しい海岸線は初めて見た。水平線の向こうに山影
の無い景観を見たのも初めてだ。果てしないとはまさにこのことを言うのであろう。子どもの頃、近

所の古老が話してくれた阿多の海の様子は本当だった)

畿内に移住を余儀なくされた阿多隼人の末裔たちは、本国での風俗、習慣、伝説、信仰などさまざまな事柄を口承《こうしょう》で後世に伝えてきた。果てしない海に面した阿多――その一つが事実だと知り、菊麻呂の胸は昂揚感で満たされていた。菊麻呂はそのまま砂浜を歩いて阿多へ向かいたかったが、さすがに歩きにくく、じきにもとの道に戻った。

菊麻呂は小川に出くわすと、岸辺に降りて行き、ぬるみ始めた清らかな水をすくって口に含んだ。

(水までもが懐かしい味に想われる)

菊麻呂にとって、五感で感じられるものは、すべて愛おしく感じられた。

陽が傾き始めた頃、道の左手に広い水面が現れた。小鴨があちこちに群れている。それを万之瀬川《まのせ》だと思った菊麻呂は、鍬《くわ》をかついで家路を急ぐ通りがかりの村人に訊ねた。

「あそこに見えるのは万之瀬川ですか」

菊麻呂の問いに、村人は怪訝《けげん》そうな顔で応えた。

「あれが川なものか。中原池《なかはらいけ》(薩摩湖)という池だがな」

「池でしたか！　私はてっきり万之瀬川かと思いました。そう言えば水面に動きがありませんね。

……万之瀬川はまだ遠いのですか」

「そうだな、ここからだと二十里(約十㌔)ばかり先かな。あんた言葉が違うが、どこから来たのかね」

「平安の都から参りました」

「これはたまげた。ずいぶん遠くから来たんだね。万之瀬川まで行くんだったら、急がねば日が暮れてしまうよ」

「ご親切にありがとうございます」

村人に礼を言った後、海岸の方角に目を向けると、海と陸地を隔てるように続く松林の上に、輝きを失った真っ赤な太陽が見えた。

(水平線に沈む夕日を海辺から見てみたい。今夜はこの辺りで野宿するか)

海に沈む落日——それは阿多隼人にとって、心の原風景とでも言うべき情景であった。阿多の海に沈む夕日の美しさを、菊麻呂はいくどとなく聞かされて育った。大和の国や平安の都で暮らしていた菊麻呂にとり、太陽や月は山ぎわから昇り、山ぎわに沈むものだった。水平線から顔を出す朝日と、水平線に沈む夕日を見ることは、菊麻呂にとってささやかな願望であった。大和から薩摩までの道中、水平線に沈む夕日を見ることのできる最初の機会は、九州の北岸を太宰府に向かって歩いている時であった。しかし、その時は、あいにく雨にたたられて海すら煙っていた。

菊麻呂は道をそれ、急ぎ足で砂丘の方角に向かった。ハマヒルガオに覆われた砂の丘に立つと、夕日が水平線近くにあった。遠浅の海には幾重もの波がゆっくりと打ち寄せ、心のやすらぐ潮騒の音を奏でていた。菊麻呂は砂丘を駆け下り、砂浜に肩の荷を置いて波打ち際に歩み寄った。熟れた果実のような夕日が西の空を茜色《あかねいろ》に染め、陽光が海面を一条の光となって菊麻呂の足もとまで伝っていた。やがて夕日が水平線に達すると、まるで二つの夕日が接したかのような姿になり、瞬く間に沈んでいった。後には燃えるような空が取り残されていた。菊麻呂はただ呆然と立ちつくしていた。

いつのまにか辺りには宵闇が迫っていた。菊麻呂は慌てて薪《たきぎ》にする流木を探し始めた。内陸の大和で生まれ育った菊麻呂には、日中の薩摩の気候は暖か過ぎるくらいに感じられていたが、さすがに夜はまだ寒々としていた。

菊麻呂は焚き火が燃え始めると、泰平寺の用意してくれた頓食《とんじき》（おにぎり）の入った包みを開いた。卵形に握り固めた強飯《こわめし》が、甘い爽やかな香りのする大きな緑の葉（月桃《げっとう》＝サネン）に包まれていた。菊麻呂が初めて目にする葉である。葉の香りが強飯に微かに移り、食欲をそそるのだった。頓食を食べ終えると、菊麻呂は満天の星空を見上げながら眠りについた。

四

翌朝、菊麻呂は波の音とカモメの鳴き声で目が醒めた。昨夜は今度の長旅の中で、最も熟睡できた夜だった。菊麻呂は焚き火の燠《おき》でスルメを焙《あぶ》り、それを食いちぎりながら、朝凪《あさなぎ》の海をいつまでも眺めていた。

（都や大和にいた頃、動きのある広大な風景と言えば、大空を流れる雲くらいのものだったが、ここには大海原もある。波が沖合から次々とやって来て、白く泡立ちながら砂浜を洗っていく様は、見ていて飽きることがない。何と平穏な光景なのだろう。今日は海を見ながら砂浜を行くか）

菊麻呂は焚き火の始末を終えると、渚を南に向かって歩き始めた。しばらくして後を振り返ると、弓状の海岸線がはるか彼方まで続いていた。汀線《ていせん》に添うように点々と印された足跡が、清浄な砂浜を汚しているようで菊麻呂は心苦しかった。菊麻呂は足もとに視線を落とした。

（この足跡は大和の阿陀まで続いているのだ）

そう考えると、自分の足跡が愛おしくさえ想われた。

菊麻呂はふたたび歩み始めた。草鞋《わらじ》の中に砂粒が紛れて歩きづらかった。

(昨日会った村人は、万之瀬川まで二十里ばかりと言っていた。砂浜を歩いて来たので、距離の感覚が鈍っているが、もうだいぶ近くまで来たはずだ……)

そう思って海岸線の遠方に目を凝らすと、陸地が岬状に突き出し、その一部がきれいな円錐形をしているのが目に入った。

(もしかしたら、あれが住職の言っておられた野間岳《のまだけ》という山だろうか……想像していたより随分小さな山だが)

そう思いつつも、菊麻呂はしだいに懐かしい感情に囚われ始めた。菊麻呂が阿多隼人が聖地として崇めた野間岳に気づいてからしばらくすると、行く手に広大な河口が姿を現した。カモメがかまびすしい鳴き声をあげながら飛び交い、干潟では大型のサギなどが羽を休め、おびただしい小鴨《こがも》が水面に群れていた。

(泰平寺《たいへいじ》の住職は異国船も出入りする大河川とも言われたが、これこそ万之瀬川に違いない。俺はとうとう阿多までやって来たのだ！)

菊麻呂は飛び上がりたい心境であった。阿多へ立つ時、見送ってくれた人々に声を届けられるものなら、大声で叫びたい心境であった。

菊麻呂は砂浜で立ち止まり、周囲を見まわした。初めて目にする故郷の光景を、しっかりと脳裡に焼き付けておきたかった。菊麻呂が何気なしに東の方角を見つめていると、何の変哲もない山並みが見えた。菊麻呂の目がその山に釘付けになった。二つの隆起した山頂が女性の乳房《ちぶさ》に見えた。その二つの頂《いただき》の南側にある一番高い山の稜線が、女性の顎《あご》や鼻や額、それに流れるような髪に見えた。山の稜線を北から南に追っていくと、まるで女人が仰臥《ぎょうが》しているようである。菊麻呂は眠っていた記憶を呼び覚まされたような気がした。

「いつか夢で見た光景にそっくりだ！」

菊麻呂は思わず叫んでいた。

太古の昔からこの地で暮らしてきた阿多隼人にとって、海に沈む落日や背後の山並みは、それこそ脳にすり込まれた原風景であった。実際に見たことのない景色だったが、先祖の脳に記憶されたものが血脈を通じて引き継がれ、夢になって現れたのであろう。菊麻呂は山並みを見て、ますます阿多の地にたどり着いたことを実感していた。

故郷の阿多にようやく到着したと言っても、知人がいるわけでも、頼る人がいるわけでもなかった。これまでと同様、行く先々で野宿し、刃物を食料に交換して食いつなぐ生活に何ら変わりはなかった。その事を考えた時、菊麻呂は激しい虚脱感に見舞われていた。そして念願だった阿多の地にやっとの想いでたどり着いたというのに、菊麻呂は次ぎの行動に移れないでいた。これから先、阿多の地で何をどうやってよいかわからなかった。

（とにかく阿多の地がどういう所なのか、故郷を隅々まで見てみよう。その上でこれからどうするか決めればよい。まずは住職の語ってくれた、古代神話の舞台となった地を訪ねてみよう）

そう決心した菊麻呂は、その日から木花咲耶姫《このはなさくやひめ》に関連する遺跡を訪ね歩いた。阿多隼人が神聖な山として崇めたという野間岳や金峰山にも登った。

それは野間岳に登頂した時だった。山頂の岩場には、邇邇藝命《ににぎのみこと》と木花咲耶姫を祀《まつ》った野間神社があった。拝礼を済ませ周囲を見まわすと、はるか遠方まで望めた。眼下に果てしなく広がる紺碧の海は碧い玉のような美しさで、西方には湾刀を想わせる岬が海に突き出し、東に視線を転じると断崖絶壁の海岸線が果てしなく続いていた。阿多の砂丘でできた優しげな海岸線とは対象的な、人を拒むような荒々しい景観である。

（あそこにも野間岳が！）

東方の幾重もの稜線の向こうに、円錐形の山が遠望できた。その美しい山容は、野間岳の比ではなかった。

（あれは何という山なのだろうか？）

菊麻呂の胸にその山のたたずまいが強烈な印象として残った。


菊麻呂が阿多に来て、八日目の夜だった。その日は月のない暗夜で、菊麻呂は暖をとるため万之瀬川中流域の河原で焚き火をしていた。その時、菊麻呂は川上に揺れ動く明かりを認めた。灯火とおぼしき光は、川岸を埋め尽くすように生い茂る葦原《あしはら》を、暗闇にほんのりと浮かび上がらせながら移動していた。

（こんな夜中に何だろう？）

菊麻呂が不審に思って見つめていると、明かりはしだいに近づいて来た。明かりは小舟の舳先《へさき》にともしたかがり火のようである。ホウホウという人の掛け声も聞こえた。

（もしや！）

耳慣れた掛け声だった。菊麻呂は川縁まで行き、舟が流れ下って来るのを待った。やがてかがり火に照らされた数条の縄と、細長い小舟の上に三人の人影が見えた。

「やはり鵜飼《うか》い舟だ！」

菊麻呂は思わず叫んでいた。

菊麻呂の生まれ育った大和の阿陀は、吉野川の清流域にあった。このため川の幸にも恵まれ、鵜飼いで生計を立てている者も多かった。菊麻呂の父親も竹細工の片手間に鵜飼いを行っていたので、菊麻呂もそれを手伝っていた。片手間だけに、浅瀬を歩きながら一〜二羽の鵜を操る徒歩鵜《かちう》と呼ぶ小規模なものであったが、小舟を用いた本格的な鵜飼漁を行っている者も七戸ほどあった。鵜飼いの漁法は、移住隼人が薩摩の地から阿陀の地に持ち込んだものである。

舟が菊麻呂の前を通り過ぎた時、河畔の焚き火に気づいたのか、腰蓑《こしみの》を身に着け舟の舳先で五〜六羽の鵜を操っていた男が一瞬顔を上げた。菊麻呂と視線が合った。菊麻呂は軽く会釈を送った。五十がらみの男は、菊麻呂を一瞥《いちべつ》しただけで、また手縄《てなわ》さばきに戻った。棹《さお》を握っていた二人の男も、菊麻呂に目を向けることなく舟を操ることに集中していた。菊麻呂は鵜使いの掛け声が絶え、かがり火が見えなくなるまで鵜飼舟を見送っていた。

（この胸の昂揚感は何だろう。阿多に着いて以来、さまざまな感動に出逢ったが、今夜の感動はそれらとは少し異質なような気がする。これまでは美しい景色などに心を打たれたが、今、俺の胸をときめかせているのは、阿陀と阿多の太い絆を見たからに違いない。鵜飼いの漁法は今でこそ畿内の各地に広まったが、もともとはこの阿多で行われていた特殊な漁だ。俺は阿多に来て、初めて阿多と阿陀が同根だということを、鵜飼舟を見て思い知らされたのだ）

菊麻呂はこれまでに阿多の主な地を巡り歩いた。しかし菊麻呂が見聞きした限りでは、この地に阿多隼人の痕跡はもはや残されてはいなかった。木花咲耶姫の伝承同様、阿多隼人までもが神話の世界に溶け込んでしまった感があった。

翌朝、菊麻呂は昨夜の鵜飼舟を探すため、万之瀬川の河畔を下って行った。鵜飼いは舟を漁場の上流まで運び、そこから下流へ舟を流しながら行う漁法である。昨夜の鵜飼舟は河口付近に繋がれているはずであった。菊麻呂は舟を探し、昨夜の鵜使いたちと話がしてみたかった。

河畔近くの小高い葦原《あしはら》に、粗末な小屋が点々と建てられていた。そこから「グワッ、グワッ」という濁りのある鳥の鳴き声が聞こえてきた。鵜を飼っている鵜小屋であることは、阿陀で鵜の世話をしていた菊麻呂にはすぐにわかった。近くの河原には三艘の鵜飼舟も繋がれていた。若い男が鵜小屋を清掃しているのが見えた。菊麻呂より年若な青年である。

「鵜小屋の掃除ですか」

菊麻呂は青年に話しかけた。

「ああ」

「夕べ、舟を出している人がいましたが、もう漁の時期なんですか」

鵜飼舟で捕る主な川魚は鮎である。阿陀では遡上して来た鮎が大きくなる四月頃から漁が始まっていた。

「まだ鵜を慣らすために始めたんだ。もう少ししたら本格的な漁期になる」

「鵜飼いをやっている家は多いんですか」

「昔は盛んだったらしいけど、今では四戸くらいのものかな。夕べ舟を出したのはうちの祖父《じい》さんだが、あまり形はよくなかったみたいだ」

「そうでしたか」

「あんた見慣れない顔だけどどこから来たんだい」

「大和の国から来ました。宇智《うち》郡の阿陀という所からです」

その時、小屋の中の鵜が急に騒々しくなった。

「大和の阿陀だって」

菊麻呂の背後から声がした。菊麻呂が振り返ると、昨夜、手縄《てなわ》で鵜を操っていた老人が、両手に雑《ざ》魚《こ》を入れた竹籠《たけかご》を持って立っていた。鵜に餌を運んで来たのである。

「はい」

菊麻呂は老人に会釈しながら応えた。

「阿陀といえば、その昔、この地の者たちが無理矢理連れて行かれた土地と聞き及んでおるが……あんたはその子孫か」

老人は菊麻呂をなめ回すように見てから言った。

「はい、そうです。いちど先祖の地を見ておきたいと思い、こうして単身でやって参りました」

「ほう、それは今時めずらしい」

「夕べ、河原で野宿していたところ、思いがけず鵜飼舟を見かけました。じつは阿陀には吉野川という大きな川が流れているんですが、ここでも鵜飼いが盛んに行われています。かくいう私も、父親の徒歩鵜《かちう》を手伝いながら育ちました。そういうわけで、鵜飼いには親近感があり、こうして夕べの鵜飼舟を探して下って参りました」

「ほう、移住先でも鵜飼いを続けておったか」

「ええ、今では都を流れる宇治川をはじめ、畿内周辺の河川にも広まっています。帝《みかど》にも盛んに献上しているほどです」

「鵜飼いで捕った鮎が帝の口に入るのか！　鵜飼いもえらく出世したものだな。昔は万之瀬川でも鵜飼いは盛んだったが、今ではこの漁を行う者は三〜四戸に減ってしまった。海が近いから魚種の多い海漁が実入りもよいのだ。ここの鵜飼いはいずれ消え去る運命だ」

本家の鵜飼いは廃《すた》れたのに、移住した隼人はまだ盛んに鵜飼いを行っていた。海のない大和の国にとって、川魚は貴重な食料だったからである。

「それでお主、ここでずっと野宿生活を続けているのか」

「ええ、阿多に着いてから今日で九日ほどになります。その間に先祖の地をあちこち見物させてもらいました」

「これからどうするのじゃ」

「まだどうするか決めかねているところです。あっそうだ、あなたは都にある隼人司《はやとのつかさ》という役所をご存じですか」

「ああ、いつだったか聞いたことがあるな。何でも移住した隼人を束ねているところだとか」

「そのとおりです。私もまだ若い頃、そこに勤めておりました。そこで実質、畿内の隼人を束ねていたのは、大隅隼人と阿多隼人の長《おさ》の子孫で、大衣《おおきぬ》と呼ばれる二人でした。阿多を訪ねるにあたって、阿多隼人の長である大衣様、阿多忌寸三幸《あたいみきみゆき》様という方なのですが、この方に、薩摩の阿多にはまだ自分の血筋の者がいるはずだから消息を調べて来てくれ、と頼まれています。老人はそのような方をご存じないでしょうか」

菊麻呂は行く先々で、阿多隼人の統領たる阿多君《あたのきみ》の末裔《まつえい》のことを訊ねたのであったが、なにせ三百年近い時が流れた今となっては、誰一人として知る者はなかった。だが老人の口から思いがけない言葉が返ってきた。

「わしも父から聞いた古い記憶で定かではないのだが、万之瀬川の上流に隠れ里みたいな場所があり、そこに阿多隼人の統領の子孫たちが暮らしていると聞いたことがある。近くには滾々《こんこん》と湧き出る泉があるそうだ。その量たるや半端ではないとも聞いた。他に当てがないのなら、一度訪ねてみてはどうかな」

「わかりました！　行ってみます」

大衣の縁者に関する初めての情報であった。たとえ無駄足になろうとも、菊麻呂はそこへ行かねばと思った。

「野宿続きではしんどかろう。今夜はうちへ泊まっていけばよい。わしも畿内に移住した者たちのことを詳しく知りたい。お互い今夜は語り明かそうではないか」

ありがたい申し出であった。阿陀の住人はいまだに望郷の念にかられているというのに、阿多の住人のほとんどは先祖が畿内に強制移住させられた歴史を知らなかった。老人は過去の歴史を知っていて、さらに現在の末裔たちのことにも想いを馳せてくれた。菊麻呂は初対面の老人に頭が下がる思いであった。

その夜、菊麻呂は老人の家に泊まった。老人は妻と二人暮らしであったが、都からやって来た隼人の末裔が珍しいのか、近所に住む鵜飼いを手伝っていた二人の息子とその家族も夕餉《ゆうげ》に加わった。阿陀の隼人と阿多の隼人、同根の者どうしが互いに分断された歴史の空白を埋め合うようにいつまでも話ははずんだ。その最中に、菊麻呂は野間岳に登った際に見た、富士の山に似た岳のことを訊ねた。

「野間岳に登った時、陽の昇る方角に野間岳以上に美しい円錐形の山が見えました。あの山は何という山かご存じですか」

菊麻呂は皆を見まわしながら訊ねた。

「開聞岳《ひらききがたけ》のことだろう」

老人が応《こた》えた。

「そうそう開聞岳」

次男があいづちを打った。

「ひらききがたけですか」

「この薩摩の国で最も神聖な美しい山だ。筑紫富士《つくしふじ》とも呼ばれる。麓には薩摩一宮《さつまいちのみや》の枚聞《ひらきき》神社がある。我々阿多隼人は、かつては海の民として、遠く南の島まで商いの旅をしていたが、その時分は海上のよき目印だったらしい。枚聞神社には海の神が祭られている」

物知りな老人が語ってくれた。

「行かれたことはあるんですか」

「もちろんだ。息子二人を連れて山に登ったこともある」

老人は若い頃を懐かしむように話した。菊麻呂もいつか登ってみたいと思った。

五

「これを持って行きなさい。都から来た人の口に合うかわからないけど」

朝、鵜使いの家を立つ時、老人の妻が竹の皮に包んだ団子を持たせてくれた。今日は彼岸の中日だった。お供え用に作ったらしい。

「重ね重ねありがとうございます。お世話になりました」

阿多の地で初めて受けた温かい人情であった。菊麻呂は老夫婦に心から頭を下げた。

菊麻呂は万之瀬川の流れを上流へとたどった。広い平野を蛇行していた川は、やがて狭隘《きょうあい》な山間を急流となり、そこを抜けるとふたたび広い平野に出た。川幅も広くなった。豊富な水の恩恵を受けて広々とした田園地帯が姿を現し、その北側には大きな集落があった。その集落をぐるりと囲い込むように川の流れが北東からの向きになり、しだいに川幅もせばまっていた。やがて川が二手に分かれている場所に出た。

「この川の上流に豊富な湧き水があると聞いて来たのですが、どちらの方に行けばよろしいのでしょうか」

菊麻呂は農作業をしていた村人に訊ねた。

「こっちの方だ。あそこに小高い丘が見えるであろう。あの麓に水神様を祭った神社がある。その横に湧き水はあるぞ」

村人は左手の丘を指し示しながら言った。

「そうですか。ところでつかぬことをお訊ねいたしますが、この辺りに阿多隼人の長の血筋の方が住んでおられると聞いて伺ったのですが、ご存じないでしょうか」

「阿多様のことかな……」

「そういう方がおられるのですか！」

菊麻呂は声を弾ませた。

「ご先祖は阿多隼人の統領だったと聞いたことがある」

「きっとその方です。この辺りでは阿多様と呼んでいるのですか」

「ああ、そうじゃ。阿多様を訪ねて来られたのか」

「ええ」

「それだったら湧き水のある所から、山の麓の道を行かれるがよい。そうすればまたこの川と一緒になるから、あとはずっと川に沿って行かれよ。道の左手に断崖絶壁のある場所を過ぎれば、その先に阿多様一族の集落がある。すぐわかるはずだ」

村人は親切に教えてくれた。

「ありがとうございます」

菊麻呂は村人に礼を言って、教えられたとおりに歩き出した。丘の麓に沿って歩いていると、水神を祭った神社はすぐに見つけることができた。

「何と豊かな水量だろう」

菊麻呂は驚愕した。急な崖下から清冽な水が滾々《こんこん》と湧き出ていた。水面の盛り上がり具合から、膨大な水量であることが知れた。菊麻呂は手ですくって喉を潤した。

「何とおいしい水なんだ！」

都からの旅の道中、さまざまな場所で水を飲んだ。そのどこの水よりもうまかった。菊麻呂は思う存分水を飲んだ後、鵜使いの妻が持たせてくれた団子の包みを開いた。春分の日という特別な太陽の日射しが、水神様の社《やしろ》を暖かく包んでいた。

一休みした菊麻呂はふたたび歩き出した。村人の教えてくれた断崖絶壁はすぐに姿を現した。そこはかなり幅のある渓谷であった。川を挟んで対岸の山は鬱蒼とした緑に覆われていたが、菊麻呂の歩いている西側の岸は、高さ十歩《ぶ》（約十八メートル）を超える切り立った岩壁が、屏風《びょうぶ》を拡げたように一直線に続いていた。道はそのすぐ傍らを、流れを見おろすように通じていた。深みのある流れであったが、その水は川底の砂粒までもがわかるくらいに清かった。

渓谷に一里ほど踏み入ると、流れが東に大きく蛇行している場所に出た。そこはまわりを小高い山に囲まれた盆地のような場所であった。陽当たりのよい南側の台地には、背丈の低い黄楊《つげ》林が広がり、淡い黄色の細かい花をつけていた。整然とした並びから、人の手が加えられたものらしかった。また山の斜面や台地のあちらこちらで、桜が今は盛りと咲き誇っていた。

（鵜使いの老人は隠れ里みたいな場所と言われたが、まさにそのとおりだ）

菊麻呂は浮き世離れした不思議な空間に迷い込んだような気がしていた。

清らかなせせらぎの音と競うかのように、玲瓏《れいろう》とした鶯の鳴き声があちこちで響き渡っていた。巣作りの季節を迎え、盛んに縄張りを主張し始めたのだ。

「うお――」

鶯の声に耳をすましていた菊麻呂が思わず狗吠《くはい》を発した。何か叫び声をあげずにはおられぬくらい、まわりが陽気な雰囲気に充ち満ちていた。

狗吠が谺《こだま》になって返ってきた。菊麻呂が狗吠を発したのは久しぶりのことだった。狗吠は朝廷の飼い犬の証《あかし》。隼人司《はやとのつかさ》を辞してから今日まで、菊麻呂は狗吠を封印し、一度も発したことはなかった。菊麻呂が今いる場所は内裏《だいり》の宮門ではなかった。隼人の本国の地、阿多だった。菊麻呂はもはや飼い犬ではなかった。一匹の孤高の狼だった。

邪の反響が心地よく、菊麻呂はついつい何度も狗吠を繰り返した。狗吠が邪霊を鎮める術だということもすっかり忘れていた。狗吠を身につけてから、このように気持ちよく発せられたのは初めてのことだった。

（俺は何をやっているんだ。人の家を訪ねようとしているのに、狗吠など発するとは相手にこのうえなく失礼ではないか）

菊麻呂がそのことに気づき、歩きだそうとした時だった。前方で犬の鳴き声がした。自分が発した狗吠の邪ではなかった。

（飼い犬でもいて、俺の声に反応したのか？）

怪訝《けげん》に思った菊麻呂は、狗吠を発したことを後悔したばかりなのに、ついつられるようにまた狗吠を発していた。その場にたたずみ、反応を待った。しかし、いつまで耳をすましていても、聞こえてくるのは鶯の鳴き声だけだった。

前方でカサコソと足音がした。大型の動物のようだ。

（犬がやって来たのか！）

菊麻呂が身構えていると、現れたのは子鹿であった。菊麻呂に気づくとじっと立ち止まり、うっとりするような愛らしい目で見つめた。そして鼻をヒクヒクさせ「ツィー」と草笛のような声を出した。菊麻呂を見ても逃げようとしない。

（犬かと思えば子鹿か！　しかしさっきの声は確かに犬だったが……）

子鹿がパタパタと大きな耳を動かし、来た道を振り返った。

「あっ！」

菊麻呂は思わず短い声を洩らしていた。

子鹿の後に年若い女が立っていた。女の貌を見た刹那、菊麻呂の脳裡に、夢に現れた木花咲耶姫《このはなさくやひめ》の面影がよぎった。女はそれほど美しかった。河原で洗濯でもしていたのか、両手に抱えた竹籠の中には、絞ったままの衣類が詰められていた。もしも女が、夢に出て来たような薄衣《うすぎぬ》をまとい、肩に領巾《ひれ》を垂らしていたら、それはまさに木花咲耶姫だった。女はごくありふれた阿多の普段着姿であったが、それでもその美貌を隠しきれないといった風情である。

「モモ、こっちへおいで」

娘がやさしく子鹿を呼んだ。辺りに響いている玲瓏とした鶯の声にもまさる、美しい声だった。それは菊麻呂の耳にこのうえなく心地よく響いた。子鹿は短い尻尾《しっぽ》を振りながら、女の方に駆け寄って行った。子鹿は野生ではなかった。

「この辺りの方ですか」

菊麻呂は我に返って女に声をかけた。

「ええ、あなたは」

「私は菊麻呂という者です。平安の都からやって参りました」

「都から！」

「この辺りに阿多隼人の長《おさ》の血筋を引く方々が住まわれていると聞き、ぜひお目にかかりたいと訪ねて参りました。ご存じないでしょうか」

娘は美しいまなざしで、菊麻呂を見つめなおした。二人の傍らに大きな桜の老木が生えていて、谷川を渡るそよ風に絶え間なく花びらを散らせていた。

(この人は桜の花びらよりも白い肌をしている)

女の背中まで伸ばした艶やかな翠髪《くろかみ》に、ヒラリと舞い落ちた花びらを見て菊麻呂は思った。貌から首筋、そして着物の合わせ目からのぞいた胸元にかけての肌が雪のように白かった。

「私の家のことでしょうが……父がおりますから、どうぞ」

女は踵《きびす》を返すと子鹿を先にして歩き出した。菊麻呂もその後に続く。先を歩く女のほっそりとした白い素足が印象的だった。

「狗吠が巧いのですね」

女が歩きながら言った。

(この娘は狗吠を知っているのか!)

女は阿多隼人の長の末裔らしい。狗吠のことを知っていても不思議はなかった。

(もしかしたら!)

菊麻呂はさきほど聞いた犬の声を想い出していた。

「ここに来たら、鶯があまりに心地よい声で鳴いているので、狗吠が邪霊退散の呪《まじな》いなのも忘れ、思わず吠えてしまいました。申し訳ありませんでした。あの時、犬の声が返ってきましたが……あれはもしや、あなたが発した狗吠ではなかったのですか」

娘が歩みを止めて振り返った。

「ええ、そうですよ。私もすっかり騙されてしまいました。ほんとの犬が紛れ込んで来たものと思い、からかってやろうと吠えてみたのです」

隼人司を辞して以来、菊麻呂は狗吠とは縁がなくなっていた。とは言うものの、狗吠は厳しい練習の末に体得し、かつては菊麻呂自身のよりどころみたいなものであった。それだけに狗吠をあやつる娘に強い親近感を抱いた。望郷の念に駆られて艱難辛苦《かんなんしんく》の末に訪れた阿多であったが、もはやそこには隼人の痕跡は薄れてしまっていた。隼人が大和に敗れて三百年近い年月が経ち、隼人の風俗は大和のそれにすっかり呑み込まれようとしていた。そのような故郷の状況に胸を痛めていた時だけに、思いがけず耳にした狗吠はこの上なくかけがえのないものに思えた。

「私もてっきり犬の声だとばかり……巧いものだ」

「あなたにも隼人の血が流れているのですか」

「ええ、私の先祖は遠い昔に、阿多の地から大和の国に移住させられました。いちど若いうちに阿多を見てみたいと思い、こうして旅をして来たのです」

「まだ大和の辺りでは狗吠の習慣は残っているのですか。こちらではすっかり廃《すた》れてしまいました。だって狗吠など発しようものなら蛮人《ばんじん》扱いされますもの」

「都ではまだ立派に受け継がれていますよ。隼人司という移住した隼人を束ねる役所があり、私も以前そこに勤めていました。宮廷の大事な行事や帝の行幸《ぎょうこう》の際に、汚れを祓うために、隼人の末裔たちが狗吠を発することになっているのです。とても重要な役目の一つとして」

「あなたも狗吠を行っていたのですか」

「ええ、それが私の役目でしたから。帝の御前で何度も吠えたのですよ」

「どうりで巧かったわけですね。だから私もつい引き込まれてしまった……」

「女の人の狗吠を耳にしたのは初めてです。隼人司では男だけの役割でしたから。隼人司には女の人も働いていましたが、歌舞や鳴り物が役目でした」

二人が立ち話を始めたので、子鹿が引き返して来て、女の腰の辺りにすり寄った。

「山で親にはぐれていたのを拾って育てたのです。かわいいでしょう」

「ええ、とっても。名前はモモですか」

「うちに連れて来た時、ちょうど桃の花が咲いていたのです。それでモモと名付けました。いたって単純でしょう」

「そうですね」

「行きましょうか。すぐそこですから」

女がまた歩き出した。

ひと抱えほどもある大きな椿の巨木の前にやって来た。その向こうに立派な茅葺屋根《かやぶきやね》の家が見えた。阿多の里で見た多くの家は、地面を掘り、そこに床と壁、屋根を設けた粗末な竪穴《たてあな》住居がほとんどであったが、その家はかなり古びてはいたが由緒を感じさせるものであった。

「ここですよ」

女はそう言うと敷地の中に入って行き、洗い物の入った竹籠を軒下に積んだ薪《まき》の上に置くと、奥の方へ向かい始めた。菊麻呂も子鹿と一緒に後に従った。

母屋の北側に細長い小屋が建てられていた。菊麻呂が女にうながされて中に入ると、そこは作業場になっていて、五〜六人の男女が手仕事に勤《いそ》しんでいた。

「お父さん、都からお客様よ」

女が中で細工物をしていた年長者に声をかけた。

「都から？」

男が作業の手を休め、菊麻呂の方を見た。歳の頃、四十代。温厚な顔立ちの品のよさそうな男である。風貌がどことなく大衣《おおきぬ》の三幸《みゆき》に似ていた。菊麻呂は頭を下げた。

「私は大和の国の阿陀《あだ》郷という所から参りました。菊麻呂と申します」

「都から何用かな」

「何と大和の阿陀郷とな！」

男は非常に驚いた様子を見せた。菊麻呂は男の反応から、話が通じ易いような気がした。

「はい、私の先祖は朝廷に命じられて、この阿多から大和の地に移住させられた者です。そのことは口伝《くちづた》えによって子から孫、そしてひ孫と、代々聞かされてきました。私はどうしても先祖の地が見たくなり、こうして単身阿多までやって参りました。私は十三の時から四年の間、京の都にある隼人司というところで働いておりました」

菊麻呂はそこでいったん話すのを止め、男の顔をうかがった。男が自分の話にどこまでついて来ているか反応を見たのである。

「隼人司か。もとは衛門府《えもんふ》に属していて、今は兵部省《つわもののつかさ》の所管となっていると聞くが、大衣《おおきぬ》は今どのような方が任じられているのだ」

菊麻呂は男の博識ぶりに驚いた。大衣の役名《やくめい》まで知っているではないか。

「はい、阿多隼人を束ねているのは、阿多忌寸三幸《あたいみきみゆき》という方でございます」

菊麻呂は勢い込んで応《こた》えた。

「そうか。もちろんその方とは面識などないが、名前から我らが祖先の末裔、わしとは血縁の者であろう。数年前、薩摩の国府に商いに出かけた折り、都から新しく赴任して来た役人に名前だけは聞いたことがある。まだその方が大衣をやっておられるのか」

「はい、あなたは阿多隼人の統領の御子孫にございますか」

菊麻呂は確信を持って訊ねた。

「いかにも。こうして黄楊《つげ》職人に身を落としてしまったが、先祖は阿多君《あたのきみ》と呼ばれる隼人の族長であった」

「黄楊職人といいますと」

「黄楊で櫛《くし》などを作って、その日の糧《かて》を得ているのじゃ」

菊麻呂はここに来る時に見た、手入れの行き届いた黄楊林を想い出していた。小屋の中を改めて見まわすと、家族の者たちが細工仕事に励んでいた。黄楊の原木を鋸《のこぎり》で割《さ》いている者や、小さな手鋸で櫛の歯を引いている者、櫛に彫刻を施している者もいた。壁際の棚にはでき上がった櫛や簪《かんざし》が無造作に置かれていた。

「じつは都を立つ時、大衣様は私のために送別の宴を催して下さいました。その時、大衣様から、まだ薩摩の阿多には自分の血縁の者たちが健在なはずだから必ず訪ねて行くように、との仰せでした。そして都に帰って来たら縁者たちの近況を聞かせて欲しいとも。それでこうした訪ねて来たしだいです」

「そうか、大衣殿がそのように言われたのか。顔も知らぬ人だが、まるで親兄弟のように親近感が沸くではないか」

男は菊麻呂の話を聞いて嬉しそうだった。

「それでお主の名は何と申す。阿多へはいつ来られたのか」

男は菊麻呂に矢継ぎ早に訊いてきた。

「名は菊麻呂と申します。都を一月十七日に立ち、阿多には二月十三日に着きました。それから十日あまり、あちこち見物して参りました」

「ねぐらはどうしておるのじゃ」

「野宿が主です。寺社が目につけば、その軒下を借りたりもします」

「隼人司を辞めてから何をしていたのだ」

男はあれこれと質問を繰り返した。少しでも移住隼人の今を知りたいのであろう。

「大和の刀鍛冶に弟子入りし、修業を積んでいました。これでも正国という鍛冶名を師から頂いております」

「何と刀を打たれるのか！」

男は刀鍛冶に興味を示した。

「これは、私が薩摩に立つ前に、自分の護身用にと鍛えたものです」

菊麻呂は腰に佩《は》いている太刀に手を触れながら言った。

「拝見してもよろしいか」

「どうぞ、ご覧あれ」

菊麻呂は刀身を抜いて男に手渡した。男は手にした刀身を垂直に立てて見入った。男の傍らに立っていた娘も、身を乗り出すようにしてそれをのぞき込む。

「おお、今はやりの湾刀とはこういうものか！」

菊麻呂の見たところ、まだ薩摩では直刀が大多数であった。男も初めて湾刀を見たらしい。

「よく斬れそうじゃの。このような立派な太刀を鍛えられるとはたいしたものじゃ。この薩摩の国では、隼人の反乱を恐れた朝廷によって、永いこと武器の製造が禁じられていたから、刀鍛冶は類《たぐ》いまれな存在だ」

男はいたく感激した様子である。

「これからどうするのだ」

刀身を鞘に納めた菊麻呂に男が訊ねた。

「せっかく長旅をして来たので、故郷の余韻にもう少し浸りたいと思っています」

「当てもないのであったら、うちにしばらく草鞋《わらじ》を脱いでみたらどうじゃ。落ちぶれてしまったが、家だけは大きいし、他に空き家もある。よかったら貸して進ぜるが」

「野宿生活に少々疲れを覚えていたところです。助かります」

「この人里離れた所には、わしの一族郎党が二十戸ほど住んでいる。以前はもっと大所帯であったが、すっかり寂れてしまった。空き家ならいくつもあるから好きなのを使えばよい。おおそうだ、鍛冶場もあるぞ。以前、鍬《くわ》や鎌《かま》などを鍛えていた者がいたんだが、数年前に病で亡くなってしまった。それ以来、鍛冶場は使われていないが、野鍛冶の鍛冶道具はそのままになっているはずだ。荒れてはいるが、少し手を入れれば使えるだろう」

「それはありがたいです」

「そうそう、まだ名前も名乗っておらなんだな。わしの名は阿多広龍《こうりゅう》。娘は葉瑠《はる》じゃ」

男は傍らにたたずんでいた娘を見ながら言った。

六

広龍の家族は、その妻と、長男、次男、末娘の葉瑠、それに長男の妻とその子ども四人の十人家族であった。母屋には離れに住む長男家族以外の四人が暮らしていた。この隠れ里と呼ぶにふさわしい場所には、他に広龍の縁者や使用人など八十人ほどが住んでいるとのことだった。

広龍は遠来の同胞をまるで身内の者が帰って来たかのように心から歓待してくれ、ささやかな宴を催してくれた。広龍もその家族も、移住隼人の近況や都のことなどを知りたがった。菊麻呂が今来隼《いまきはや》人《と》として、宮中行事などに関わり合っていたとなればなおさらである。菊麻呂も阿多のことがもっと知りたかった。互いに相手の背景にあるものに関心のある者どうし、会話はいつ果てるともなく続いたのである。

(まるで伝説の木花咲耶姫のようだ。あんな美しい娘は都でも見かけたことはなかった)

菊麻呂はさきほどまで囲炉裏《いろり》を囲んで、一緒に談笑していた葉瑠のことが頭から離れなかった。葉瑠は菊麻呂より五歳年下の十六歳だという。あてがわれた部屋で横になってみたものの、葉瑠のさまざまな仕草や表情、言葉の一つ一つが想い出されてなかなか寝付かれなかった。

部屋には渓流のせせらぎの音が絶え間なく忍んできていた。万之瀬川の上流の流れを、この辺りでは清水《きよみず》川と呼ぶのだそうである。菊麻呂は暗闇の中で川音を聴きながら、これからの身の振り方を考えていた。

(さきほどは成り行きで、故郷の余韻にもう少し浸りたい、などと口にしてしまったが、阿多の地ですでに十日あまりを過ごし、故郷の様子もおおかたわかり、大衣様の縁者にも会うことができた。これでみやげ話にも事欠かなくなった。路銀代わりの刃物類も少なくなってきたことを考えれば、ここらが大和に引き上げる頃合いかもしれない。でも……）

菊麻呂の脳裡に、また葉瑠の貌が浮かんだ。

（広龍殿は家の提供を申し出てくれた。鍛冶場まであるという。ここにしばらく滞在して、野鍛冶のまねごとをするのも悪くはないかもしれない）

菊麻呂の心は揺れていた。揺らしていたのは葉瑠の存在だった。明日、広龍の申し出に対し返事をせねばならなかったが、夜がふけるに従い、菊麻呂は心のどこかですでに決断を下している自分に気づいていた。

「しばらくここに厄介《やっかい》になりたいと思います。よろしくお願いします」

翌日、朝餉の時、菊麻呂は広龍にそう切り出した。

「そうか、遠慮せず、好きなだけおればよい」

「ありがとうございます」

菊麻呂はそう応《こた》えた後、汁物をついでいる葉瑠の顔色を窺った。葉瑠がどのような反応を見せるか一番気がかりだったが、その顔色からは何も読み取れなかった。

朝餉が終わると、広龍は菊麻呂を鍛冶小屋の方に案内した。鍛冶小屋は母屋より、清水川のもっと上流の奥まった所にあった。炭焼き小屋の横に、粗末な小屋が作られていたが、そこが鍛冶場だった。集落の家々とは少し離れているので、遠慮なく鎚音を響かせそうな場所である。中は葛《くず》のかずらなどが侵入していて、かなり荒れていたが、鍛冶道具などは一通りそろっていた。まだ使い残しの鉄もそのままで、ここの主は突然に亡くなったようであった。

「少し手を入れれば、十分使えそうです」

「それは何よりだ。今度は空き家を見に行こう。あの家だ」

広龍が指さす方に小さな竪穴式の家があった。家の中に入ってみると、少し傷《いた》んではいたが菊麻呂が一人暮らすには手頃な広さだった。

菊麻呂はさっそく鍛冶小屋の修復を始めた。広龍に鋸《のこぎり》などの道具を借り、廃材などをもらって、まず雨の漏りそうな屋根から修理にかかった。作業をしていると、葉瑠がときどき食べ物を差し入れてくれた。葉瑠の行くところ、子鹿のモモはいつも一緒であった。

鍛冶小屋に放置されてあった吹子《ふいご》は、空気漏れで使いものにならなかったが、中の狸の皮を張り替えると、どうにか使えるようになった。

桜がすっかり葉桜になる頃、菊麻呂はようやく鉄を赤め始めた。清水川の水音をかき消すように、谷間に鍛錬の鎚音が響いた。菊麻呂が最初に鍛えたのは、二本の包丁だった。その包丁は感謝の意をこめて、葉瑠の母と長男の嫁に贈られた。

菊麻呂は隠れ里の人々に請われるまま、包丁、鎌、鍬《くわ》などさまざまな物を手がけた。その材料となった鉄は、折れた鍬や刃の欠けた刃物類であった。鉄を赤めて鍛錬する生活が始まると、菊麻呂の心の奥底では、刀を打ちたいという願望が日増しに強くなっていた。刀を打つには品質のよい鉄が必要不可欠だった。刀鍛冶はこの鉄を砂鉄から自分で造るのだが、周囲にはその砂鉄が見当たらなかった。万之瀬川河口の、あの真っ白な砂浜が、この地の地質の性状を如実に示していた。砂鉄が含まれていれば、砂は黒味を帯びるはずだった。

（俺は刀鍛冶だ。あの異形《いぎょう》の剣《けん》をどうしても己の手で鍛えてみたい。しかし、このままでは刀の一振りも作れない）

菊麻呂の煩悶は深まっていった。

四月に入ると隠れ里を躑躅《つつじ》が彩るようになった。遡上して来る鮎も大きくなり、鰻も捕れるようになった。ある日の午後、菊麻呂は鰻を捕るため川に鰻籠《うなぎかご》を沈めていた。籠は自分で竹を編んで作ったもので、この中に鮎の切り身を入れて川底に仕掛けておくのである。七個ほどの鰻籠を下流から順次穴場に仕掛けていると、上流の方から子どもたちのはしゃぐ声が聞こえてきた。菊麻呂が顔を上げると、五～六人の女子どもが沐浴《もくよく》するために川岸に来たところであった。皆、思い思いに帯を解き始めた。その時、菊麻呂は子鹿の姿を認めた。

（葉瑠さんもいるのか！）

そう気づいた時、一人のスラリとした女の後ろ姿が目に飛び込んできた。

「葉瑠さんだ！」

菊麻呂はドキリとして、思わず小さな声を洩らしていた。

葉瑠の裸身はきわだって白かった。夢の中で逢った木花咲耶姫の白い肌そのもので、均整のとれた豊かな乳房が魅惑的に見えた。

（まるで天女のようだ……）

菊麻呂は我を忘れ、固唾を飲んで葉瑠を見守っていた。

その時だった、菊麻呂に気づいた子鹿が、とことこと菊麻呂の方にやって来たのである。子鹿は今ではすっかり菊麻呂に懐いていた。

「モモ、どこへ行くの？」

葉瑠が振り返って、子鹿に声をかけた。菊麻呂の目に葉瑠のあられもない姿が飛び込んできた。菊麻呂と葉瑠の視線がぶつかった。

「あっ！」

葉瑠が短い声をあげ、両手で胸と下腹部を覆った。菊麻呂も視線を横に逸らした。

その出来事を境に、二人の間に微妙な空気が生まれた。変わったのは葉瑠の方だった。これまでと変わらぬ態度で菊麻呂に接していたが、葉瑠は女を意識するようになっていた。

菊麻呂といえば、葉瑠への想いが抜き差しならぬほどになっていた。日夜、葉瑠のことが頭を離れなくなった。刀を鍛えられないことの煩悶、葉瑠への恋情、それらがないまぜになって菊麻呂を苦しめていた。

第五章　谷山

一

　菊麻呂は鍛冶仕事が一段落した時など、黄楊《つげ》細工の作業場に顔をだして、広龍に木彫の手ほどきを受けていた。広龍の細工場で使用する材は、すべて黄楊である。黄楊は目が詰まって硬い木質なため、緻密な加工に適していた。また古来より魔除けの力があるとも言われている。

　菊麻呂はこの黄楊に、浮彫《うきぼり》を施す練習をしていた。刀鍛冶は刀の中心《なかご》に銘を刻んだり、刀の持ち重りを減らすため刀身に樋《ひ》を彫ることもある。広龍が櫛などに施す浮彫の技術は、習得しておいて無駄ではないと考えたからである。

「今、大隅隼人はどうなっているのですか」

　暦が七月に変わったある日のこと、菊麻呂は黄楊材に仏像を彫る手を休め広龍に話しかけた。

　畿内に移住させられた主な隼人は、大隅隼人と阿多隼人だった。隼人司《はやとのつかさ》の人員数も双方に均等に振り分けられ、右大衣《みぎのおおきぬ》が阿多隼人を、左大衣《ひだりのおおきぬ》が大隅隼人を統括する仕組みになっていた。両者は互いに競争相手であり、狗吠《くはい》の役においても、また天覧《てんらん》すもうに際しても、常に競い合う間柄であった。

薩摩に足を踏み入れ、阿多隼人の凋落《ちょうらく》ぶりを目にした菊麻呂は、大隅隼人のことが気になっていたので、隼人司の同僚であった大隅隼人の面々を想い浮かべながら訊いたのである。

「我々阿多隼人と違って、まだ大隅の国に確固たる根を張っておるよ」

黄楊櫛に椿の浮彫を施していた広龍は、顔を上げ羨《うらや》ましげに言った。

「そうですか。大隅隼人はまだ健在なのですか。できたら大隅の国にも行ってみたいです。隼人司で一緒に働いていた仲間たちの故郷ですから。都に帰ったら、彼らにも大隅隼人の現在の様子を、話して聞かせたいです。そうそう、薩摩と大隅の間には、大きな湖にも似た内海が広がっていると聞きました。その海には天まで届くような噴煙を上げる、雄大な島もあるとか。噴煙がどのようなものか想像もつきませんが、雪のように降り積もって人々の生活に多大な迷惑をかけると聞いています」

「そうか、菊麻呂は筑紫島《つくしのしま》（九州）の西側を通って阿多までやって来たのか。まだ鹿児島湾や桜島を見たことは無かったのだな」

「ええ、ぜひ見てみたいものです。ここから遠いのですか」

「川辺峠《かわなべ》まで行けば見ることができるぞ。峠までは二十里（約十キロ）ほどじゃ。それから峠を下って海までは、やはり同じくらいの距離であろうか」

薩摩半島は中央部を縦断する標高一里（約五百メートル）前後の丘陵性の山地で東西に分断されているが、川辺峠はその中ほどにある分水嶺《ぶんすいれい》である。

「意外と近いのですね。それならいちど出かけてみようと思います」

菊麻呂は声を弾ませながら言った。

それから数日後のこと、菊麻呂は単身、川辺峠に続く山道を登っていた。肩には葛籠《つづら》を背負い、腰には太刀を佩き、都を立って来た時の旅姿であった。菊麻呂は峠を越えて海の近くまで下り、できたら鹿児島湾の奥にあるという、大隅の国府まで足を延ばすつもりでいた。

山道はつづら折りになった急勾配が続く難儀な道であったが、菊麻呂は正午前には峠にたどり着いていた。峠が近づくと彼方に薄墨《うすずみ》色の嶺々が見え始め、次いで碧い色彩が目に飛び込んできた。

（あれが大隅隼人の国か！　鹿児島湾は何と穏やかな海だろう。まるでとてつもなく大きな湖に見える。ところで火を噴く島はどこにあるのだろう）

菊麻呂は桜島を探した。道の右端に寄って眺めると、杉の枝葉の陰に隠れていたひときわ威容を誇る山が姿を現した。山の頂部から雲とは明らかに違う、白い噴煙をたなびかせていた。

（あったぞ！　あれが桜島に違いない。煙を吐いている）

菊麻呂はその場にしばらく立ちつくしていたが、念願の鹿児島湾と桜島を見たせいか、急に空腹を覚えた。

（ここで一休みするか）

菊麻呂は道端に腰をおろすと、出がけに葉瑠が持たせてくれた包みを開いた。

（葉瑠もまだ桜島や鹿児島湾を見たことがないと言っていたが……できることなら、この景色を一緒に見たかった）

菊麻呂は葉瑠の貌を想い浮かべながら頓食《とんじき》（おにぎり）を頬張った。

菊麻呂は竹筒の水を飲み干すと、急ぎ足で山道を下り始めた。

（この辺りは炭焼きが盛んなようだな。松だけでなく、樫や栗の木も豊富だ）

道すがら、菊麻呂は炭焼小屋を何軒も見かけた。刀鍛冶にとって、木炭は欠くべからざる必需品である。その良し悪しが刀のできを左右するほどだ。仕事柄、菊麻呂は煙を出している炭焼き小屋が気になった。

菊麻呂がたどり着いたのは、谿山《たにやま》郡の谷山郷にある松崎という村であった。南に向かって大きく蛇行して流れる川の両岸は田畑で、その中に多くの人家が点在していた。半農半漁の村らしく、河口付近には小舟が繋がれ網も干されていた。菊麻呂は海辺に出てみた。間近にそびえる桜島が、圧倒的な威容で迫ってきた。碧い海は穏やかに鎮まりかえり、寄せては返す波音も微かであった。砂浜に立った菊麻呂は、ふと妙な違和感に囚われた。これまで訪れた浜辺の景観と、何かが違うのである。その原因はすぐに判明した。

（阿多の砂浜は眩《まばゆ》いくらいに真っ白なのに、ここの砂浜は黒いではないか！）

菊麻呂が阿多を目指して歩き続けた砂浜は、海岸線に沿って生える松林の緑と相まって、まさに白砂青松と呼ぶにふさわしい景観であった。菊麻呂の頭には、海辺の砂浜は白いものという固定観念ができ上がっていた。しかし今、たたずんでいる砂浜は、阿多の砂浜に比べると、どこか陰気くさい感じに思えた。

（もしやこれは！）

菊麻呂は黒い砂を手ですくってみた。阿多の白砂に比べ、ずしりと重く、手のひらにまといつくような感触があった。

「これは砂鉄を含んだ砂だ！　だから黒っぽい色をしているのか」

そう気づいた菊麻呂は周囲の砂浜を見まわした。漣《さざなみ》状の模様を描きながら黒味を帯びた砂浜が続いていた。海浜植物の群生する手前の辺りには、ほとんど砂鉄ではないかと思える個所もあり、漆黒の表面は銀砂《ぎんさ》を振りまいたようにキラキラと輝いていた。菊麻呂はその辺りを手で掘ってみた。一掘りすると、窪みの底には普通の砂が姿を現した。黒い砂の層は指の長さほどの厚みであった。砂鉄の堆積が表面的なものではなく、分厚い層になっているのが知れた。何ともおびただしい量の砂鉄である。山から砂鉄を含む土砂が海に流れ込み、波によって砂鉄と砂が分離され、海浜に打ち上げられて堆積したものであろう。

「薩摩に来てようやく念願の砂鉄を見つけたぞ。これだけ純度が高ければ採取も容易だ。これで刀が打てる」

菊麻呂は小躍りしたいほど嬉しかった。宇陀の天国《あまくに》の鍛冶場では、宇陀川の支流芳野《よしの》川の河原で川砂鉄を採取していた。川床《かわどこ》に堆積した川砂鉄を、筵《むしろ》や笊《ざる》に流して徐々に純度を高める方法で集めるのであるが、谷山の砂鉄の層はそのままタタラ炉に投入してもよいくらい高純度のものであった。川に入り中腰になって行う砂鉄の選別作業は、若者にとってもきつい作業であった。砂鉄採取の苦労を味わっているだけに、菊麻呂には谷山の砂浜が宝の山にも見えた。

清水の隠れ里で、たとえ野鍛冶の仕事であっても、鉄を鍛える生活ができたのは、菊麻呂にとってそれなりの幸せだった。だが鎌や鉈などではなく刀を打ちたいという願望は、鎚音を響かせるたびに日増しに高まっていた。

(このまま薩摩の国で刀を打つことがかなわないならば、すぐにでも大和に帰りたい)

それを思いとどまらせていたのは、葉瑠の存在であった。葉瑠との出逢いがなければ、とうの昔に阿多の地を去っていたかもしれない。菊麻呂の葉瑠に寄せる恋慕の情はそれほどまでに激しいものになっていた。そのような折りに、はからずも無尽蔵とも思える砂鉄の集積地を見つけたのである。菊麻呂にとっては驚喜すべき発見であった。

（この辺りをもう少し歩きまわってみよう）

菊麻呂は渚を北に向かって歩き始めた。東側は海、西側には広い平野が開けていて、人家が密集している場所もあった。しばらく行くと、大きな川の河口に着いた。ちょうど干潮時にあたっていたので、膝まで浸かりながらも、向こう岸へ渡ることができた。その辺りの砂浜も漆黒の砂鉄に覆われていた。

菊麻呂は今度は川岸に沿って歩き始めた。辺り一帯は広々とした田園地帯で、整然と植えられた青々とした稲が、水田独特の匂いを漂わせていた。田んぼの向こうに小高い台地があり、その麓に沿うように藁葺《わらぶき》の家が点在しているのが見えた。

（村の方へ行けば神社でもあるかもしれない。今夜、軒先を借りられれば助かるのだが）

菊麻呂がそんなことを考えながら、山裾の道を歩いていると、左手の道端に小さい祠《ほこら》があり、その傍らの井戸から清らかな水が音を立てて湧き出ているのが目についた。腰にぶら下げた竹筒の水はとうに飲み干していたから、菊麻呂は喉の渇きを覚えた。井戸に歩み寄り手のひらで水をすくった。冷たい水の感触が心地よかった。

（おいしい水だ。宇陀の鍛冶場で使用していた井戸水の味に似ている）

水を一口飲み干して、菊麻呂はそう思った。宇陀の稲津神社の鳥居近くに、天国《あまくに》の井戸と呼ばれる出水があった。天国の鍛冶場では代々、この井戸水を使って刀の焼き入れを行ってきた。菊麻呂も修業時代には、天秤棒《てんびんぼう》に水桶《みずおけ》をぶら下げて、この井戸までよく水を汲みに行ったものであった。今、目の前で滾々《こんこん》と湧き出ている水は、天国の井戸を懐かしく想い出させるのだった。菊麻呂はついでに空になった竹筒にも水を補給した。

井戸の背後は小高い丘になっていて、井戸の近くから頂きに向かって野道が通じていた。

（丘に登ればこの辺りの様子がもっとよくわかるかもしれない）

菊麻呂はそう考え、野道を登り始めた。丘の斜面には椎や栗などの雑木が生い茂っていたが、頂部は平坦な畑になっていた。

丘からは鹿児島湾や谷山の平野が一望できた。眼前に山肌を夕日に染め始めた桜島が、この国の主だと言わんばかりに、泰然と海に浮かんでいた。眼下の南北に続く細長い海岸線には、それに沿うように整然と耕作された田畑が広がっている。

「ここは何という所ですか」

菊麻呂は畑を耕していた男に訊ねた。

「ここかい、ここは魚見ケ原という所さ。季節の魚が入って来る頃になると、ここから魚の群れを見張るので、そういう名がついたのだろう」

「そうなんですか。魚見ケ原ですか」

男は菊麻呂が遠い平安の都から来たことを知ると、鍬《くわ》を振る手を休め、菊麻呂に色々なことを語ってくれた。眼下を蛇行して流れている川の名は柏原《かしわばら》川と言った。丘の麓の北へ延びる道は鹿児島湾の奥にある大隅国府へ、南に見える北西へ通じる道は薩摩国府のある高城《たき》に通じ、二つの国府への道のりはほぼ同じくらいであるらしかった。谷山平野の中央に見えるひときわ大きな建物は、谿山《たにやま》郡を治める郡司《ぐんじ》が政務を執る役所（郡衙《ぐんが》）で、その近くでは朝夕に市も立つとのことだった。谷山は戸数も多く、それほど鄙《ひな》の地でもなかった。

（炭や砂鉄も豊富、それに天国の井戸に似た湧き水まである。薩摩や大隅の国府までも、それほど遠い距離ではなさそうだから、刀の販路にも困らぬであろう。郡衙が置かれているだけあって、それほど生活にも不便なことはなさそうだ。もし薩摩で刀を鍛えるとすれば、谷山のこの地をおいて他にはないかもしれない）

菊麻呂は噴煙をたなびかせる桜島を見つめながらそう思った。だがここに鍛冶場を築くということは、当分の間、薩摩の国に居を構えるということである。菊麻呂の脳裡に畿内の親戚縁者、友人知人の顔が浮かび、心が揺れ動いていた。

その夜は柏原川の河畔で野宿をした。菊麻呂は大隅の国府まで行くつもりで、清水の隠れ里を出て来たが、予定を変更して清水に引き返すつもりだった。鍛冶場を営むのに最適な場所を見つけ、頭の中はそのことでいっぱいになっていた。

翌日、菊麻呂はまだ空が白み始める頃から、昨日見つけた湧き水の辺りを中心に、付近を歩いてまわった。鍛冶場を築くしかるべき場所を、いくつか見定めておこうと思ったのである。菊麻呂は半日かけて、柏原川からその先の脇田《わきた》川の間までを歩きまわった。そして、二つの川に挟まれた区間に、もう一個所泉が湧いている所を見つけた。滾々と湧き出た水は、付近の田を潤すとともに、村人の飲料水となっていた。

（この辺りでもよいな……この先にも、もっとよい場所があるかもしれないが）

新天地を求めて、もっと先に行ってみたいのはやまやまだったが、菊麻呂の脳裡に葉瑠の貌が浮かび、それ以上先に行くのを引き止めていた。谷山は清水の隠れ里から峠を越え、最初にたどり着いた海辺の村であった。しかも清水から日帰りできる距離にあった。菊麻呂はこれ以上、葉瑠の住む隠れ里から離れたくなかった。

二

清水の隠れ里に帰った菊麻呂は、いの一番に広龍に相談を持ちかけた。

「谷山の浜辺は阿多の白い砂浜と違って、真っ黒な砂鉄で覆われていました。大和から薩摩まで旅をして来ましたが、あのような多量の砂鉄を見たことはありません。それに谷山は炭焼きも盛んに行われている様子でした。炭と砂鉄があれば粘土で窯を築き、鉄を造ることができます。焼刃渡《やきばわた》しに最適な湧き水も二ヶ所見つけました。谷山にどなたか知り合いはおりませんでしょうか。鍛冶小屋を築ける土地を都合してもらいたいのです。できれば湧き水の近くがよいのですが」

広龍は黙って菊麻呂の言うことに耳を傾けていた。大隅の国府の辺りまで足を延ばしてみる、と言い残して出かけた菊麻呂が、翌日の夕方には早々と帰って来たので、何か不都合でもあったのかと気をもみながら聴いていた。だがそれは要らぬ心配であった。

「わかった。あと四～五日ほど待ってくれ。一人有力な知り合いがいるから、頼んでやろう。いま手がけている彫物が仕上がったら、商いがてら一緒に谷山へ行ってみよう」

日頃、菊麻呂から刀を打てない悩みを耳にしていた広龍は、菊麻呂の頼みを聞き入れてくれた。葉瑠は、少し長旅になると言って出かけた菊麻呂が、翌日には満面に喜色を浮かべて慌ただしく帰って来たので、何事が起きたのかと二人のやりとりを聴いていたが、菊麻呂の気持ちを知り顔を少し曇らせていた。隣郡の谷山といっても、葉瑠には山の彼方の遠隔の地である。

それから六日後、菊麻呂と広龍は隠れ里から谷山に向かった。黄楊《つげ》細工の詰まった葛籠《つづら》を、広龍に代わって菊麻呂が背負っていた。

「広龍殿のお知り合いとはどのような方ですか」

谷山の集落の中に入った時、菊麻呂が広龍に訊いた。

「谿山《たにやま》郡の郡司殿だ」

広龍は事も無げに言った。

「郡司様でございますか！　それは頼もしいです」

郡司は中央から派遣された国司の下にあって、郡を統治した地方長官である。郡司には地方豪族が世襲的に任命され、任期のない終身官であった。谿山郡は谷山郷と久佐《くさ》郷の二郷からなるが、郡衙《ぐんが》は谷山にある郡司の私的居館に置かれていた。

「これから訪ねる郡司殿は久佐宇志麻《くさうしま》と言って、かつて南薩摩の一角に覇を唱えた衣君《えいのきみ》の子孫の方だ。阿多隼人と衣隼人《えいはやと》は領域が接していたため、小競り合いもたびたびだったそうだが、それも今となっては昔話となってしまった」

「衣隼人ですか。初めて耳にしました」

「衣隼人が治めていた辺りは、今では頴娃《えい》郡となり、頴娃郷と開聞《ひらきき》郷からなっている。開聞岳のある所だ」

「開聞岳は頴娃郡にあるのですか」

菊麻呂が開聞岳の名を耳にするのは、阿多の鵜使いの老人宅で聞いて以来であった。菊麻呂は野間岳から遠くに望んだ、秀麗な山を想い浮かべていた。

広龍の訪問を知った郡司は、みずから二人を接客用の広間に招き入れた。口髭《くちひげ》、顎髭《あごひげ》を蓄えた恰幅《かっぷく》のよい大男である。広龍と郡司はかなり親しい間柄らしかった。阿多君《あたのきみ》と衣君《えいのきみ》の末裔どうし、相通じるものがあり、二人を親密にさせているのかもしれなかった。

「刀鍛冶の正国です」

広龍は菊麻呂を鍛冶名で郡司に紹介した。

「ほう、刀鍛冶とは珍しい」

郡司は刀鍛冶と聞いて、菊麻呂におおいに興味を抱いた様子である。

「畿内に移配《いはい》された阿多隼人の子孫です。半年ほど前、自分の本国を一目みたいと、大和の国から単身旅をしてこちらにやって来ました。今、私のもとに逗留《とうりゅう》しております」

「それはまた遠方から……一人旅は大変であったろう」

「はい、命がけの旅でございました」

菊麻呂は周防《すおう》の国で追い剥ぎの一味に襲われた時のことを想い出しながら応えた。

「そなたの太刀を見せていただけぬか。湾刀のようだが」

広龍から一通りの話を聞いた郡司が菊麻呂に言った。地方ではまだ湾刀は珍しい時代であった。

「どうぞ」

菊麻呂は脇に置いた太刀を郡司に差し出した。郡司は受け取った太刀をおもむろに抜き放つと、矯《た》めつ眇《すが》めつ刀身に見入った。

「何とも素晴らしい太刀だ。姿からして斬れ味もよさそうだな。よくもこのような曲線を鎚で打ち出せるものだ」

郡司はよほど気に入ったのか、いつまでも太刀を手放さなかった。

「久佐《くさ》殿、この太刀は正国が鍛えたものですぞ」

「おう、そうか。このような太刀が打てるのだったら、この国では引く手あまただ」

「薩摩の国に刀の需要があるのですか」

菊麻呂が郡司に訊いた。刀を打っても、さばけなければ話にならない。菊麻呂が鍛冶場を築くにあたって、それが一番の関心事であった。

「もちろんだ。この国は永い間武器の製造を禁じられてきたから、薩摩に刀鍛冶は一人もいないはずだ。大隅の国とて同じだ」

「両国に刀鍛冶は一人もいないのですか！」

菊麻呂もそれは意外であった。

「そうだ。武器類はたいてい、よその国から運ばれて来ている」

初代の天国《あまくに》が刀の中心《なかご》に刀鍛冶として初めて銘を切って以来、三百年近く続いてきた律令体制は、平将門《たいらのまさかど》、藤原純友《ふじわらのすみとも》の乱を契機に瓦解し始めていた。薩摩、大隅の両国でも、荘園を地盤に勢力を拡げ始めた兵《つわもの》（武士）たちはもちろん、荘園以外の国衙領《こくがりょう》（国司の統治下にある土地）においても、郡司層などの土豪が武力を蓄え始めたため、刀の需要が非常に多くなっていた。

「じつは今日、こちらに伺ったのは、久佐殿に相談があったからです」

広龍が用件を切り出した。

「相談とは」

「正国が申すには、この谷山の海辺には尋常ならざる量の砂鉄が眠っているので、この豊富な砂鉄を利用できるものなら、この地に鍛冶場を築き刀を打ちたいとのこと。久佐殿の助力で、そのための土地を世話してはいただけませんでしょうか」

「何、この谷山で刀を作りたいと申すか！」

　郡司の言葉は熱を帯びていた。

「はい、この谷山には豊富な砂鉄に加え、炭焼きも盛んとお見受けいたしました。それに刀の需要も多いとなれば、鍛冶場を築くのにこれ以上の好条件の場所はありません」

　菊麻呂も熱い想いをこめて応じた。

「今の今まで考えたこともなかったが、この地はそれほどまでに刀作りに適しているのか。武器の製造を禁じた律令も今では有名無実、この谷山の地で刀が生産できれば願ったりだ。鍛冶場を建てる土地の件、了解いたした。すぐに見つけて進ぜよう」

　郡司は二つ返事で請け合った。谷山の郡司も世の流れにならい、よその郡司同様、自分の家の子郎党に武器を持たせ、武力を蓄えつつあった。

「それはかたじけない」

　広龍が自分のことのように頭を下げた。

「おそれながら、刀を打つには良質な水も必要になります。魚見ケ原の麓に、二ヶ所ほど出水がありましたが、できれば水場の近くに鍛冶場を築ければありがたいのですが」

「おう、あの出水のことか。わかった、いずれかの近くに土地を探して進ぜよう。他にも頼みたいことがあったら何でも言ってくれ。便宜を図ってつかわすぞ」

「はい、ありがとうございます」

「正国とやら、お主の作った刀の面倒はわしが見ようではないか。願わくば鍛刀の技を、この谷山の地に根付かせて欲しい。よろしく頼むぞ」

頼み事でやって来たのに、菊麻呂は反対に頭を下げられる始末だった。それだけ鍛冶場を築くには絶好の時期だったのである。

隠れ里に郡司の使いが訪ねて来たのは、それから数日後のことだった。使いの者は谷山から馬を駆ってやって来た。

「鍛冶場用の土地が準備できたので、見に来られよとのことです」

使いの者はそれだけ言い残して帰って行った。

「さすが久佐殿じゃ、手回しが早いわ。さてどうするかの菊麻呂」

「土地が確保できたのなら、すぐにでも鍛冶場作りに入りたいと思います」

「いつ立つのだ」

「明日にでも」

「それなら須加《すか》も連れて行け。一人じゃ小屋は建てられまい」

須加は広龍の弟の子である。黄楊《つげ》細工より鍛冶の仕事がしたいと言うので、野鍛冶の真似事をしている間、相槌《あいづち》を手伝わせていた若者である。

「よろしいのですか」

「菊麻呂が谷山で刀を打つことになりそうだと話したら、俺もついて行くと張り切っていた」

「そうですか、須加が加勢してくれると助かります」

「須加の父親には、わしから話しておこう」

「よろしくお願いします」

菊麻呂は自分の住居に帰ると、谷山に行く準備を始めた。鍛冶場を建てる土地が決まったのなら、すぐにでも作業に入りたかった。鍛冶場が完成し、鍛冶の小道具を持ち込めるようになるまで、清水には帰らないつもりであった。

谷山に鍛冶場を築くとなると、まず菊麻呂の頭を悩ますのは費用の問題であった。とりあえず当てにしたのは、都を立つ時、大衣《おおきぬ》が餞別にくれた砂金であった。何かの時にと、まだ手を付けていなかった。

（ここにある物で使える物は、広龍殿に断って持って行くことにしよう。吹子《ふいご》と水舟《みずぶね》〈刀を焼き入れするための水槽〉は新しく作ってもらわねば。砂鉄を吹いて鉄を造るとなると、かなりの炭が必要だ。自分で炭を焼いてもよいが、そんなことをしている暇はない。炭は品質を見定めて谷山で調達するのが無難だ。あとは人手だが、とりあえずは須加一人でも何とかなるだろうが、いずれ弟子を採らねばなるまい。色々と物入りになりそうだ）

菊麻呂は大事に仕舞っておいた砂金袋を取り出した。

（大衣様はこんなに砂金を奮発してくれた。きっと故郷に帰ろうにも帰れぬ身なので、俺に自分の願望を託す意味もあったのであろう）

菊麻呂は兵営の門まで見送ってくれた大衣の顔を想い出しながら、大衣の心を推し量っていた。

（でも、この砂金だけでは足りぬであろう。やはりあれも処分せねばなるまい）

菊麻呂は砂金袋を握り締めながら、そう決断していた。その時だった。背後に気配がして子鹿のモモが入って来た。家の戸口に葉瑠が立っていた。

「何か手伝うことはないですか」

沈んだ声だった。

「とりあえず身の回りの品だけ持って行くことにするから特にないよ」

「そうですか、こんどはいつお帰りになるのですか」

「鍛冶場ができ上がったら、一度帰って来ようと思っている」

「もうずっと向こうで暮らすことになるんですね」

「そういうことになるだろうな」

「遊びに行ってもいいですか」

「もちろんだ、広龍殿のついでがある時に一緒に来ればよい」

子鹿が菊麻呂に甘えだした。

「モモも一緒に来るか。でも谷山は遠いぞ。歩き着くかな」

菊麻呂は子鹿の首の辺りを撫でた。

「じゃあ、明日は頓食《とんじき》（おにぎり）を作りますね。モモ、菊麻呂さんのお邪魔にならないように帰ろうか。ああ、今夜は夕餉《ゆうげ》の準備をしておきますので、食べに来て下さいね」

葉瑠はそう言って去って行った。

（谷山で刀が打てるようになったら、葉瑠さんを迎えに来るからと、なぜ言えなかったのだ。これほどよい機会はなかったのに）

菊麻呂は葉瑠が去ってしまうと、言いようのない後悔に苛《さいな》まれていた。

翌日、菊麻呂と須加は隠れ里を立った。

「見送りはこの辺でいいよ」

断崖の外れで菊麻呂が葉瑠に言った。

「清水の湧き水まで見送らせて」

葉瑠はそう言って、子鹿と一緒について来た。

「私が水を汲んで来るから、二人とも竹筒をちょうだい」

清水の湧き水の所までやって来ると、葉瑠は二人から竹筒を受け取り、着物の裾を端折《はしょ》って、泉の中に入って行った。葉瑠の露わになった腿の白さが艶めかしかった。葉瑠は竹筒を清水の湧き口に沈め、水で満たした。

「はい」

葉瑠が菊麻呂と須加に竹筒を手渡した。いよいよ別れの時だった。

「それじゃモモも元気でな」

菊麻呂は胸がいっぱいになって、葉瑠に声をかけることができなかった。腰を落とし、代わりに子鹿の頭を撫でた。

「いってらっしゃい」

葉瑠の声も消え入りそうであった。菊麻呂はその声にうなずくと、踵《きびす》を返して歩き始めた。

「葉瑠姉さん、まだこちらを見ているぞ」

だいぶ歩いた時、須加が言った。後ろ髪を引かれる想いで歩いていた菊麻呂は、後を振り返ることはなかった。葉瑠は山陰で二人が見えなくなるまで立ちつくしていた。

「葉瑠姉さんは、どうやら菊麻呂さんのことを好いているようだな。今にも泣き出しそうな顔をしていた」

「ませたことを言うんじゃない」

菊麻呂は十五になる須加を睨みつけた。葉瑠と須加は一つ違いの従姉弟《いとこ》どうしである。

谷山に着くと、二人はさっそく郡司の屋敷を訪ねた。

「お主の希望していた出水の近くに、とりあえず一反《いったん》ほどの土地を用意させた。それで手狭なようだったら言ってくれ」

「いえ、それだけあれば十分でございます」

「そうか、では、これからわしが案内しよう」

郡司は大層な熱の入れようである。大化《たいか》の改新《かいしん》に始まった律令を基本法とする政治体制が、今まさに崩れようとしていた。混沌とした世情の中で、兵《つわもの》たちが力をつけつつあり、谷山の郡司も武力を養い始めていた。そのためには刀や槍は必要不可欠なものであった。薩摩の国に刀鍛冶は皆無である。そこへ突如降って湧いたような鍛冶場作りの話。それは郡司にとって願ってもないことであった。郡司は三顧《さんこ》の礼を尽くしてでも、正国を谷山に迎えることにしていた。

郡司は馬に跨《また》がり、郎党二人を従えて菊麻呂らを先導した。郡衙《ぐんが》から魚見ケ原の麓までは四里（約二キロ）余り、一行はじきに湧き水のある所に着いた。

「ここじゃ」

郡司が馬を止めた場所は、菊麻呂が谷山で最初に見つけた出水のすぐ近くであった。街道に面し、背後にはシラス台地の斜面が迫っていた。

「この土地ではどうかな」

整った形の畑であった。出水までは平坦な道を半町（約五十メートル）ほどもない近さである。

「ここなら願ったりの場所でございます」

菊麻呂は馬上の郡司を見上げて言った。

「そうか、ではこの土地をそなたに無償で貸し与える」

「無償でございますか」

「そうだ、その代わりと言ってはなんだが、前にも頼んだように、この谷山の地に刀鍛冶の技を根付かせて欲しい」

「わかりました。当座はこの須加と二人で刀作りを始めますが、おいおい人手を増やさねばなりません。その時は手先の器用な若者を斡旋していただければ幸いです。その者たちに私の持てる技を、余すところなく伝授いたしましょう」

「そうしてもらえれば有り難い。それから、先に申し添えておくが、谷山には刀の鞘《さや》や鍔《つば》などを作れる職人は一人もおらぬぞ。お主が刀を鍛えても、拵えは薩摩国府のある高城《たき》まで持参せねばならぬであろう。我々も刀の修理は高城の拵え屋に依頼しているのが実情だ。将来、谷山の地で刀が作られるようになれば、刀に関連した職人たちもあちこちから集まって来るのであろうが」

谷山に鍛冶場を構えようと決意した時から、そのことは菊麻呂も気になっていた。一振りの太刀を完成させるには、さまざまな職人の協力が必要である。その一つがかけても、刀は使いものにならない。菊麻呂は今さらながら、前途の多難さを想った。

「高城に拵え屋がいるだけでもよしといたします」

菊麻呂は気丈に応えた。

「そうか……刀が打ち上がった時は、拵え屋を紹介するゆえ、声をかけてくれ。それと鍛冶場を作るとなったら、何かと材木などが要るであろう。この近くに住む番匠《ばんじょう》（大工）に便宜を図るよう申しつけておいたから、後で訪ねてみよ。それから鍛冶小屋が建ち雨露を凌げるようになるまで、郡衙《ぐんが》の使用人部屋を使うとよい」

「重ね重ねありがとうございます。ご面倒をおかけするついでに、ひとつお願いがあります。私は旅の途中ゆえ、持ち合わせもそれほどありません。私の佩《は》いているこの太刀を処分し、当座の費用に充てようと思います。お買い上げ願えませんでしょうか」

「わかった、高値で引き取ってやろう」

郡司は快く菊麻呂の要望に応じてくれた。

その日から菊麻呂と須加は鍛冶小屋作りに取りかかった。鍛冶小屋には刀を鍛える鍛錬場、焼き入れした刀を研磨する研ぎ場、焼き入れ前の刀身に焼刃土《やきばづち》を塗ったり銘を切ったりする細工場、炭や鉄の保管場、それに二人が暮らす生活の場も必要であった。それらを一棟に収めようとすると、結構大きな鍛冶小屋になった。

郡司が声をかけておいてくれたお陰で、材木などの資材には困らなかった。それどころか三名もの番匠が、鍛冶小屋作りに加勢に来てくれた。薩摩は大風《おおかぜ》がよく吹くというので、柱にはできるだけ太い頑丈な木を使った。案の定、屋根を葺《ふ》いている最中に大風に見舞われ、屋根はもう一度やり直しになった。

鍛冶小屋は半月ほどで完成した。この間、菊麻呂と須加は郡司の屋敷から毎日通って作業をしていたが、鍛冶小屋ができた後はそこで生活するようになった。朝夕、市に出かけ、新鮮な魚貝や農作物を手に入れ、二人で煮炊きする生活が始まった。

（ここに葉瑠がいてくれたら）

慣れない手つきで炊事をこなしている須加を見るにつけ、菊麻呂は葉瑠の貌をいつも想い浮かべるのだった。

三

鍛冶小屋が完成すると、鍛冶道具を揃えなければならなかった。鍛冶の仕事で最も重要な鉄を赤めるための吹子《ふいご》と焼き入れに使う水舟《みずぶね》は、谷山で新たに作ってもらうことにした。鍛錬に必要な金敷《かなしき》も、古い物であったが調達できた。相槌《あいづち》が用いる大鎚《おおづち》や横座《よこざ》（吹子を操る刀鍛冶の座る場所。それが転じてそこに座る刀鍛冶）用の小鎚《こづち》、それに箸《はし》や火《ひ》掻《か》き棒などのこまごまとした道具は、とりあえず隠れ里から持って来ることにし、足りない物は新しい鍛冶場で作ることにした。

「清水の鍛冶小屋から、鍛冶道具を駄馬に乗せて運んで来てくれ。こちらに持って来る物はすぐわかるように、入り口に置いてある」

ある日、菊麻呂は須加に命じた。そして須加を清水に帰した菊麻呂は、身支度を終えると郡司の屋敷に向かった。鍛冶小屋が完成したので、その報告とお礼を述べるためであるが、もう一つ目的があった。

刀を作るには品質のよい鉄が必要になる。長方形の箱形炉（タタラ炉）を築き、砂鉄を木炭の火力で溶かして鉄を造るのだが、この炉を造るためには特殊な粘土が必要になってくる。粘土は鉄を溶かすほどの高温に耐え、鉄の生成を助ける造滓《ぞうさい》に秀でた性質でなければならない。

菊麻呂は鍛冶小屋作りの合間に、近所の村人などから訊いて、周辺の山野をあちこち探しまわったが、適当な粘土を見つけることはできかった。薩摩の台地はその大半をシラスという名の火山堆積物で覆われているため、粘土は限られた場所にしか存在しないのである。

（こうなったら郡司様にお願いするしかない）

菊麻呂は郡司の力を借りることにしたのである。

「おう鍛冶小屋が完成したか。それでいつから刀を打ち始めるのだ。初打ちの時には、わしにも声をかけてくれ。ぜひ刀作りをこの目で見てみたいものだ」

郡司は鍛冶小屋さえできれば、今日明日にも鍛錬の鎚音が響き始めるものと思っていたらしい。

「いえ、刀作りはまだ先の話にございます。まず砂鉄を吹いて鉄を造らねばなりません。幸いなことに谷山の海岸には砂鉄が無尽蔵にありますから、その方の心配はありません。問題はタタラ炉を造る粘土です。高温にさらされても溶けない、鉄造りに適した粘土で炉を築かねばなりません。私はこの地に不案内なので、そのような粘土があるのかないのかさえ存じません。今日はそのことも伺いたくて参りました」

「粘土のある場所を知りたいのだな」

「はい、粘土の採れる場所を教えていただければ、こちらで採りに行き、性状を見きわめたいと思います」

「わかった、粘土の件、早急に調べさせよう。だが、そのような粘土が当地で得られない場合はどうするのだ」

「その時はやむを得ません。余所《よそ》から鉄を取り寄せることになります。鍛冶場のすぐ前に膨大な砂鉄が眠っているのに、口惜しいことではありますが」

「そうか、それでは何としてでも粘土を見つけねばなるまいな。この谷山の地をすべて掘り返してでも探そうではないか」

郡司はその場で脇に控えていた郎党に粘土の調査を命じた。

(広龍殿は何とも心強い人を紹介してくれたことか)

郡司の屋敷を出た菊麻呂は、歩きながら広龍に感謝していた。


それから数日後、須加が隠れ里から帰って来た。清水の村で駄馬《だば》を雇い、鍛冶の小道具を運んで来たのである。

「これを葉瑠姉さんから預かってきた。菊麻呂さんと俺のために縫ったと言っていた」

須加が菊麻呂に手渡した物は、厚手の作業着だった。鍛錬用にと自分で仕立てたらしかった。

「そうか、ありがたいな」

葉瑠には、鍛冶場ができ上がったら一度帰るから、と言って清水を出て来た菊麻呂である。粘土を探さねばならなくなり、それもかなわなくなった。菊麻呂は手にした鍛錬衣が、この上なくいとおしい物に想えた。

（早く刀鍛冶で生活できるようになり、葉瑠を谷山に迎えたい）

菊麻呂はその日が来るのを切に願った。

須加が運んで来た鍛冶道具を整理していると、鍛冶小屋に見知らぬ三十がらみの男が顔を出した。手には絵図のような紙を持っていた。

「郡司様の命でやって参りました。正国様を粘土のある場所に案内せよとの仰せでした」

男は郡司の郎党であった。

「もう調べはついたのですか」

菊麻呂は郡司の手配りの早さに驚いた。

「大量の粘土が必要とのことでしたので、場所は三ヶ所に限られてしまいました。これがその場所を記した絵図になります」

男はそう言って、土間に絵図を拡げた。墨で描いた谿山《たにやま》郡の絵図には、三ヶ所、朱筆で印しが付けられていた。

「この場所を案内していただけるのですね」

「ええ、正国様のご都合のよい日にでも」

「さっそくですが、明日からでもよろしいですか」

「もちろんです」

「この三ヶ所をめぐるには、日数はどれほどかかりますか」

「いずれも離れた場所にありますので、一日一ヶ所がせいぜいでしょう」

「そうですか、それでは明日からお願いします」

「わかりました」

翌日から男の案内で、菊麻呂と須加は粘土のある場所をめぐった。そしてそれぞれの場所から粘土を試料として持ち帰った。二ヶ所の粘土は赤みがかっており、もう一ヶ所は白みがかった粘土であった。菊麻呂は宇陀の天国の鍛冶場で修業中、河原で採取した砂鉄を用いてタタラ炉で鉄を造る方法を学んだが、その時の経験をもとに三ヶ所の粘土の性状を吟味した。その結果、白粘土が適度な粘着性と耐火性を備えていることが判明した。

「この白粘土なら使えそうだな。調合しだいでは焼刃土《やきばづち》（焼き入れ時、刀身に塗る土）にも適しているようだ」

菊麻呂が二日がかりで選び出した粘土は、三重野《みしげの》という所から持ち帰ったものであった。柏原川《かしわばら》を十里（約五㌔）ほど遡《さかのぼ》り、そこから支流沿いに北西へ十里ほど登った山中にある三重野は、四方を山に囲まれた盆地のような場所で、付近には椎や松などの木が豊富で炭焼き小屋も点在していた。難を言えば、粘土の搬出に苦労するような隘路《あいろ》しか通じていなかった。

「そうか、使えそうな粘土が見つかったか。それはよかった」

菊麻呂から報告を受けた郡司は、膝を叩いて喜んだ。

「三重野の粘土を採掘してもよろしいでしょうか」

「もちろんだ、正国が粘土を掘れるよう差配《さはい》しておく」

「ありがとうございます。ではさっそく採掘しに行って参ります」

菊麻呂は郡司の屋敷を退出すると、その足で駄馬三頭を手配し、翌日、須加とともに三重野に出かけた。三重野は柏原川の支流が小川のように川幅を狭め、木々が鬱蒼《うっそう》と生い茂る山村である。白粘土のある場所も、駄馬がようやく行けるような所だった。菊麻呂と須加が粘土を俵に詰めると、馬子《まご》たちはそれを二人がかりで馬の背に乗せた。一頭の馬に二俵、計六俵を運ぶのがせいぜいであったが、小型タタラ炉一基を築くにはどうにか足りる量であった。

　念願の粘土が手に入ると、菊麻呂は鍛冶小屋の裏にタタラ炉を築き始めた。まず炉床《ろしょう》となる部分の地面を掘り下げ、そこに小石を並べ、さらに砂利や小割した炭を敷き詰めて突き固めた。さらにその上を、砂を混ぜた粘土で覆った。地下からの湿気を防ぎ、操業中の炉の熱が地面に逃げるのを防ぐためである。炉床ができ上がると、この上に長方形の箱型炉の築炉にかかった。

　炉は内法《うちのり》で、長寸が三尺弱（約九十センチ）、短寸が一尺強（約四十センチ）の炉底部を持ち、炉高は二尺半（約八十センチ）余り、炉壁の厚さは半尺（十五センチ）である。白粘土にひび割れを防ぐために藁《わら》すきを加えてよく練り、これを釜土として炉を築いていった。炉の長辺の下部の少し上方には、足踏みの鞴《たたら》で風を送るための送風孔を炉底に向かって斜めに二ヶ所ずつ穿《うが》った。また短辺の炉底には、砂鉄に含まれている溶けた不純物を流し出すためのノロ孔を一ヶ所ずつ設けた。

　タタラ炉ができ上がると、周囲に四本の柱を立て、雨露を凌ぐための簡単な屋根を作り、自然乾燥させることになった。この間に、近くの炭焼き小屋に頼んでおいた大量の樫炭《かしずみ》が届けられ、保管場の中にうずたかく積み上げられていった。

四

大気が澄み渡り、桜島がいつになく間近に見えていた。菊麻呂と須加は鍛冶小屋のすぐ近くの海岸へ砂鉄採りに出かけた。海岸までは一里（約五百メートル）ほどの距離である。二人はそれぞれ天秤棒《てんびんぼう》にフゴをぶら下げ、手には鋤《すき》を携えていた。須加のフゴには二枚の笊《ざる》も入れられている。稲を刈り終わった後の、荒涼とした田のあぜ道を抜けると、海岸線に沿って松林が続き、その向こうに遠浅の海が広がっていた。二人は砂浜に降り立った。

「この前吹いた大風《おおかぜ》のせいで、砂鉄が寄り集まっているな」

砂浜を見まわした菊麻呂が須加に言った。渚から少し離れた辺りに、波で自然淘汰され純度を高めた砂鉄の層が黒々とどこまでも続いていた。

「なるべく黒そうな部分を採ってくれ」

菊麻呂は須加に指示すると、鋤で砂鉄をすくってフゴの中に入れ始めた。砂鉄の層は思った以上に厚みがあった。

（芳野川での砂鉄採りに比べると、何とも容易なことか）

天国《あまくに》の鍛冶場では川砂鉄を採取して鉄を造っていたが、川砂に含まれている砂鉄の分量はわずかなもので、一升の砂鉄を得るのさえ多大な労力を費やしていた。しかし、谷山の浜砂鉄の純度といったら、驚くべきものであった。砂と砂鉄の組成比が逆で、砂鉄の中にわずかな砂が紛れ込んでいるようなものである。

（このまま炉の中に投げ込んでも鉄ができるのでは）

菊麻呂がそう思うほど純度が高かった。フゴひとつ分の砂鉄は、かなりの重量になったが、それだけの分量を採取するのに、小用《しょうよう》を足すほどの時間もかからなかった。

砂鉄を採り終えた菊麻呂たちは、天秤棒をかつぎ、フゴを揺らしながら、今度は柏原川の河畔へと向かった。河原に砂鉄を運び、笊《ざる》に入れた砂鉄を川の中で揺すり、水の流れで砂などの不純物を取り除いた。こうして純度を高めた砂鉄を鍛冶小屋に持ち帰ったのである。

翌日、鍛冶小屋の中で、菊麻呂が大鍋で布海苔《ふのり》を煮込んでいた。

「準備ができました」

須加が棒で鍋の中をかき混ぜている菊麻呂に声をかけた。その顔は炭で真っ黒になっていた。木炭を石臼《いしうす》に入れて砕き、粉炭を作っていたからである。石臼の中の粉炭は、その横に置かれた浅い木箱に移し替えられていた。

「こっちの方もトロトロになった。それじゃ、ぼちぼち始めるか」

菊麻呂はそう言うと、溶けた布海苔を柄杓《ひしゃく》で汲んで、粉炭の上にかけ始めた。それを須加がへらで練り合わせていく。鍋の中の布海苔をすべて移し終えると、菊麻呂は今度は砂鉄を振り入れ始めた。須加の練り具合を見ながら、少しずつ入れていった。

「もういいかもしれんな」

これ以上砂鉄を加えると布海苔の粘着力がなくなるというところで作業を止めた。

「よし、こんどは団子《だんご》作りだ」

菊麻呂はそう言うと、木箱の中の黒い塊をちぎって手のひらにのせ、丸め始めた。そしてでき上がった黒い団子を押しつぶし、赤子の手のひらほどの煎餅《せんべい》状にした。須加もそれに倣《なら》った。土間に敷かれたムシロに、真っ黒い煎餅が碁盤の碁石のように並べられていった。

「何だか楽しいですね。鍛冶仕事でこのような作業があるとは思ってもみませんでした」

須加が砂鉄団子を作りながら言った。

「砂鉄をそのまま炉に入れてもよいのだが、煎餅にすると炉内での落下が緩やかになって砂鉄が溶けやすくなるのだ。手間がかかるがな」

菊麻呂が砂鉄煎餅の意味を語った。

煎餅作りの作業が終わったのは、正午頃であった。二枚のムシロに黒い煎餅がずらりと並べられた様は、かなり珍妙な光景であった。砂鉄煎餅は固くなるまで、そのまま乾燥させることになった。

翌朝、菊麻呂と須加が朝餉を囲んだ時だった。

「砂鉄はどうされたのですか」

須加が菊麻呂に訊ねた。

「砂鉄？」

「砂鉄煎餅が少し無くなっていますが、どこかに仕舞われたのですか」

「いや……」

「四分の一ほど減っていますよ」

「何だって！」

菊麻呂は箸を置くと、急いで鍛冶場に向かった。須加もそれに続いた。

「これはどうしたことだ……」

菊麻呂は唖然とした。ムシロ二枚にぎっしりと並べたはずの砂鉄煎餅のうち、一枚のムシロの半分ほどがきれいに無くなっていた。

「こんなものを盗んでもしかたがないのに……童《わらべ》の悪戯ですかね。食い物と間違えて持って行ったのだろうか」

　須加が思案気に言った。

　一回のタタラ操業に必要な分量の砂鉄煎餅を作ったのである。その四分の一ほどが盗まれたとあっては、もう一度その分を作り直さねばならなかった。

「しかたがないな。今日はまた煎餅作りだ。須加、朝餉を終えたら粉炭を用意してくれ。俺は布海苔《ふのり》を煮る準備をするから」

　菊麻呂は須加にそう命じた。

　二人は朝餉を済ませると、砂鉄煎餅作りの準備を始めた。

（砂鉄煎餅を食い物と間違えて盗んだのなら、よほど腹をすかしていたのであろう。かぶりついた時の顔を見てみたかった）

　菊麻呂がそのようなことを想像しながら、昨日、油をひいて仕舞った鉄鍋を鍛冶場に持ちだして来た時だった。

「ありました！　砂鉄煎餅がありました」

　炭置き場の方から、突如、須加の大声が響いた。

「……？」

　菊麻呂は須加のいる場所に駆け寄った。

「ほら、こんな所に。炭俵《すみだわら》の横に砂鉄煎餅が一個落ちていたので、不審に思って辺りを調べていたら見つけたんです」

　菊麻呂が須加の指さす方を覗き込むと、うず高く積まれた炭俵と壁の隙間に、砂鉄煎餅が盛るように置かれていた。

「何でこんな所に？」

菊麻呂は訝《いぶか》しく思った。

「きっと鼠《ねずみ》のしわざですよ」

須加が砂鉄煎餅を取り出しながら言った。

「そうか、鼠の悪戯だったのか。できたての砂鉄煎餅は柔らかかったので、鼠が食べ物と勘違いして巣穴に運び込んだのか。それにしても人騒がせな鼠だ。須加が気づかねば、煎餅作りで一日つぶすところだった」

菊麻呂は須加が回収した砂鉄煎餅を手にしてみた。薄っぺらな黒い塊は、ほどよい固さに乾燥していた。


暑さもすっかりやわらいだ頃、いよいよ鉄造りが始まった。裏庭に造られたタタラ炉の両側には、足で踏んで風を送る鞴《ふいご》がそれぞれ取り付けられていた。一基の鞴の踏み板を二人が交互に踏むと、発生した空気の流れが分配装置を経て二つの送風孔から炉内に吹き出す寸法である。

雨露を凌ぐための屋根も取り払われ、残った四本の杉柱の二本ずつを支柱として、その上部には鳥《とり》居《い》のように横木が渡され、横木にはそれぞれ四本の綱が垂らされていた。鞴の踏み板を踏むとき、両手に一本ずつの綱を握り、綱にぶら下がるような格好で作業すると、体への負担が少なくなるからである。

二基の鞴は操業中休むことなく風を送らねばならない。そのためには交代要員も含め、最低でも六人の人手ならぬ人足が必要だったので、近在から六人の加勢をもらうことになった。このうちの一人、鷹彦《たかひこ》という青年は菊麻呂のもとで鍛冶修業するためにやって来た新弟子で、須加と同じ十六歳であった。

早朝、陽の出とともに、菊麻呂たちは鍛冶場に設けた神棚の前に集まった。神棚には製鉄と鍛冶の神である天目一箇神《あめのまひとつのかみ》が祭られている。菊麻呂が御神酒《おみき》を捧げ、操業の無事を神に祈った。

「それでは始めるか」

祈願が終わると、菊麻呂の下知《げち》で炉の中に薪が入れられ、火が付けられた。炉を乾燥させるため、弱火でしばらく薪のみが焚かれた。

「炭を入れろ」

炉の内壁が十分に乾燥した頃を見計らって、菊麻呂が須加に命じた。俵から出した炭を小割していた須加と鷹彦が、笊《ざる》に炭を入れ炉の頂部から中に注ぎ入れた。炉内はじきに炭で満たされパチパチと音を立てて燻《くす》り始めた。

「風を送ってくれ」

菊麻呂の合図で、四人の助っ人が鞴《ふいご》で風を送り始めた。これから一昼夜、鞴は休むことなく動き続けるのである。炭の弾ける音とともに、炉の頂部から細かい火の粉が飛び散った。

やがて炉頂《ろちょう》から炎が上がり始めた。それとともに炉内を満たしていた炭はしだいに炉の中に沈んでいき、頂部に炭を投入できる余裕が生じた。

「炭を入れてくれ」

菊麻呂が須加に命じた。炉がふたたび炭で満たされる。炉内の温度が上昇しているのであろう、炭の沈下速度が速くなっている。鞴の息づかいに合わせるように、炉がゴーゴーと吠え始めた。

何度目かの木炭の投入を終えた後だった。それまで炉の炎を凝視していた菊麻呂が動いた。笊に盛った砂鉄煎餅を小脇に抱えると、燃え盛る炉頂の炭の上に、砂鉄煎餅を一個ずつまんべんなくばらまいたのである。

砂鉄煎餅を投入後は、炭の沈下速度が遅くなった。代わり番こに鞴の踏み板を踏み、炭と砂鉄煎餅を交互に投入する単純な作業が始まった。炉内は鉄を溶かすほどの高温である。皆、汗にまみれて作業を続けた。

菊麻呂が頃合いを見て炉底の孔を開けると、赤い灼熱の流れが蛇が這うように流れ出て来てすぐに黒く固まった。ノロと呼ばれる、砂鉄に含まれていた不純物が溶けた鉱滓《こうさい》である。

「どうもノロの出がよくないな」

菊麻呂は木の棒の先につけた鈎《かぎ》を孔から差し込み、ノロを掻き出しながら呟いた。菊麻呂は天国の鍛冶場で何度もタタラ操業を経験していたが、そこで使っていた砂鉄と比べると、谷山の砂鉄は卸《おろ》しにくいような気がした。時間的に見て、もっと多量のノロが流れ出るはずであった。

(親方が砂鉄にも色々と種類があると言っていたが、このことか)

菊麻呂は天国《あまくに》の言葉を想い出していた。

砂鉄煎餅と木炭を交互に投入し、炎の具合を見てノロを排出させる。この作業が何度も繰り返された。炉の底では鉧《けら》と呼ばれる鉱滓混じりの鉄が成長しているはずであった。

夜も明け方になると、炉の壁は溶けて薄くなり、亀裂からは枇杷色の炉内が見えていた。炉の底の鉧が大きくなり、送風孔を塞いで送風を邪魔するようになった。

「砂鉄の投入はおしまいだ。あとは木炭だけ入れる」

菊麻呂はそう言って、送風孔に鉄棒をさしこみ、中の掃除に専念しだした。その後、何とか操業を続けていたが、いよいよ空気が送れなくなった。

「よし送風停止だ。ご苦労さん」

一昼夜あまり、鞴《ふいご》を踏み続けていた六人に菊麻呂がねぎらいの言葉をかけた。鞴の音が止み、辺りが静かになると、まわりの草むらで虫が鳴きだした。夜は白みかけていた。

「よし、炉を壊してくれ」

送風を停止しても、炉は炎を上げ続けていた。須加と鷹彦が長柄《ながえ》の鈎《かぎ》を持って、釜土の炉壁を引き崩した。まだ盛んに燃えている炭が辺りに飛び散る。薄くなっていた炉は案外もろかったが、立ちのぼる熱気で炉に近づけず、炉の解体作業はなかなか難しかった。

タタラ炉はやがて炉底部分だけになった。炉壁の破片や炭をかき分けると、炉の底から長冬瓜《ながとうがん》大の真っ赤な鉧塊《けらかい》が姿を現した。

「鉧を取り出すぞ」

菊麻呂は鉧の底に鉄棒を差し込んだ。二人の弟子もそれに倣《なら》った。

「せぇーの」

菊麻呂の掛け声に合わせて、鉧塊は炉の外にこじり出された。

「水の用意はいいですよ」

菊麻呂らが炉を壊している間、助っ人の五人は、あらかじめ炉の近くに掘ってあった穴を、桶で運んだ水で満たしていた。取り出された鉧塊は、外回りがほぼ固まるのを待って、三人がかりで穴まで引きずられて行った。

「よし、このまま投げ込め」

菊麻呂の合図で、鉧塊は水の中に落とされた。爆発的な音がして、水が飛び散り、水蒸気がもうもうと立ちのぼった。赤い塊はぐつぐつと水を煮え滾《たぎ》らせていたが、やがて暗くなっていき、しまいには静かになった。できた鉧塊を水に漬けるのは、鉄と鉱滓《こうさい》が混じり合っているため、急冷することにより鉱滓を取り除き易くするためである。

壊された炉の周辺では、飛び散った炭が星空を見るように光を放っていた。菊麻呂が東に目を向けると、大隅の峰に微かな曙光が射し始めていた。

「終わったな。皆さん、ご苦労でした」

菊麻呂は皆にふたたびねぎらいの言葉をかけた。


操業を終えてそのまま床に就いた菊麻呂が、熟睡から醒めたのは、その日の昼過ぎであった。まっさきに鉄のことが頭を過ぎった。菊麻呂は夜具を撥ねのけると、裏庭のタタラ場に向かった。

無残に壊された炉片が、燃え残った炭とともに陽を浴びて散らばっていた。わずかに残った炉の内側部分は黒く焼けただれ、ひどく浸食されていた。炉を解体した時は、赤々と点滅する無数の炭で美しくさえあったが、白日のもとで見ると醜《みにく》く感じられた。

灼熱の鉧塊を引きずり入れた穴を覗くと、蒸発しそこねて残っていた水もすっかり地面にしみ込んでしまい、黒ずんだ塊だけが取り残されたように鎮座していた。鉧塊の表面には燃え残った木炭が絡みつき、それが鉄の塊とは想像できないような代物である。

「でき具合はどうですか」

須加が目をこすりながらやって来て、菊麻呂に訊ねた。

「ずいぶん炭や鉱滓がからまっているが、鍛えれば何とかなるだろう」

「そうですか。それを聞いて安心しました」

「穴から出してみるか」

菊麻呂は須加と協力して、まだ温もりの残る鉧塊《けらかい》を穴から引きずり上げた。どうにか二人で持ち上げられる重さであった。

「よし、飯を食ったらこれを小割にして鍛えてみるぞ。鷹彦を呼びに行ってこい」

新弟子の鷹彦は、同じ部落内の住人である。通い弟子であるから、家で寝ているはずであった。


昼下がり、菊麻呂の指示で、須加と鷹彦が操業で得られた鉧塊の小割作業を始めた。鉧塊を鎚で叩いて、鉄の部分と滓《かす》を選り分けるのである。小割にされた鉧はさまざまな外観で、破面は銀白色の金属光沢を放つものや、灰白色の海綿状《かいめんじょう》のものなどもあった。

「何とか鉄が造れたようだな」

小割された鉧を調べていた菊麻呂が言った。天国のもとでタタラ操業を積んだ経験から、今回の操業結果は、良くもなく悪くもないものだった。扱い慣れた宇陀の砂鉄と性状を異にする、谷山の未経験の砂鉄を用いたにしては、うまくいった方であった。

(何度か操業をくり返せば、この地の砂鉄を使いこなすこともできよう)

菊麻呂は心の中で思った。得られた鉧塊の小割作業はその日の夕暮れまでかかった。

五

翌日、菊麻呂は郡衙《ぐんが》の近くにある神社に、火入れ式の相談に出かけた。鍛冶場にはすでに谷山であつらえた吹子《ふいご》と水舟《みずぶね》も設置され、吹子とその傍らの火床《ほど》（鉄を卸したり刀身を赤めたりする鉄鍛造用の小型炉）は送風管でつながれ、炭に火を熾す日を待っていた。タタラ炉の操業もどうにか成功した今、菊麻呂は得られた鉧塊を早く鍛えてみたかった。その前に、鍛冶屋の慣習である火入れ式を行うのである。

菊麻呂は神社の境内に住む神主を訪ね、火入れ式の日取りを明後日に決めてもらった。その帰り道、菊麻呂は採火をどうするか迷っていた。新しい火床に炭を盛り、初めて火を熾す時、鍛冶屋は特別な火の熾し方をする。いつもなら火打ち石を使用するのであるが、この日ばかりは神社から授かった御神火《ごしんび》を用いたり、あるいは金敷の上に置いた鉄の棒を鎚で叩いて火を熾すのである。

（ただの鉄の棒で火を熾すのも芸がない。かと言って、あれを棒の代わりに使うというのも気が引けるのだが……）

あれとは師の天国が菊麻呂の鍛冶名を切って与えてくれた中心《なかご》のことである。中心の入った小さな桐箱は、薩摩への下向にあたっても葛籠《つづら》の中に忍ばせていた。長旅に持参するような物ではなかったが、刀鍛冶の証しとなるような気がして、旅の道連れに選んだのである。今、菊麻呂の最も大切な鉄といえば、「正国」と銘の切られたこの中心であった。中心自体は菊麻呂が天国の鍛冶場で鍛えたものである。

（あの中心を使えば、天国様の鍛冶場と谷山の鍛冶場が太い縁《えにし》の糸で結ばれるような気がするのだが、大切な中心を無残にも傷つけてしまうだろう）

中心に火を熾せるほどの熱を持たせるには、渾身《こんしん》の力をこめて鎚で激しく連打しなければならない。そうすれば中心の区《まち》の辺りは取り返しのつかないほど変形してしまうはずである。

（火入れ式の種火《たねび》を採るためなら、天国様もお許しになるだろう）

菊麻呂はようやく心を決めた。

火入れ式の日は、寒い朝となった。鍛冶場の天目一箇神《あまのまひとつのかみ》を祭った神棚の前には壇《だん》が立ち、神饌《しんせん》とともにそれぞれ三方《さんぽう》に載せられた小割した鉧塊《けらかい》と中心《なかご》が置かれた。式には郡司の久佐宇志麻《くさうしま》をはじめ、これまで鍛冶場作りに関わってくれた人々も参列していた。準備ができると式が始まった。

神主による清めの儀式の後、神主から菊麻呂に中心が渡された。菊麻呂はそれを持って吹子《ふいご》の前の横座《よこざ》に座ると、中心をつかんだまま金敷の上に置き、小鎚を手にして区《まち》の辺りを激しく打ち始めた。手覆《ておおい》をしていても、中心を持つ手に熱が伝わってきた。区の辺りはかなりの高温になっているはずである。

頃合いを見て菊麻呂が中心を金敷の上から持ち上げると、傍らに控えていた須加がもぐさで作った火口《ほくち》（発火させた火を移し取るもの）で区の辺りを包み、息を吹きかけて種火を採った。その火を乾燥させた木の薄皮に移し、さらに火床《ほど》に敷いた粉炭の上に置いて炭で覆った。

菊麻呂が吹子の取っ手をゆっくり操ると、火床に空気が送られ炭に火が付いた。小型のタタラ炉で得られると、今度は神主から鉧塊を受け取り、それを火床の中に入れ炭を被せた。菊麻呂は横座を離れた鉧は、鉱滓や炭などの不純物をかんでいるうえに、内部にできた鉄も銑鉄《せんてつ》、鋼《はがね》、軟鋼《なんこう》と不均質である。このため火床の中で脱炭《だったん》もしくは吸炭《きゅうたん》させて鉧の炭素量を調整し、刀剣に適した鋼や軟鋼を得ることになる。この技法を卸《おろ》し鉄《がね》と称しているが、菊麻呂は火入れ式でこれをまず行ったのである。

菊麻呂が吹子を操り、火床に風を送ると、吹子の息づかいに応じて炭がはじけ火の粉が舞った。しだいに送風を強めて加熱していく。赤みがかった橙色の炎があがり、さらに温度を上げると炎の色が黄色へと変化し、火花のような沸き花が炎に混じり始めた。炭を追加しながらしばらく高温を維持して吸炭させ、その後送風を止めて温度を下げると、やがてグツグツという音が聞こえてきた。溶けた鉧が固まり始めたのだ。ここで卸した鉄塊を取り出して水で冷やす。これを数回くりかえして刀剣鍛造に適した地鉄《じがね》を得るのであるが、火入れ式では一回のみで終えた。

菊麻呂は冷えた鉄塊をふたたび火床に入れて赤め始めた。須加と鷹彦が大鎚を手にして金敷を取り囲んだ。菊麻呂が赤めた鉄塊を金敷の上に載せ小鎚で金敷を叩くと、二人の相槌《あいづち》が交互に大鎚を振るい始めた。大鎚を初めて振るう鷹彦の動作にはぎこちないものがあったが、鉄塊は見る間に薄く叩き伸ばされていった。鉄塊が煎餅状になったところで、菊麻呂がふたたび金敷を叩いた。二人の相槌は大鎚を振るのを止めた。菊麻呂が煎餅状に潰された鉄を水の中に投入して火入れ、初打ちの作業は終わった。その後、水の中から取り出された鉄塊は、神主によって祝詞《のりと》が奏上された後、神棚の中に御神体として祀られた。

この後、菊麻呂と弟子たちによって玉串奉奠《たまぐしほうてん》が行われ、火入れ式は滞りなく終わった。

「本日はありがとうございました」

菊麻呂が式に参列した郡司にお礼の言葉を述べた。

「先ほどの種火の採り方には感動した。まるで妖術でも見ているようであった。今日という日は、わしの生涯の中でも、忘れられぬ日となろう。阿多隼人が隼人の国の砂鉄で鍛えた刀を早く見たいものだ。心待ちにしておるぞ」

郡司はそう言って鍛冶場を出て行った。

六

火入れ式を終えた菊麻呂の鍛冶場から、本格的な鎚音が響き、いよいよ刀作りが始まった。刀には芯鉄《しんがね》にする軟らかい鉄と、刃鉄《はがね》にする硬い鉄が必要である。菊麻呂はタタラ操業で得られた鉧塊《けらかい》を卸し、硬さの異なる二種の鍛刀素材を作った。

菊麻呂は谷山の砂鉄で造った鉄を鍛えながら、天国《あまくに》の鍛冶場で使用していた鉄との相違を感じていた。当然のことであるが、大和の川砂鉄と薩摩の浜砂鉄では性状が異なっていた。それに天国の鉄は、宇陀鍛冶が代々にわたってタタラ操業に工夫を重ねて造りあげたものである。たった一度のタタラ操業で、納得のいく鉄ができるはずはなかった。それでも菊麻呂はどうにか硬軟二種の鉄を鍛え上げたのである。

菊麻呂は皮鉄《かわがね》にする刃鉄を馬蹄《ばてい》形に折り曲げ、その中に芯鉄をくるむと、火床《ほど》で沸かしながら打ち伸ばしていった。それが終わると、刀の反り以外の姿と寸法を打ち出す素延《すの》べと、火造《ひづく》りの作業に入った。ここからは菊麻呂一人の作業である。

鍛冶場から大鎚の音がかき消え、小鎚の音のみになった。菊麻呂は小鎚一本で、刀身を形作る棟《むね》、鎬筋《しのぎすじ》、刃先の三つの線を打ち出していった。この三つの線は、焼き入れで生じる反りと仕上がり時の反りを考慮し、適度な反りを持つ曲線にしなければならなかった。

切先部分は焼き入れ時に刃切れなどの傷が出やすいので、刀鍛冶の技量が試される重要な個所である。菊麻呂は素延べされた刀剣素材を、そつなくまとめ上げていった。

火造りが終わると、いよいよ焼き入れの段階に入った。刀剣作りの数ある行程で、一番の山場である。これまでの苦労が吉と出るか凶と出るか、精鍛した地金が刀になるかただの鉄塊で終わるかの分かれ道である。

刀の焼き入れには焼刃土《やきばづち》が必要となる。火造りを終えた刀身に、刃になる部分には薄く、それ以外は厚く塗って使用するが、焼刃土の塗り方によってさまざまな刃文が得られる。その主成分は粘土、荒砥《あらと》の粉、炭の粉であるが、その外にも金肌《かなはだ》（酸化鉄の粉末）や藁灰《わらばい》などを加えることもある。粘土や砥の粉の種類、その分量などは、それぞれの刀鍛冶が永年の試行錯誤の上に作りだした物で、刀鍛冶にとって焼刃土の配合は秘伝中の秘である。

菊麻呂は天国の鍛冶場で使用していた焼刃土の配合比を想い出しながら、何度も失敗を重ねた末に、三重野の白粘土を主体にした焼刃土を作り上げたのである。焼刃土ができ上がると、それを刀身に丹念に土置《つちお》きし乾燥するのを待った。

焼き入れは陽の落ちるのを待って行われる。火床の中の赤めた刀身の色によって、焼き入れ温度を見きわめるためである。

焼き入れの日は南国には珍しく粉雪が舞い、桜島も白く冠雪していた。須加と鷹彦の二人が出水まで水を汲みに行き、火床の横に置かれた水舟《みずぶね》に、かじかんだ手で水を八分目に張った。水舟を満たし終えると、今度は火床いっぱいに松炭を盛った。鍛錬時の炭と比べると、はるかに細かい均一な炭である。

夜を待って、火床に盛られた炭に火が付けられた。横座《よこざ》に座った菊麻呂が吹子《ふいご》を操り、炭を徐々に燃え上がらせていった。炭が爆《は》ぜ火床のまわりに火花が舞った。寒々としていた鍛冶場に熱気がこもり始めた。

菊麻呂が脇に置いてあった梃鉄《てこがね》に手をかけた。梃鉄の先には土置きされた刀身がはめられ固定されている。菊麻呂は吹子を引き押ししながら刀身を火床にかざし、もう一度念入りに焼刃土を乾燥させた。須加と鷹彦は緊張の面持ちで火床を取り囲み、菊麻呂の一挙一動を見守っている。

菊麻呂が手にした刀身を、刃の方を上にして燃え盛る炭の中にゆっくりと差し入れていった。左手で吹子を操作し、右手で刀身を抜き差ししながら、刀身の元から先までを均一に赤める。部位によって形状が変化し、厚みや幅の異なる刀身を均一に赤めるのは至難の業である。

鍛冶場に緩急《かんきゅう》をつけた吹子の音が響き、刀身をはめた梃鉄を持つ菊麻呂の腕の動きが慌ただしくなった。

赤めた刀身の色合いを注視していた菊麻呂は、火床の中から刀身を抜き出すと、一呼吸おいて、刃方を下にして水舟に満たされた水中に一気に沈めた。ジューンという刹那的な音とともに、辺りは水蒸気に包まれた。焼き入れの瞬間は何度経験しても緊張するものである。菊麻呂は梃鉄を揺すりながら、祈るような気持ちで水舟が鎮まるのを待っていた。

翌日、明るくなると、菊麻呂は研ぎ場に上がった。昨夜、焼き入れした刀を手にすると、目の粗い荒砥《あらと》で刀身の一部を研ぎ始めた。しばらくすると菊麻呂の顔が曇った。

（だめだ、これでは焼きが甘い）

焼刃がぼやけて見えた。焼きがうまく入らなければ、斬れ味に影響する。焼き入れの温度、焼刃土に改良の余地があった。さらに研いでいくと、刃縁《はぶち》に微妙な疵《きず》の出ている個所もあった。

（正月までに会心の作を鍛えて、清水に顔を出すつもりでいたが、これではだめだ）

正月は目前に迫っていた。菊麻呂は清水に帰ることを断念した。

大晦日《おおみそか》がやって来た。菊麻呂は二人の弟子に暇を与えた。

「菊麻呂さんは清水には帰らないのか。葉瑠姉さんが待っているぞ」

須加は清水に一人で帰れと言われ訝《いぶか》った。

「思いついたことがあるので、もう少し焼刃土を工夫してみる。隠れ里の皆にはよろしく言っておいてくれ」

菊麻呂は谷山で採れた海産物を手みやげに持たせ、須加を清水に帰した。そして、焼き刃土の工夫を続けた。

松の内が過ぎ、二人の弟子が帰って来ると、菊麻呂は待ちかねたように火床に火を入れた。大鎚に不慣れな鷹彦を指導しながら、慎重に折り返し鍛錬を行った。そうこうして地鉄《じがね》作りに励んでいるうちに、慣れ親しんだ宇陀の鉄と異なる谷山の鉄の性状を肌で知るようになっていた。

正月も末のこと、ふたたび鍛えた刀に焼きを入れる日がやって来た。

「外は桜島の灰がすごいですよ」

水舟に張る水を出水まで汲みに行った鷹彦が、帰って来るなりぼやくように告げた。

「桜島のご機嫌が悪いのかな。朝から何度も噴煙をあげている。今日は日が悪いのじゃないか」

火床に炭を盛っていた須加が応じた。鍛冶場から桜島までは二十里（約十㌔）余りしか離れていない。折からの北東風に乗って、谷山は酷い降灰に見舞われていた。

「桜島が今日の焼き入れを応援してくれているんだ。物事はよい方に考えろ」

菊麻呂が笑いながら言った。

夜になると鍛冶場に吹子の音が響き始め、火床の炎がまるで生き物のように明滅をくり返した。菊麻呂は梃鉄に挟んだ刀身を、ゆっくりと斑《むら》なく赤めていった。前回よりも温度を高めに加熱し、頃合いを見て刀身を火床から抜き出した。

「えいっ！」

二人の弟子が見守る中、菊麻呂は水舟に張られた水を断ち切るかのように焼き入れを行った。

菊麻呂は翌日から研ぎにかかった。刀身の中央部と切先の二個所を荒砥で研いでみた。

（すこし白気《しらけ》ごころがあるが、この焼きなら大丈夫だ）

得心のいく焼きを見て、菊麻呂は残りの刀身にも荒砥をかけた。他の部分にも問題はなかったので、中研ぎ、仕上げ研ぎと、砥石の目を細かくしていった。

十日ほど後、菊麻呂は鍛冶小屋の北側に設けた研ぎ場に端座し、研ぎ上げた太刀の中心《なかご》を持って、刀身に見入っていた。鎬造《しのぎづく》り、庵棟《いおりむね》、刃長二尺四寸（約七十一チセン）余り。細身、小鋒《こぎつさき》で、刃文は直刃に焼き、腰反り高い品格のある姿である。中心先はくるりと丸い栗尻《くりじり》に仕立ててあった。

（地刃《じば》にも疵が出なかった。これなら世に出しても恥ずかしくない）

菊麻呂はさっそく銘切りにかかった。丸鏨《まるたがね》で目釘孔《めくぎあな》を打ち抜いた後、佩表《はきおもて》のその下に「正国」と力強く鏨を走らせた。自分の鍛えた刀に銘を切るのは、薩摩下向にあたって護身用の太刀を鍛えて以来であるから、二年ぶりのことであった。

七

谷山の海岸線を埋め尽くしていた漆黒の砂鉄。その砂鉄を卸して鍛え上げた記念すべき一刀。菊麻呂はこの一振りの太刀のために、持てる知識と技をすべて傾注し、寸暇を惜しんで作業にあたった。だがようやく刀身を完成させても、それを納める鞘や刀装金具を作れる職人は谷山にはいなかった。薩摩国府のある高城《たき》には、数軒の拵《こしら》え屋があるという。菊麻呂は高城の拵え屋を紹介してもらうため郡衙《ぐんが》を訪ねた。

「そうか。最初の一振りが打ち上がったか。ならば国府近くにある宗明《むねあき》という拵え屋を訪ねよ。行けばすぐにわかるはずだ」

郡司《ぐんじ》の久佐宇志麻《くさうしま》は顔に喜色を浮かべて言った。ある意味、刀の完成を最も喜んだのは、郡司だったかもしれない。律令体制が弱体化しつつある今、谷山土着の地方豪族として力を蓄え始めていた郡司にとって、そのお膝元で刀剣の自給がかなうことは何にもまして喜ばしいことだった。

「わかりました。むねあき様でございますね」

「そうじゃ。ところで高城へは陸路で行くのか」

「はい、伊作《いざく》峠を越えて、吹上《ふきあげ》経由で行こうかと思っています。二日がかりの道のりだと聞いておりますが」

薩摩半島を横断し海辺の中原へ出れば、中原から高城までは、一年ほど前に菊麻呂が阿多の地をめざして歩いた道である。

「お主、船旅の経験はあるのか」

郡司が唐突に菊麻呂に訊いた。

「いえ、船旅といえるほどの経験はございません。都からこちらへ参ります時、穴戸《あなと》の瀬戸（関門海峡）を舟で渡ったのが初めてでございます」

「そうか、ならば往きだけでも船を使ったらどうだ。あと数日すれば、谷山から高城に向けて、庸の品々を積んだ船が出ることになっている。よければそれに便乗できるよう取り計らって進ぜるが。ただ船酔いが心配なら船は勧めぬ」

「まことにありがたいお話です。この薩摩の国を海の上から見ることができるのでしたら、是非そうさせて下さいませ。船酔いというものがどのようなものか想像すらできませぬが、一度は船旅を経験してみたいです」

「そうか、それなら手配してつかわそう」

それから二日後、菊麻呂は油箪《ゆたん》（油紙）で包んだ刀身を携え、松崎の河口に設けられた桟橋から船に乗り込んだ。帆柱の前部に国府に納める荷を満載した、百石積の船である。船は北風を受けて莚帆《むしろほ》を弓なりに孕《はら》ませ、鹿児島湾を沿岸伝いに南下して行った。

船旅はこんなにも快適なものかと、すっかり船酔いのことなど忘れていると、大小二つの島が親子のように浮かんでいる辺りをかわし、薩摩半島の南端で船が徐々に進路を西に変える頃、外洋の影響で船の揺れが大きくなり菊麻呂は気分が悪くなった。

(これが船酔いというものか)

菊麻呂の顔が蒼白になり、しだいに精気が失われていった。その時だった。船の前方に秀麗な岳が姿を現した。岳の半分は海中からそそり立ち、みごとな円錐形の山容をしていた。菊麻呂は谷山の浜辺から初めて桜島を望んだ時の、あの圧倒されるような感慨を想い起こしていた。思わず合掌せずにはいられないほどの荘厳な岳である。

(富士の山がこのような形をしていると聞いたことがある。それにしても何と美しい眺めだ。阿多の地で野間岳に登った時、東の方角に見えていた円錐形の山に違いない。阿多で会った鵜使いの老人は、確か開聞岳《ひらききがたけ》とか言っていた)

「この山の名は何と言うのですか」

菊麻呂は念のために舵を操っている水夫《かこ》に訊ねた。

「あんた、この山の名も知らないのか。開聞岳という山だ。この国じゃ桜島の次ぎに有名な山だぞ。海を渡る時のよい目印になるので、交易にやって来る大陸の船乗りたちだって知っている山さ。麓には薩摩一宮の枚聞《ひらきき》神社もあるぞ。機会があればお参りに行くといい」

その後、物知りな水夫は、百年前に起きた開聞岳の大噴火の模様を、さも目撃したかのように雄弁に語ってくれた。菊麻呂は眼前を通り過ぎて行く開聞岳に見とれているうちに、いつの間にか船酔いのこともすっかり忘れてしまっていた。

開聞岳が遠のくにつれ、陽は傾き始めていた。その日、船は坊津《ぼうのつ》で帆を休めることになった。坊津は古代から海上交通の要地として栄え、遣唐使船も船出した風光明媚な泊地である。

翌朝、夜が明けるのを待って、船はふたたび帆をあげた。進路を北西にとり航走を始めると、じきに野間岳が姿を現した。昨日、開聞岳を見た直後だったので山容が貧弱に見えたが、一年前に山頂に立った時の心持ちがよみがえり、菊麻呂には感慨深いものがあった。

木花咲耶姫《このはなさくやひめ》と邇邇藝命《ににぎのみこと》が出逢ったといわれる笠沙《かささ》の岬をかわすと、船は阿多の沖合を北上し始めた。懐かしい金峰の峰々が望めた。女人の仰臥《ぎょうが》したような山容を見た時、菊麻呂の胸を激しい恋慕の情が襲った。これまで経験したことのない、胸が締め付けられ体中の力が抜けてしまいそうな、激しい感情である。

(葉瑠《はる》に逢いたい)

これまで押さえていた葉瑠に対する思慕の情が、一気に吹き出した感があった。

(この太刀ができ上がったら、まっさきに葉瑠や広龍殿に見てもらわねば)

菊麻呂は刀身の入った袋を握り締め、隠れ里のある金峰山の南麓の辺りを見つめ続けた。

風に恵まれた船は、その日のまだ陽が高いうちに、川内川の河口に着いていた。薩摩国府の所在地だけに、船着き場は大小の船で賑わいを見せていた。谷山の郡司の話では、拵え屋は国分寺《こくぶんじ》の近くに仕事場を構えているということだった。

茅葺《かやぶき》屋根の人家の群れを睥睨《へいげい》するように、瓦《かわら》を葺いた七重の塔がひときわ異彩を放っていた。鮮やかな丹《に》塗りの柱に白い漆喰《しっくい》壁、傾き始めた陽を受けて、塔の上部の相輪《そうりん》が金色に煌《きら》めいていた。聖武天皇の勅命により、各国に国分寺が置かれた際に造られた塔である。都から下って来た菊麻呂にとって、それは懐かしい風景であった。七重の塔は、薩摩という僻地にあって、都を想い出す縁《よすが》のような気がした。

「宗明という拵え屋をご存じないですか」

菊麻呂が国分寺の近くで拵え屋の所在を訊ねると、すぐに探し当てることができた。国分寺の南門に続く通りを、一つ脇道へ入った場所にあった。藍染めの暖簾《のれん》をくぐると、菊麻呂とそう歳格好の違わぬ男が、朴《ほお》の木に鉋《かんな》を当てて鞘《さや》を作っている最中だった。

「谷山の郡司様の紹介でやって来た者ですが、宗明殿でしょうか」

菊麻呂は、来客にも気づかず一心不乱に鉋を動かしている男に声をかけた。まだ粗削りの段階なのか、削り屑が厚かった。

「いかにも宗明だが……」

男が手を休めて、不意に現れた来客を見つめた。

「この太刀の拵えを作ってもらえませんか」

菊麻呂は新身《あらみ》の刀身を入れた袋を紐解きながら言った。宗明は腰を上げると、衣服に付いた削り屑を払い、店先へ出て来た。菊麻呂が油箪に包まれた太刀をつかみ出し、板間に置いてそれを拡げた。佩き表を上にして、刀身が露わになった。

「この太刀は新身のようだが……正国という鍛冶はどこの鍛冶かね」

拵え屋は中心《なかご》に切られた二字銘を見て訊ねた。宗明は字が読めるらしい。

「私が谷山で鍛えたばかりの刀です」

菊麻呂は胸を張って応えた。

「この薩摩の国には刀鍛冶などおらぬはずだが？」

拵え屋は怪訝《けげん》そうな顔をして言った。

「私は大和の国の天国《あまくに》という刀鍛冶のもとで修業した者です。縁あって谷山に鍛冶場を築くことになりました。これはそこで鍛えた最初の一振りです。使用した鉄も、谷山の砂鉄を卸したものです。この刀身に黒漆太刀拵《くろぬりのたちこしらえ》を着せてやってはもらえませんか」

菊麻呂は宗明の目を見つめながら言った。

「これは驚いた。この薩摩国府のある高城にすら刀鍛冶は一人もおらぬのに、谷山に刀を打つ者が現れるとは」

宗明は刀身を手に取った。

「なかなかよい太刀じゃのう。新身の太刀に一から拵えを作るとなると久々に腕が鳴るの。精一杯よい物を作って進ぜよう」

「これからも仕事を頼まねばならないので、よろしくお願いします」

「こちらこそよろしく」

拵え屋は快く仕事を引き受けてくれた。

「それで、でき上がりはいつ頃になりますか」

拵え屋は鞘を作るのが本業である。鍔《つば》、鎺《はばき》、その他の刀装金具などの製作は、仲間の職人たちに仕事をまわすことになる。

「そうだな、五月いっぱいまで猶予を下さらぬか。それまでには仕上げられると思うが」

「そうですか。それでは頃合いをみて頂きに参ります」

菊麻呂は谷山の郡司からさまざまな援助や便宜をはかってもらったお陰で、これまで自分の持ち出しはほとんどなかった。そのため大衣から餞別《せんべつ》に頂いた砂金はまだ手つかずである。菊麻呂はそれを拵えを作る費用に充《あ》て、この最初の一振りを郡司に贈呈するつもりでいた。宗明が提示した代金は、大衣の餞別で容易にまかなえる額であった。菊麻呂は代金の半分を手付けとして支払い、残りは拵えができ上がった時に後払いする約束で拵え屋を出た。

外は陽が暮れかかっていた。菊麻呂は泰平寺《たいへい》を訪ね、一夜の宿を請うつもりでいた。拵え屋から泰平寺までは南へ一里（約五百米《メートル》）余り。菊麻呂は国衙《こくが》の塀《へい》沿いに寺へ向かった。

「あれからどうされたのかと、気になっておりましたぞ。谷山に鍛冶場を築かれ、一刀を鍛え上げられたとは。そなたの行動力には目を見張るものがあるの」

一年ぶりに再会した照順法印《しょうじゅんほういん》に近況を報告すると、住職は目を丸くして驚いた。

「何もかもがよい方にと動いてくれました。大衣《おおきぬ》様の縁者の方にも会うことがかないました。広龍《こうりゅう》様という方ですが、この人が谷山の郡司様と懇意にしていたものですから、そのつてで谷山に鍛冶場を建てることができました。私は当初、阿多の地を一通り見終えたら、それをみやげに大和に帰るつもりでいたのですが、谷山の海岸に膨大な砂鉄を見つけたため、一も二もなくこの地に根をおろすことにいたしました。この地で刀鍛冶として生きて行こうと決めた以上、いつの日か、薩摩の国に正国ありと言われるように腕を上げたいと思っております」

「それはよかった。坊主が人を殺《あや》める刀作りに理解を示すのも変な話じゃが、人には持って生まれた運命《さだめ》というものがあろう。刀鍛冶が己の生きる定めなら、その道を究めなされ」

住職は菊麻呂の門出を祝福してくれた。菊麻呂はその日は泰平寺に泊めてもらい、翌朝、高城を後にして陸路で谷山に帰った。


それから三ヶ月後の四月末、瑞々しい青梅が弾けそうに膨らんでいる頃のことだった。旅装束《たびしょうぞく》の男が菊麻呂を訪ねて来た。

「ここは正国殿の鍛冶場かな」

客人に応対したのは須加だった。

「はい、そうですが」

「頼まれていた拵えがようやくでき上がりましたぞ」

来訪者は小脇に細長い包みを抱えていた。

「それでは高城の拵え屋さん……」

「いかにも。正国殿はおられますか」

「ええ、しばらくお待ち下さい」

菊麻呂はその時、裏庭にいた。拵え屋が訪ねて来たと聞いて、すぐに鍛冶場に入った。

「これはこれは、宗明殿ではありませんか」

「予定より早く仕上がったので持参いたしました」

宗明は遠路をも厭わず、完成した拵えをわざわざ納めに来てくれたのである。約束の期限は五月末であったから、それよりひと月ほど早く仕上がったらしい。

「六月になったら、こちらから取りに伺いましたものを」

菊麻呂は恐縮した。指折り数えて待ち望んでいた日が、思いがけずひと月も早まったのである。菊麻呂にはこれ以上の喜びはなかった。

「これから正国殿とは永いつきあいになりそうなので、いちど谷山の鍛冶場を見ておこうと思ったのです。桜島を目の前にした何とも景観のよき所ではありませんか。私もこちらへ、越して来たくなりました」

宗明の言葉はまんざらお世辞ではなさそうだった。

「ぜひそうなされませ。拵え屋さんが近くにいてくれたら、これほど心強いことはありません。刀鍛冶が作った刀身だけでは、包丁ほどの役にも立ちません。鞘《さや》、鍔《つば》、金具、紐《ひも》、塗り、それらの職人の協力があって、初めて刀本来の目的を達することができるようになります。最近では研ぎの専門職もいるとか聞き及びます。これは私の夢なのですが、いつの日か、この谷山の地だけで刀作りが完結するようになればと思っています。この地の鉄と炎と水を用いて刀を鍛えることができるようになりました。この先は、宗明殿のような刀装を手がける職人の方々に谷山に移り住んでいただき、この地を薩摩の刀作りの拠点にできたらと思っています」

菊麻呂は想いのたけをよどみなく語った。それは高城からの帰途、切に感じたことであった。谷山から高城に行くには、途中、どうしても一度は野宿せねばならなかった。この先、刀を鍛えるたびに、高城行きを余儀なくされるかと思うと、暗澹《あんたん》とした想いもあった。

「正国殿の刀が評判をとり、谷山に正国ありと世に知れ渡れば、その日もおのずとやって参りましょう。きっと遠からぬうちに」

「期待にそえるよう精進いたしましょう」

菊麻呂は笑顔で応じた。

「ところで、お引き受けした拵え、気に入っていただけるとよろしいのですが」

宗明は小脇に抱えてきた包みを板間に拡げ、黒漆太刀拵《くろぬりのたちこしらえ》を取り出して菊麻呂に差し出した。

「拝見します」

菊麻呂は拵えを受け取った。柄や鞘を黒漆塗りし、木瓜《ぼけ》形の鉄鍔《てつつば》をかけてあった。簡素な実用的な作りである。菊麻呂は刀身を抜いてみた。刀装具をまとった刀身は、自分が鍛えた太刀とは思えないほど品格高く見えた。

「反りのある姿は美しいですね。実用性から生まれた無駄の無い曲線が何とも言えない。地肌《じはだ》もよく詰《つ》んで、直刃の刃文も実にみごとだ」

拵え屋が太刀を褒めあげた。

「そう言っていただけると、正直、うれしいです。これからの励みになります」

「私は地元で刀が作られる日が来るのを、永い間、待ち望んでいました。この国では年々武器の需要が増しています。正国殿はいい時期に鍛冶場を建てられた。世情が不安定になるのも考えものだが、これからは持ちつ持たれつでいきましょう」

拵え屋の宗明は菊麻呂の家に一泊して帰って行った。その背には、菊麻呂が新たに打ち上げた二振りの新身《あらみ》が背負われていた。

第六章　蛍

一

　月が変わってまもなく、菊麻呂は清水《きよみず》の隠れ里に向かっていた。昨年の七月に、鍛冶小屋を建てる土地が準備できたとの郡司《ぐんじ》の知らせを受け、須加と慌ただしく立って以来だから十ヶ月ぶりであった。袋に入れた太刀を背負って山道を急ぐ菊麻呂の胸には、この間、片時も忘れることのなかった葉《は》瑠《る》の面影が次々と去来し、隠れ里に近づくにつれ気持ちが昂ぶっていた。山のここかしこで縄張りを主張して鳴く営巣《えいそう》さなかの鶯の声が、菊麻呂の恋情をさらに煽《あお》っていた。

　葉瑠と最後に別れた清水の湧き水にやって来ると、あの日の、後ろ髪を引かれる想いがよみがえってきた。菊麻呂は水を手ですくって、渇いた喉を思い切り潤した。

（俺は今日という日のために頑張ってきたのだ）

　菊麻呂は立ち上がると、みずからの心を鼓舞するかのように、背負った太刀の鞘尻《さやじり》を袋の上から左手で握り締めた。

　菊麻呂にとって、隠れ里は相変わらず俗世とは趣を異にする場所だった。世間から隔絶する独特の地形に加え、かつて広大な阿多の地を治めた支配者の末裔《まつえい》たちがそこに暮らしているため、尚更《なおさら》そのように感じられるのかもしれなかった。

広龍《こうりゅう》の家の前に立つと、入り口に植えられた紫陽花《あじさい》が、梅雨を待ち焦がれているように藍色の花を咲かせていた。菊麻呂は大きく深呼吸してから敷地に足を踏み入れた。

母屋に声をかけたが人の気配はなかった。皆、作業場で仕事中なのであろうと考え、裏に向かおうとした時、生垣《いけがき》の陰からモモが姿を現した。モモは立ち止まって愛らしい目で菊麻呂を見つめていたが、すぐに菊麻呂とわかったのであろう、尻尾《しっぽ》を振りながらすり寄って来た。まだ灰褐色の冬毛のままである。

「久しぶりだなモモ、元気でいたか」

菊麻呂はモモの頭を撫でた。体が大きくなりすっかり大人の鹿だった。

広龍の家族は、作業場で細工仕事に励んでいた。菊麻呂は独特の木の匂いの中に足を踏み入れた。

「おう、菊麻呂さんではないか！」

最初に菊麻呂に気づいたのは、葉瑠の兄の斗加《とか》だった。斗加の声に広龍の家族が一斉に入り口を振り返った。菊麻呂は初めてこの細工場を訪れた日のことを想い出していた。

「ただいま帰りました」

菊麻呂はまるで自分の実家にでも帰ったような気分だった。隼人司《はやとのつかさ》に勤めていた時分、たまさかの休暇に阿陀へ帰省したが、その時の心持ちと同じだった。

「刀鍛冶の仕事はうまくいっているかね」

斗加が訊ねた。

「はい、おかげさまで何とか」

「そうか、それはよかった」

広龍は黄楊櫛《つげぐし》に彫りをほどこしていた。

「永いこと、ご無沙汰しております」

菊麻呂は広龍に向かって頭を下げた。

「よう見えられたな」

広龍は鑿《のみ》を置いて立ち上がった。

「まあ、母屋の方へ行こうか」

「はい」

菊麻呂が作業場を見まわすと、広龍の妻や斗加の妻など、女たちが菊麻呂に笑顔を向けていた。その中には葉瑠の顔もあった。菊麻呂は軽く頭を下げた。

「ようやく自分で納得できる刀が打ち上がりました。高城《たき》の拵《こしら》え屋に刀装を頼んでいたのですが、一昨日、それが仕上がってきました。まずは広龍殿に見ていただきたくて持って参りました。差し上げられればよいのですが、今後のこともありますので、初打ちの刀は郡司様に献上いたそうと考えております。郡司様には土地や建物はじめ、さまざまなことで便宜をはかっていただきました。郡司様の力添えがなければ、このように早く刀を鍛えられることはなかったと思います。広龍殿には、ほんとうによい人を紹介していただきました。感謝に堪えません」

広龍宅の母屋の一室で、菊麻呂は対座した広龍に深々と頭を下げた。

「それはよい考えだ。わしは刀とは縁のない生活を送っている身、よけいな気遣いは無用だ。これからも郡司殿とのつながりは大切になされよ」

「わかりました。いずれ広龍殿のご恩には報いるつもりです」

菊麻呂はそう言って、傍らに置いていた袋から太刀を出して広龍の前に置いた。

「これが谷山の浜砂鉄で鍛えた一振りです。どうかご覧になって下さい」

広龍は太刀を手にすると、拵えを隅々まで見まわした後、おもむろに刀身を抜き放った。両手で柄を握り、刀身を垂直に立てて姿に見入った後、横にして眇《すが》めるように細部に目を走らせた。

「美しいのう」

広龍の口から感嘆の声が洩れた。

「武器の刀がこんなに美しいものとは、今の今まで気づかなかった。やはり人の命と関わりがあるから、このように美しいのかのう」

「機能美というものではないでしょうか。折れず、曲がらず、よく斬れる。これを追求しているうちに、おのずと到達した世界でしょう。黄楊《つげ》細工とて同じではないですか。髪に優しく使い易い形状を工夫した結果が、あのような半月状の物になったのではありませんか」

その時、葉瑠が椀《わん》に甘粥《あまがゆ》（甘酒）を入れて持って来た。

「どうぞ」

葉瑠が菊麻呂の前に椀を置いた。差し出された細い腕の白さが妙に色っぽく、菊麻呂は思わず見とれたほどだった。

「ありがとう」

菊麻呂は葉瑠の貌を間近に見ながら言った。久しぶりに逢う葉瑠は、一段と美しくなっていた。

葉瑠はまだ十七歳、これからますます美しくなっていくのであろう。菊麻呂は刀の美しさが機能美なら、葉瑠の美しさの根源は何なのだろうと考えていた。

「甘粥は好きかな」

突然、広龍が菊麻呂に訊ねた。

「ええ」

菊麻呂は慌てて応えた。

「甘粥は天甜酒《あまのたむけざけ》と言って、阿多の女神、木花咲耶姫《このはなさくやひめ》が、天上界《てんじょうかい》の神々に捧げるために作ったものが起源だそうだ」

広龍は抜いた刀身を鞘に納めながら言った。

「そうなんですか!」

菊麻呂は思わぬところで木花咲耶姫の名が出たため、つい大きな声を出してしまった。

「阿陀でも母が作ってくれました」

菊麻呂は十五夜すもうの後、母が飲ませてくれた甘粥の味を想い出していた。

(あの味も元をただせば、この地と繫がっていたのだ)

甘粥を木花咲耶姫が初めて作ったと聞き、菊麻呂はますます甘粥を好きになりそうな気がした。

「清水にはどれくらい滞在できるのかな。久しぶりだ、積もる話もあろう。許す限りゆっくりしていけばよい」

温情溢れる広龍の言葉に、菊麻呂には広龍が実の父親のように思えた。

「ありがとうございます、二、三日、ご厄介になるつもりでいます」

菊麻呂は秘めた目的で隠れ里にやって来た。その話が吉とでるか凶とでるか、それしだいで永くなるかもしれなかった。

その日の夕方、陽が沈み、星々が瞬《またた》き始める頃であった。夕餉《ゆうげ》を済ませた菊麻呂と葉瑠は、隠れ里を流れる清水川の河岸にやって来た。清水川が大きく蛇行する断崖絶壁の前である。風もなく蒸し暑い宵で、遠くでホトトギスの甲高《かんだか》い声が聞こえていた。河畔では蛙《かえる》が声をそろえて鳴いている。今年は雨が少ないせいか、流れもゆったりとして、川の中ほどには広い砂洲ができていた。浴衣《ゆかた》姿の葉瑠は、いつも一緒のモモを連れていなかった。

菊麻呂が隠れ里を訪れたのは、谷山で初めて鍛えた刀を広龍に見せるためと、もう一つ目的があった。谷山での作刀に道筋をつけ、将来の見通しが立った菊麻呂は、葉瑠を娶《めと》るためにやって来たのだった。今夜、自分の気持ちを葉瑠に打ち明けるつもりでいた。

葉瑠と菊麻呂は少し間を置いて、草むらに腰をおろした。葉瑠は背中まで伸ばした翠髪《くろかみ》を紐で束ねているため、襟元から覗いたうなじが夜目にも白く見えていた。久々に顔を合わせた二人は話題に事欠かなかった。そのため差し障りのない会話で時が流れていた。心に秘めたものがある菊麻呂は、饒舌《じょうぜつ》なくせに肝心な話のきっかけをつかめないでいた。菊麻呂二十二歳、葉瑠十七歳。隠れ里に宵闇が迫るにつれ、川岸の葉陰では蛍が点滅を始めていた。

「正月に帰って来た須加に聞きましたけど、谷山はとてもよい所みたいですね。四方を山に囲まれたこの里と違い、目の前の海に雄大な桜島が浮かんでいて、その姿を見ているだけで気分が爽快になると自慢していました。桜島が火を噴く時はものすごく大きな音がして、噴煙が天まで昇るそうですね。私も煙を吐く山を見てみたいわ」

葉瑠が川の流れを見つめながら言った。

「うん、海は薩摩と大隅の陸地に囲まれているため、阿多の海よりずっと穏やかだ。でも夕日の綺麗な阿多の海に比べると、華やかな色彩に乏しい」

そう言ったあと、菊麻呂は後悔していた。

(俺は何で的外れな受け答えをしているんだ。葉瑠が桜島を見てみたいと言っているのに、なぜすぐに見に来いと言えないのだ。谷山で一緒に暮らさないか、そうすれば毎日山が見られるじゃないかと……)

菊麻呂は自分が情けなかった。

川岸では急激に蛍の点滅が増え、恋の乱舞があちこちで始まっていた。まるで星空をかき回したように、緑色の光が川面を飛び交っていた。

一匹の蛍が葉瑠の浴衣の合わせ目から、胸の中に入ってしまった。はじめ葉瑠はそのことに気づかなかったが、肌を這う虫の感触で短い声をあげた。

「蛍が……」

その時だった。

「一緒に谷山に行ってくれないか」

菊麻呂は唐突に言い放った。乾いた声だった。声を発するのに、これほど勇気を必要としたことは、かつてなかったことだ。それこそ断崖から荒海に飛び込むような心境で、ようやく口にした一言だった。もう後には引けなかった。

「えっ」

葉瑠が菊麻呂を振り返った。

「俺の嫁になってくれないか」

菊麻呂は葉瑠を見すえ、はっきりとした口調で言った。二度目の言葉は、何の苦もなく口から自然にこぼれ出ていた。

「……」

葉瑠は乱舞する蛍に囲まれながら、菊麻呂を見つめた。葉瑠の瞳に蛍の光が映じていた。

「俺が大和から阿多にやって来たのは、葉瑠さんに逢うためだったのかもしれない。俺は十三の時に夢を見たんだ。木花咲耶姫の夢。夢の中の女神は美しかった。夢に出て来た女神に懸想《けそう》したというのも変な話だが、それから無性に木花咲耶姫の故郷へ行ってみたくなったんだ。そのころ美しい刀とも出逢った。その刀を己の手で作ってみたい、刀鍛冶になれば阿多へも行けると思った。それからは必死に刀鍛冶の修業に励み、念願の阿多の地へやって来た。葉瑠さんにここで逢った時、葉瑠さんが木花咲耶姫その人に見えたんだ。嫁にするにはこの人しかいないと思った。葉瑠さんと出逢っていなければ、俺はまたすぐに大和へ帰っていたと思う。どうにか刀で食べていける目処《めど》も立った。今日は葉瑠さんを嫁にもらい受けるつもりで谷山からやって来たんだ。どうか俺の嫁になってくれないか」

菊麻呂は堰《せき》を切ったように、一気に想いのたけを打ち明けた。葉瑠はそれを聴いても無言のままうつむいていた。

「俺を嫌いか……」

その声を払いのけるように葉瑠が立ち上がった。そして何を思ったか、川の浅瀬に入って行ったのである。菊麻呂はそれを怪訝《けげん》そうな顔で追った。

葉瑠は川の中洲に立つと、浴衣を脱ぎ、その中に紛れ込んでいた蛍を手でつかみ、そっと放ったのである。蛍はすぐに他の蛍に紛れてしまった。薄闇に白く浮かんだ葉瑠の裸身のまわりを、無数の蛍が乱舞する様は幻想的であった。

葉瑠は蛍が飛び立つと、手にしていた浴衣を砂洲の上に拡げ、その上にゆっくりと仰向けに寝転んだのである。

「あっ！」

菊麻呂は驚きの声をあげた。

（いつか見た夢の中の光景と同じだ！）

隼人司《はやとのつかさ》の武器庫で異形《いぎょう》の剣《けん》を目にした夜、菊麻呂は木花咲耶姫の夢を見た。木花咲耶姫が一糸まとわぬ美しい裸身を、白い砂洲の上に横たえた夢であった。菊麻呂は飛び交う蛍の光に幻惑されたのか、今、目の前で起きていることが、夢か現実かわからなくなっていた。

菊麻呂は立ち上がると、つられたように砂洲に渡った。目の前に仰臥し、瞼を閉じている葉瑠があった。葉瑠の色白の裸身が、まるで飛び交う蛍の光に照らし出されたように、薄闇の中に妖しく浮き上がって見えた。

「いいのだな、俺の嫁になってくれるのだな」

菊麻呂は膝をついて葉瑠に呼びかけた。葉瑠が笑みを浮かべてうなずいた。菊麻呂は荒々しく葉瑠に覆いかぶさっていた。柔らかい二つの隆起の感触。きめ細かい吸い付くような肌。いつしか菊麻呂は心地よい快感とともに果てていた。十五夜すもうの朝、初めて木花咲耶姫の夢を見てから、十年後の出来事であった。

「広龍殿は許してくれるかな」

菊麻呂は葉瑠の髪を撫でながら訊いた。

「父さんは菊麻呂様のことを気に入っているから大丈夫。そうなることを願っていると思う」

葉瑠が菊麻呂の胸に覆いかぶさりながら言った。

「そうか」

菊麻呂はいつまでも葉瑠を抱きしめていた。砂洲の上では、まるで二人を祝福するかのように蛍の乱舞が続いていた。

二

それから数日後、川辺峠に向かう山道を菊麻呂と葉瑠が連れ立って登っていた。その後を追うようにモモがついて来ていた。冬毛が抜けて夏毛に生え変わったモモは、赤みがかった明るい茶色に、白い斑点のある瑞々しい体毛をしていた。

「モモ、早く来なさい。置いて行っちゃうよ」

葉瑠が路傍のタブノキの葉《は》を食み始めた鹿に声をかけた。隠れ里からほとんど外に出たことのないモモにとって、今日は初めての遠出であった。時々立ち止まっては、手当たりしだいに草木の葉を食べ、葉瑠を困らせていた。

「モモは幾つになったんだい」

「ちょうど二歳です」

「そうか、もうすっかり大人の鹿になったな」

菊麻呂は初めてモモに会った時のことを想い出していた。その日、隠れ里の桜は満開だった。桜の木の下で出逢ったモモは、抱き上げられるくらいの子鹿だった。あれからもう一度桜の季節が過ぎ去り、こうして一緒に歩いていることが感慨深かった。

「葉瑠さんを嫁に頂けませんか」

砂洲の上で結ばれた翌日、朝餉の後、菊麻呂は広龍夫婦を前に頭を下げた。昨夜、菊麻呂は一睡もできなかった。葉瑠の両親に何と切り出したものかと思案しているうちに、夜が明け、隠れ里に鶯の声が響き始めていた。色々と口上を考えてはみたものの、結局は単刀直入な物言いになってしまったが、それすらも結構な緊張を強いられた。

「……」

菊麻呂の言葉に、広龍は葉瑠の方を振り返った。葉瑠は土間で朝餉の後片付けをしていた。菊麻呂の声も聞こえているはずであったが、何事もなかったように洗い物の手を休めることはなかった。そんな娘の後ろ姿を見た広龍は、葉瑠の想いを汲み取っていた。広龍は改めて、菊麻呂の顔を正視して言った。

「そう願えればわしも嬉しい」

広龍は二つ返事で承諾してくれた。その目には嬉しさが宿っていた。

「ありがとうございます。葉瑠さんを一生大事にいたします」

葉瑠の手の動きが止まっていた。

そして昨日、広龍の家で二人のためにささやかな宴《うたげ》が催された。隠れ里の長《おさ》の娘の嫁入りとあって、里の一族郎党は一人残らず顔をそろえた。

「葉瑠ちゃんは谷山へ行ってしまうんだ。この里も寂しくなるな」

出席者の一人が言った。それは隠れ里の人々の偽らざる心境であった。葉瑠はそれくらいこの里の華ともいえる存在だった。

「モモも連れて行っていいですか」

宴の後、葉瑠が菊麻呂に訊いた。

「いいとも、葉瑠がいなくなったら、モモが悲しむだろう」

葉瑠の貌が明るくなった。

川辺峠に立つと、碧《あお》い海に浮かぶ桜島が見えた。ちょうど噴煙をあげたところであった。天を衝《つ》くように沸き起こった噴煙は、葉瑠の谷山入りを歓迎しているようであった。

「わぁー、何という光景でしょう！」

葉瑠が感嘆の声をあげた。

「これからあの山を毎日見ながら過ごすことになるんだぞ」

菊麻呂はモモの頭を撫でながら言った。


谷山の家に着くと、須加と鷹彦は濡れた砂鉄を、庭に敷いた莚《むしろ》の上に拡げている最中であった。近々、タタラ操業を行うので、菊麻呂が留守の間に、砂鉄を準備しておくように二人に命じてあったのである。

「葉瑠姉さん、それにモモまで！」

突然現れた従姉《いとこ》に須加は驚いた。

「桜島見物に来たのかい。正月に逢った時、煙を上げる山を見たいと言っていたけど」

須加はてっきり、葉瑠が物見遊山で谷山を訪れたと思ったらしい。

「須加、今日から煮炊きや洗い物の仕事はやらなくてもよいぞ。葉瑠がうまいものを食べさせてくれるから、仕事に専念しろ」

「……？」

これまで葉瑠さんと呼んでいた菊麻呂が、葉瑠と呼び捨てにした。須加はまだ事情が飲み込めないようであった。

「須加、葉瑠を嫁にしたんだ。今日からここで一緒に暮らすことになる。谷山のことを色々教えてやってくれ。仲よく頼むな」

「よろしくお願いします」

葉瑠がわざと仰々しく頭を下げた。

「何だそうだったのか、それなら前もって話してくれればよかったのに。葉瑠姉さんも水くさいぞ。それはそうと、モモを連れて来たんだったら、小屋を作ってやらなければならないな」

須加も従姉の葉瑠と生活を共にすることになり、嬉しそうだった。

「俺は今から郡司様の屋敷へ行ってくる」

菊麻呂は葉瑠に鍛冶小屋を一通り見せ、朝夕の市の様子などを話した後、太刀を入れた袋を小脇に抱えて立ち上がった。

郡衙《ぐんが》を訪ね郡司に面会を請うと、菊麻呂は庭の方に案内された。郡司は飼育している鶩に水浴びをさせている最中であった。縁先の沓脱石《くつぬぎいし》の上に置かれた竹籠《たけかご》の中で、一羽の鶩が気持ちよさそうに羽を濡らしていた。

「正国か。今日はいかがいたした」

郡司は菊麻呂の姿を認めると、水浴びさせた鶩を別の丸籠《まるかご》に移しながら言った。

「ようやく刀ができ上がりましたので、郡司様にご高覧頂きたく、持参いたしました」

「そうか、完成したか。それでは早速拝見させてもらおうか」

郡司はそそくさと縁側に上がり、胡坐《あぐら》をかいた。菊麻呂は袋の中から太刀を取り出し、郡司に差し出した。

「ご紹介頂きました宗明《むねあき》殿は、なかなかよい仕事をなさる方でした」

「そうか。そう言ってもらえると、口を利いた手前、わしも嬉しい」

郡司はそう言いながら受け取った太刀を抜き放った。菊麻呂にとって、どのような評価が返ってくるか、緊張の一瞬である。

「なかなか斬れ味の鋭そうな湾刀だ。谷山でも湾刀がぼちぼち普及してきたが、我が郎党どもはよその国から買い求めているのが実情だ。このような立派な太刀が、地元で手に入る日が来るなど想像だにしなかった。こんなめでたいことはない」

郡司は世の流れに倣い、自分の郡域を守るため家の子郎党に武器を持たせ、兵《つわもの》（武士）の一団を育んでいた。このような時世に、自分の治める谿山《たにやま》郡に優秀な刀鍛冶が現れたことは、郡司にとって力強い味方を得たようなものであった。

「過分なお褒めの言葉を頂き、安堵いたしました。郡司様にはこれまで色々お骨折りいただき感謝しております。これは谷山で鍛えた初めての太刀、それも谷山の砂鉄を用いた太刀にございます。郡司様のお腰を飾っていただければ、この上なく幸いです。この太刀を郡司様に献上させていただきたく、どうかお納め下さい」

「それはまた殊勝な心がけ。ありがたく頂戴いたそう」

「私の願いをお聞き届けいただき、誠にありがとうございます」

「正国の存在が世間に知れれば、今後、この薩摩の国はおろか、大隅の国からも注文が殺到するであろう。わしもこの太刀を佩いて、正国のことを触れまわるとしよう」

郡司から見れば菊麻呂は種火のようなものであった。火入れ式の日に金敷の上に置いた中心《なかご》を小鎚で叩いて種火を採ったが、菊麻呂はまさにあのような稀少な種火である。これを燃え上がらせるには、正国の存在を世間に言い広めねばならない。狭小な谿山一郡では、刀の需要はしれていた。販路を広く薩摩、大隅の地に求めれば、谷山で産声をあげた子を大きく成長させられると思った。郡司は谷山が刀の生産拠点になる日を夢見ていた。

「何とぞよろしくお願いいたします」

菊麻呂は深々と頭を下げた。

「ところで、この太刀の拵えだが、刀を鍛えるたびに高城《たき》の拵え屋まで持参するのは、これまた面倒なことよな」

「はい、当座はいたしかたありません。将来、この谷山で次々と刀が作られるようになれば、おのずとそのような職種の方も谷山に集まって参りましょう」

それこそ郡司が望んでいることであった。

「拵え屋などで、この谷山に居を構えたいと申す者がいたら、わしが便宜をはかる故、そのように申し伝えよ」

「はい、ありがたいお言葉。心に留めておきまする」

郡司は菊麻呂に過分な褒美をくれた。菊麻呂も驚くほどの量の砂金であった。それだけに、菊麻呂に寄せる郡司の期待の大きさがうかがわれた。


郡衙の門を出た菊麻呂は、急ぎ足で家をめざした。そこには隠れ里から連れて来たばかりの葉瑠が待っているのだ。一刻も早く、郡衙での出来事を葉瑠や弟子たちに報告したかった。

「どうでした。郡司様には刀を気に入っていただけましたか」

家に帰ると、葉瑠がまっさきに訊いてきた。

「ああ、首尾よくいったぞ。葉瑠、須加と鷹彦を呼んで来てくれないか」

「はい」

じきに二人の弟子が顔をそろえた。

「お前たちの助けで鍛えた太刀を、今、郡司様に献上してきたところだ。郡司様はたいそう気に入られて、褒美まで下さった。これからもよろしく頼むな」

菊麻呂はそう言って、懐から郡司に頂いた砂金袋を取り出すと、その一部を須加と鷹彦にも分け与えた。菊麻呂はこれまで弟子たちの衣食住の面倒はみていたが、給金を与えることができたのは始めてであった。

三

郡司に献上した一振りの太刀がきっかけになり、菊麻呂の鍛冶場に刀の注文が舞い込むようになった。郡司が家の子郎党たちに、菊麻呂の鍛えた太刀を吹聴したからである。これまで遠国の刀を買い求めていた郎党たちにとって、地元に腕のよい鍛冶が現れたとあって、刀は作るそばからさばけていき、予約が立て込むほどであった。

「谷山に正国あり」

刀の中心《なかご》に銘を刻めば刻むほど、菊麻呂の刀は評判となり、わずかな間に「正国」の名は広く薩摩に知れ渡っていた。そして薩摩の国内はもちろんのこと、大隅辺りからも注文が来るようになった。薩摩、大隅の二国に、刀を打てる者は菊麻呂しかいないのだ。この地の兵《つわもの》たちにすれば、遠国《おんごく》で作られた割高な刀を求めるか、地元の腕の確かな正国に割安な値段で鍛刀を依頼するか、二つしか道はなかった。

刀鍛冶で十分に生計を立てる目処がついたので、菊麻呂と葉瑠の新居や弟子部屋も増築され、近在から新しい弟子も二人加わっていた。十四歳になる恒世《つねよ》と、それよりひとつ年下の延正《のぶまさ》である。二人とも郡司の郎党の息子たちであった。菊麻呂はかつてない気力の充実した日々を送るようになった。そんな生活の中で、菊麻呂の胸に真夏の入道雲のようにもたげてきたものがあった。

(今ならあの異形《いぎょう》の剣《けん》を作れそうな気がする)

途切れることのない刀の注文を淡々とこなしていると、天国《あまくに》の鍛冶場で挑戦し、みごとに失敗した異形の剣をふたたび作ってみたくなったのだ。菊麻呂の心を蠱惑《こわく》し、刀鍛冶の道へと導いた太刀。いつの日かこの太刀と対峙《たいじ》せねばならないと菊麻呂は思っていた。

菊麻呂は忙しい仕事の合間をぬって、異形の剣を作るため鉄を鍛え始めた。菊麻呂は天国の鍛冶場で写した異形の剣の図面を、薩摩下向にあたっても肌身離さず持ち続けていた。菊麻呂は久しぶりに拡げた図面をもとに木型を作った。

菊麻呂は木型に合わせ、素延べの刀を作り始めた。異形の剣は両刃になった複雑な剣形をしている。その形を打ち出すだけでも難しい作業であった。そして何と言っても最大の難関は焼き入れであった。異形の剣は両刃になっており、しかも棟側《むねがわ》は中央までが刃という特異な形状である。このため従来の方法では両方の刃に均一に焼きが入らないばかりか、刀身に捩《ねじ》れが生じてしまうのである。天国の鍛冶場で製作を試みた時にも、この問題が克服《こくふく》できず失敗に終わっていた。

菊麻呂は今回も何度か失敗を繰り返した。そして異形の剣作りを半ば諦めかけた時だった。菊麻呂の頭にふと閃いたものがあった。

「水舟《みずぶね》を壁際に移せ」

菊麻呂が弟子たちに命じた。四人の弟子は水舟に張られた水を汲みだすと、言われた場所に移動させた。菊麻呂は水舟が片付けられた火床《ほど》の横の土間をしばらく見つめていたが、近くにあった梃鉄《てこがね》を手にすると、火床の傍らの土間にそれで丸い円を描いた。直径が二尺（約六十チセン）ほどの円である。

「この径で穴を掘ってくれ。深さは四尺（百二十チセン）だ」

菊麻呂の命に弟子たちはその意図がわからず顔を見合わせた。

「こんな所に人がすっぽり入るような穴を掘ってどうするのですか」

須加が訊いた。

「縦置きの水舟を作って中に入れるんだ」

焼き入れに使う水舟は、横長の水桶《みずおけ》である。縦長の水舟など聞いたこともない。狐に化かされたような顔の弟子たちを後に、菊麻呂は鍛冶場を出て行った。

菊麻呂が向かったのは、郡衙《ぐんが》近くの松崎にある指物《さしもの》屋である。菊麻呂の鍛冶場の水舟はここで作ってもらった。

「縦横が一尺三寸（約四十《セン》チ）、高さが五尺（約百五十《セン》チ）の、水を溜められる木箱をこさえてはもらえまいか」

「……奇妙な箱ですな。いったい何に使われるのです？」

指物屋が前に菊麻呂に頼まれて作った水舟は、幅一尺三寸（約四十《セン》チ）、横七尺（二百十《セン》チ）、高さ二尺（約六十《セン》チ）であった。長寸で二尺ほど短いものの、これとほぼ同じ大きさの木箱を、こんどは寝かせてではなく、立てて水を溜められるように作ってくれと言うのである。指物屋もそのような不安定な水入れを今まで作ったことはなかった。

「刀の焼き入れに使うんだ」

「そうですか……」

鍛冶屋にそう言われると、指物屋はそうかと納得するしかなかった。

新しい水舟が鍛冶場に運び込まれたのは、それから数日後のことであった。水舟は弟子たちが四人がかりで、火床の横に掘った穴にはめ込んだ。その水舟に水が張られたのは、それから間もないことであった。

その夜、菊麻呂は額に汗を滲ませながら、吹子《ふいご》の取っ手を操作していた。燃え盛る火床の中を蠢《うごめ》いているのは、焼き入れ前の両刃造《もろはづく》りの太刀であった。菊麻呂はこれまで縦にして赤めていた刀身を、今夜は平らにして焼いていた。

その時が近づいたのか、吹子の操作が小刻みになった。菊麻呂の動きを見つめる弟子たちの眼差しも真剣である。

菊麻呂が吹子の取っ手を離した。火床の炭火の中から真っ赤に赤められた刀身が抜き出され、切先が水舟の真上で水面に向けられた。

「えいっ」

赤められた刀身が、地を垂直に貫くように水舟の中に消えて行った。その瞬間、いつもの刹那的な焼き入れの音とともに水が煮えたぎり、辺りを水蒸気が覆い尽くした。


翌朝、陽が昇るのも待ちきれずに、菊麻呂は研ぎ場に入った。夕べ焼き入れした刀身にこれまでのような捩れもなく、両刃の一部を窓開けして確かめると、納得のいく焼きが入っていた。気をよくした菊麻呂は、他の仕事は放り出して研ぎに集中した。

研ぎ上がった異形の剣の写しは、疵も出ず完璧なできばえであった。だが、まだ仕事は残っていた。鎬樋《しのぎひ》と薙刀樋《なぎなたひ》を入れなければならなかった。菊麻呂がこの工程にまで進めたのは、初めてのことだった。少しでも手元が狂えば、今までの努力がすべて水泡に帰す恐れがあった。菊麻呂は慎重の上にも慎重を心がけ、丸鏟《まるせん》（刀身に樋を彫るための工具）を滑らせた。

菊麻呂の念願であった異形の剣の写しが完成したのは、正暦《しょうりゃく》元年（九九〇）二月のことであった。刃長二尺一寸（約六十二センチ）、鋒両刃造り《きっさきもろはづくり》で棟側《むねがわ》の両刃の部分は全長の半ばを超え、反りがややついた姿に、刃文はうるみごころのある細直刃《ほそすぐは》である。地文《じもん》は小板目肌《こいためはだ》でよく詰《つ》み、彫物は表裏に鎬樋《しのぎひ》と薙刀樋《なぎなたひ》を搔き流していた。菊麻呂が隼人司《はやとのつかさ》で異形の剣と出逢ってから八年の歳月が流れていた。

季節は移ろい、谷山の山野に彩りを添えていた桜もすっかり葉桜となり、新緑の眩い頃になっていた。昨日、拵え屋に頼んでいた異形の剣の休め鞘ができ上がり、他の刀と一緒に高城から届けられていた。宗明の使用人が高城《たき》から持参してくれたのである。菊麻呂は所用があったので、昨日はそれを一瞥《いちべつ》しただけであった。

菊麻呂は異形の剣の写しを手にして細工場に腰をおろした。開け放たれた突上戸《つきあげど》から、朝方のやわらかい陽が射し込み、それとともに爽やかな橘《たちばな》の香りも紛れ込んできていた。菊麻呂は休め鞘からゆっくりと刀身を抜き放った。金着せの鎺《はばき》、次いで研ぎ澄まされた異形の剣が姿を現した。菊麻呂は刀身を立てて太刀に見入った。

（まさにあの太刀だ）

菊麻呂は八年前、天皇の行幸《ぎょうこう》に付き従った時、初めて目にした異形の剣を想い起こしていた。大衣《おおきぬ》二人が馬上で抜き放った異形の剣の様子は、今でも鮮明に脳裡に刻まれていた。それは今、菊麻呂が手にしている自作の太刀そのものであった。

（俺はようやくあの異形の剣をこの手で作ることができたのだ）

菊麻呂は陶酔したように刀身を眺め続けた。刀身を見つめていると、大和の阿陀《あだ》にいる親戚縁者や、天国《あまくに》の鍛冶場の面々、隼人司の大衣をはじめとするかつての同僚たちの顔が次々と浮かんできた。それとともに心憂《こころう》い感情が湧き起こっていた。

（皆、あれからどうしているだろうか）

彼らは菊麻呂の帰国を首を長くして待っているはずであった。それなのに菊麻呂は阿多で妻を娶《めと》ったばかりか、さらには薩摩の地に骨を埋めようとしていた。

菊麻呂の胸にこれまでにない望郷の念が津波のように押し寄せてきた。それはかつて薩摩の国に抱いていたそれとは、比べものにならないほど強く激しいものであった。今までにもそのような感情に襲われることはあったが、自分の目標に向かって邁進《まいしん》していた菊麻呂は、それほど感傷に浸っている余裕はなかった。

（この辺りでけじめをつけねばなるまい。念願だった異形の剣もどうにか鍛えることができた。大衣様にぜひ見てもらいたい。こちらの様子も皆に話して聞かせたい。阿多のこと、谷山のこと、火を噴く山のこと）

菊麻呂はいったん大和に帰らねばと思った。

「あなた、ここにいたのですか」

葉瑠が洗濯物を干しにやって来た。菊麻呂はかいがいしく働いている葉瑠を見ると、帰国の決意が揺らいだ。

（葉瑠が何と言うだろうか）

薩摩に下向する時のさまざまな難儀な日々が過ぎった。それも大和に帰るだけならまだしも、こんどは往復の旅になるのだ。生きて帰れる保証もない。

(それでも人として、大和に帰らねばなるまい)

菊麻呂は大和行きを決意した。

「葉瑠、大事な話があるのだが」

菊麻呂は葉瑠が洗濯物を干し終えるのを待って語りかけた。

「何ですか？　大事な話って」

葉瑠が縁側に腰掛けた。

「俺はここに鍛冶場を築き、お前を嫁にして、ここに永住することになった。いちど大和に帰り、皆にこのことを告げて来たい。できることならお前も連れて行き、向こうの者たちに引き合わせたいのだが、女のお前を連れて大和まで往復するには、大和はあまりにも遠く、道中の危険も多い」

菊麻呂は自分の気持ちを葉瑠に打ち明けた。葉瑠は一瞬顔を曇らせたが、すぐに笑顔を浮かべて言った。

「そうなさいませ。いくら薩摩が都から離れているとはいえ、三年も音沙汰がなければ、あなたの親戚の方々は、きっと心配なさっていますよ。私もあなたをこの地に引き留めてしまったみたいで、後ろめたく思っていました」

葉瑠は常日頃から、菊麻呂の親戚のことを気遣っていたから、すぐに菊麻呂の気持ちを理解してくれた。

「そう言ってもらえるとありがたい」

「でも必ず帰って来て下さいね、このおなかの中にあなたの子種が宿ったみたいなの」

葉瑠が腹に手をあてて言った。

「ほんとうか。でかしたぞ！」

菊麻呂は驚喜《きょうき》した。

「その子が生まれる前に、きっと帰って来る」

菊麻呂は両手で葉瑠の手を握り締めて言った。

第七章　波平行安

一

　菊麻呂は大和に帰るにあたって、今回は往路、復路ともに船を使うことにしていた。九州西岸が東岸より海上交通は安全なので、まず阿多から船で川内に向かい、川内から船を乗り継ぎながら、九州西岸を北上し、博多津、瀬戸内海、難波津《なんばづ》と進み、最後に陸路で平安京へ向かうつもりだった。

　五月初旬、菊麻呂はいよいよ旅立つことになった。菊麻呂の手には異形《いぎよう》の剣《けん》を写した太刀が、刀袋に入れられ握られていた。船の出る万之瀬《まのせ》川河口には、葉瑠や四人の弟子をはじめ、広龍などの縁者が多数見送りに来た。その中には、鵜使いの老人の顔もあった。

「須加、半年あまりで帰って来るから、葉瑠や鍛冶場のことは頼んだぞ。鷹彦と新米の二人には、兄弟子としてお前のできる範囲で教えてやれ。余裕があれば鉄造りにも挑戦してみろ」

　菊麻呂は留守を預ける須加に申し渡した。

「わかりました」

　隠れ里で菊麻呂に師事してから三年の月日が流れ、何とか刀を打てるまでに成長し、須加には兄弟子としての風格もできていた。

りさまだった。

「気をつけてね……」

それまで気丈夫に振る舞っていた葉瑠だったが、別れ際には涙目になり、ついには嗚咽《おえつ》を洩らすありさまだった。

「子が生まれる前に必ず帰って来るからな。体を労《いたわ》るんだぞ」

まだそれとわからない葉瑠のお腹をさすった後、菊麻呂は後ろ髪を引かれる想いで船の上の人となった。見送りの人影も見えなくなり、船が白く輝く砂丘の沖合を航走し始めると、菊麻呂の胸に別離の哀しみが込み上げてきた。

菊麻呂は何度も船を乗り継ぎながら、九州西岸を北上して行った。初め船酔いに悩まされ続け、浦に着くたびにそのまま下船して陸路で大和へ向かおうかと思った菊麻呂だったが、そのうちに食事も喉を通るようになっていた。船は風に恵まれれば昼間航走し、夜は浦に停泊して夜明けを待った。風のない日は風待ちし、波の高い日は島陰などで風波を避けた。

それは船が明日にも博多津に入るという時だった。突然、襲ってきた激しい暴風雨に、菊麻呂の乗る船は進路を見失い、木の葉のように翻弄《ほんろう》されていた。白い牙《きば》のような大波が襲ってくるたびに、船は波の谷間に叩きつけられ、船体はギシギシと今にも壊れてしまいそうな悲鳴をあげていた。熟練の水夫《かこ》たちもなすすべはなく、菊麻呂同様、船上を荒れまくる波に流されぬよう、ひたすら帆柱などにしがみついていた。菊麻呂は死を覚悟した。

その時だった。舳先《へさき》の上に虹色の後光《ごこう》が射したかと思うと、頭に宝冠《ほうかん》を戴《いただ》いた神々しい観音菩薩が姿を現したのである。細身の体躯《たいく》にまとった天衣《てんえ》を暴風にちぎれんばかりにはためかせながら、菩薩は慈悲深い眼差しでじっと菊麻呂を見つめた。

「あれは観音様じゃない、木花咲耶姫《このはなさくやひめ》だ！」

目と目が合った刹那、初め観音菩薩と思えたものは、いつの間にか夢の中に現れる木花咲耶姫に姿を変えていた。暴風雨の凄まじい音にかき消されることなく、明瞭な女の声が響いた。声はどこか葉瑠の声に似ていた。

「菊麻呂よ、そなたの鍛えた異形の剣を海中に投げ込みなさい」

木花咲耶姫の声は、菊麻呂の耳ではなく頭の芯に響いていた。

「だめだ、これは大事な太刀だ」

菊麻呂は太刀の入った袋をしっかりと握り締めた。

「海に投げ込み、海神に捧げねば、この船は沈みますぞ」

嵐はますます激しくなっていた。胴《どう》の間《ま》の積み荷が波に洗い流され、暗黒の海に消えていくのが見えた。水夫たちは波にさらわれまいと、必死に船体にしがみついている。今にも荒海に放り出されるような状態である。一刻の猶予もなかった。

「そうすれば皆の命は助かるのか」

菊麻呂は木花咲耶姫に向かって大声で叫んだ。

「ええ、波は平らかになり、船も行き安くなるでしょう」

菊麻呂はそれを聞いて、行幸《ぎょうこう》に供奉《ぐぶ》した折り、初めて異形の剣を見た時のことを想い出していた。行列の先頭を行く大衣《おおきぬ》二人は太刀を抜き放ち天に向かって高々と掲げたのだった。異形の剣は、もともと悪霊祓いのために作られた太刀だった。

（俺の作った太刀にも荒れ狂う海を鎮めるような力があるのだろうか？）

菊麻呂は半信半疑で、鞘から太刀を抜くと天に向かって掲げたのである。目も眩む雷光が船を包み、大気を引き裂くような雷鳴が轟《とどろ》き渡った。菊麻呂は渾身《こんしん》の力を振り絞って、猛り狂う暗い海に向かって太刀を投げ込んだ。するとどうだろう、船を翻弄《ほんろう》する波がひと波ごとに鎮まっていき、やがて夜明けとともに鏡のような海面になっていた。谷山の鍛冶場から望むあの平穏な海のようであった。不思議なことに風もないのに船は快走を続けていた。

「助かった」

ほっとした思いで、菊麻呂は舳先を振り返った。そこに木花咲耶姫の姿はなかった。


菊麻呂はそこで夢から醒めた。菊麻呂は船の板間に仰向けになって熟睡していたのである。煌々《こうこう》と冴えた月が、天空でゆっくりと規則正しく左右に揺れていた。そこは昨夕から船がかりしている、玄界灘に面した、とある浦《うら》であった。菊麻呂が思わず傍らをさぐると、異形の剣の写し物が入った包みが手に触れた。

「夢だったのか」

菊麻呂の額には、多量の脂汗がにじんでいた。

「波は平らかになり、船も行き安くなるでしょう」

木花咲耶姫の声がまだ頭の芯に響いていた。

菊麻呂が難波津で船を下り、平安京にたどり着いたのは五月の中旬であった。菊麻呂は早速隼人司の門をくぐった。大衣の阿多忌寸三幸《あたいみきみゆき》は隼人司の長官である隼人正《はやとのかみ》に出世を遂げていた。大衣が隼人正に昇るのは希有な人事である。それほど阿多忌寸三幸は人望があったのであろう。後任の大衣には、三幸の子息が就任していた。菊麻呂が帰ったとの知らせに、隼人正は予定していた用向きをとりやめ、ただちに面会の機会を作ってくれた。

「ただいま薩摩から帰りました」

菊麻呂は永い無沙汰を詫びるように板間にひれ伏した。

「おお、無事であったか。三年経っても音沙汰がないので、皆、そなたのことを案じておったぞ。薩摩までたどり着けなかったのでは、と言う者もいたぐらいだ。とにかくこうして再会できたのは何よりだ。よかった、よかった」

隼人正は菊麻呂の顔を見るなり、温もりのある声をかけた。久々に聞く懐かしい声であった。

「御昇任、おめでとうございます」

菊麻呂も心から祝いの言葉を述べた。

「ところで薩摩はどうであった」

そう問われても、話したいことが一度に山ほど浮かんできて、菊麻呂は口ごもった。はやる心を落ち着かせると、菊麻呂は薩摩で体験したことを順を追って語り始めた。

「阿多の地は広大な白い砂浜に面した、気候も穏やかな住みよい土地でした。果てしない水平線に沈む夕日はこの上なく美しく、まるでそこに浄土《じょうど》を見るような厳かさもありました」

「そうか、我々が代々語り継いできたことは、真実であったのだな」

「はい、その通りです。それから大衣様、いや失礼いたしました。隼人正様の縁者の方々にも逢うことができました」

「おう、それは何よりだった！」

　隼人正は思わず膝を乗り出した。

「阿多一番の大河、万之瀬《まのせ》川の上流にあるひっそりとした場所で、今では黄楊《つげ》細工をして生活しておられました」

「黄楊細工を！　ずいぶんと身を落としたものだな」

　隼人正は落胆の色を見せた。

「それでも阿多隼人の統領の末裔《まつえい》であるという矜恃《きょうじ》を持って暮らしておられました」

「さようか……」

「火を噴く桜島も見てきました。それはそれは雄大な岳で、その噴煙は天《あま》かける龍のようでもあり、風向きによっては多量の灰が雪のように積もったりもしました。じつは帰りが遅くなったのは、桜島を間近に望む谷山という所に、膨大な浜砂鉄が堆積しているのを見つけたからです。これ幸いと、ここに鍛冶場を築いて刀を打っておりました」

「彼の地に鍛冶場を築いただと！」

　隼人正は驚いた表情を見せた。

「はい。それと、もうひとつご報告があります。隼人正様の縁者は広龍《こうりゅう》様とおっしゃるのですが、谷山に鍛冶場を築くにあたり、谿山《たにやま》郡の郡司《ぐんじ》様に掛け合って土地を提供してもらうなど、色々とお骨折りいただきました。そのような縁もあって、広龍様の娘を娶ることになり、今では谷山で一緒に暮らしております。ですから隼人司の皆さんや阿陀の親戚縁者などに挨拶を済ませたら、また薩摩に帰らねばなりません」

「これはまた驚いた。よくもそう踏ん切りがついたな」

「鍛冶場のすぐ前の浜で、砂鉄が労せずに欲しいだけ得られるのです。刀を打つのにこれほど恵まれた場所は、他にそうないと思います。薩摩の国は永い間、武器の製造を禁じられていたので、刀鍛冶は一人もおりませんでした。そのため、刀を打つ端から売れていきます。生活の目処が立ったので、広龍様の娘を嫁にもらい受けました」

「そうであったか」

菊麻呂の話は尽きなかった。薩摩で体験したことを余すところなく語った。隼人正は菊麻呂のみやげ話を、時の経つのも忘れて聞き入っていた。

「これは異形の剣の写し物です」

菊麻呂はみやげ話が一段落した時、傍らに置いていた刀袋を手にして、中から朴《ほお》の木の休め鞘に入った太刀を取り出した。

「……」

「いつか室生寺《むろうじ》の五重塔の前で異形の剣を鍛えてみたいと申し上げましたが、ようやく作ることができました。ぜひ、隼人正様の佩刀《はいとう》にしていただきたく持参いたしました。鹿児島湾の浜砂鉄を卸して鍛えたものです。できれば拵えを付けて差し上げたかったのですが、上京までに日数《ひかず》もなく、それも儘《まま》なりませんでした。どうか休め鞘のままでお納め下さい」

「薩摩の鉄で鍛えた太刀とな……」

隼人正は薩摩の鉄に心を動かされた様子で、鞘を手にすると丁寧な仕草で刀身を抜き放った。そして矯《た》めつ眇《すが》めつ刀身に見入った。

「菊麻呂、腕を上げたのう。天国《あまくに》の鍛えた太刀と何ら遜色《そんしょく》ないではないか。鍛え肌の何と美しいことか」

隼人正は絞り出すような声で言った。

「お褒めに預かり、ありがとうございます」

「薩摩の砂鉄で鍛えた太刀か。ありがたく頂戴し、さっそく拵えを作らせて我が佩刀としよう。ところで嫁御《よめご》はどのような女子《おなご》じゃ。見目よい女子か」

隼人正は太刀を置くと、菊麻呂の嫁のことに話題を変えた。菊麻呂の嫁にかこつけ、阿多で暮らす自分の係累の様子をもっと知りたいのであろう。

「もちろん見目よい女子にございます。この都でもそう見かけるものではございません。たとえれば木花咲耶姫《このはなさくやひめ》の再来かと」

隼人正は菊麻呂が謙遜するであろうと思って発した言葉だったが、予想に違《たが》う返事に、一瞬、とまどいの色を見せた。

「臆面もなくそのようなことを……」

菊麻呂の嫁は隼人正の遠い血縁の者である。隼人正も木花咲耶姫似の美女と言われ、満更《まんざら》でもない様子である。

「ここで学んだ狗吠《くはい》が役に立ちました」

「どう言うことだ」

「阿多君《あたのきみ》の末裔の住むという里を訪ねた時、あまりの陽気に誘われ、狗吠が穢《けが》れを祓《はら》い清める術であることも忘れ、つい狗吠を発してしまったのです。その狗吠に対し、狗吠で応えてくれたのが嫁の葉瑠でした。それが薩摩に居を構えることになった一番の縁でした」

あの日の、春分の日の顛末《てんまつ》を、菊麻呂は隼人正に語って聞かせた。

「狗吠にそのような効能があったとは驚きだ。今でも阿多の人々は狗吠に長じているのか」

「いえ、私が見聞きした限りでは皆無かと。広龍殿は阿多君の末裔ゆえ、その里で細々と伝えられていたものと思います。ただ大隅辺りの事情はわかりかねますが」

「宮中では隼人の狗吠がいまだにもてはやされているというのに、隼人の本国では廃《すた》れてしまっているのか。何という皮肉であろうか」

隼人正は大衣として、畿内隼人に狗吠を伝えるのを使命としてきた。本国での事情を知り、どこか落胆した様子であった。

「ところで、これからどうするのだ。しばらくこちらでゆっくりして行けるのか。まだまだ菊麻呂のみやげ話が聞きたいものだ」

菊麻呂は隼人正の言葉をありがたく思った。

「都麻理《とまり》様はじめ隼人司の旧知の人々にもお会いしたいので、今夜はこちらで厄介になろうと思っておりますが、なるだけ早く薩摩へ戻らねばなりません。刀の注文を抱えておりますし、嫁が身籠《みご》もっています。子が生まれる前に帰るからと、嫁と約束してきました。これから宇陀の天国様の鍛冶場に立ち寄った後、阿陀に帰ります。父母も亡くなっておりますのでまずは墓参をし、兄弟知人の顔を見たらすぐに薩摩へ帰るつもりでおります。今日が大衣様と今生のお別れになるかもしれません。これまで色々とありがとうございました。これからは薩摩の地にあって、刀鍛冶として名を残せるよう頑張るつもりです」

菊麻呂は隼人正のことを、つい呼び慣れた大衣様と呼んでいた。

「そうか、それでは帰ったら、我が係累の広龍殿とやらによろしく伝えてくれ。それと木花咲耶姫殿にもな」

隼人正は最後は冗談めかして言った。

「わかりました。それでは失礼いたします」

菊麻呂は隼人正の前を辞し、隼人司の面々に挨拶をするため、かつて暮らした兵舎に向かった。

二

菊麻呂が宇陀の天国に帰国の挨拶を済ませ、ようやく阿陀の実家に帰りついて六日ほど経った時であった。慌ただしい馬蹄《ばてい》の音が家の前まで近づいて来たかと思うと、馬のいななきとともに、その音がピタリと止んだ。

「何事であろう」

細工場で竹籠《たけかご》を編んでいた菊麻呂の兄は、手作業を中断して表へ出て行った。菊麻呂は久々に実家の竹細工を手伝いながら、兄夫婦らと薩摩のみやげ話に花を咲かせている最中であった。表から何やら声高な話し声が聞こえてきた。

「何でしょうね」

兄嫁も気になる様子である。話し声が止んだ。

「菊麻呂、お前に来客だ」

兄の加世彦が表から慌ただしく駆け戻って来た。

「私にですか？」

「都の隼人司からだそうだ」

「……」

隼人司の人々には、つい先日、今生の別れを告げてきたばかりであった。今さら用などあるはずもなかった。菊麻呂は怪訝《けげん》な顔をして立ち上がった。

表に出ると、太刀を佩いた顔見知りの男が馬の手綱《たづな》をつかんで立っていた。菊麻呂が隼人司にいた時分、同じ今来《いまき》隼人を勤めていた同僚で、今では番上《ばんじょう》隼人に昇格している神嶋《かみしま》という男である。菊麻呂は神嶋とも別れの盃を交わしてきたばかりである。馬の頸《くび》や股間《こかん》が白く泡立った汗で濡れていた。

神嶋は単騎、都から阿陀まで駆けて来たらしかった。

「ああ、間に合ったか。薩摩へ立ってしまったのではないかと気がきでなかったぞ。隼人正《はやとのかみ》様がお呼びだ。至急、都まで来るようにとのことだ」

神嶋は菊麻呂の顔を見るなり急いた口調で言った。

「いったい何用だい？」

このような使いに、隼人司の中堅幹部を当てるのは異例であった。普通は白丁《はくてい》隼人に命じるのが常だった。

（急ぎの用なのか、それとも俺が薩摩に立つので徒歩《とほ》の使いでは間に合わぬとの配慮か。いずれにしても番上隼人に命じられたのは騎馬をよくするからであろう）

「俺はただ急いで菊麻呂を呼び戻して来いとのみ命じられた。馬を使用してすぐさま上京せよとの達しじゃ。馬は大丈夫か」

菊麻呂は隼人司にいた頃、今来隼人に任じられてからは馬術の修練も課せられていた。現役の頃は巧みに馬を操っていたが、隼人司の職を辞してから八年もの月日が流れていた。その間、一度も馬に跨《また》がる機会はなかった。

「乗っているうちに、何とかなるさ」

「馬は調達できるか」

「ああ、さっそく準備させる」

神嶋も阿陀郷の出である。久しぶりの帰郷だったにもかかわらず、菊麻呂と同道してただちに都に引き返すことになった。

都に着いた菊麻呂は、隼人正が執務を行う部屋へ招き入れられた。

「長旅の疲れを癒やしている最中に悪いとは思ったが、急な用ができたので神嶋を阿陀まで遣わした。行き違いにならなかったのは幸いだった」

隼人正は菊麻呂を気遣った。

「急な御用とは何でございましょう？」

「聞いて驚くなよ。菊麻呂に一条帝《いちじょうてい》の御剣《みつるぎ》を打たせよとの御下命があった」

隼人正は興奮気味に告げた。

「帝《みかど》の……御剣！」

菊麻呂は絶句した。頭の中がまっ白になり、思考が停止した。そんな菊麻呂に構わず、隼人正はそれまでの経緯を述べ始めた。

「兵部卿《ひょうぶきょう》の藤原佐理《ふじわらのすけまさ》様にお主の鍛えた異形《いぎょう》の剣《けん》をお見せしたところ、これはまさしく天国のものと優劣がつけ難いとのお言葉を賜った。ゆるりと拝見したいとの仰せだったのでしばらく預けておいたのだが、藤原道隆《ふじわらのみちたか》様にお見せになったらしい」

兵部卿は朝廷の軍事に関する一切を司っている兵部省《つわもののつかさ》の長で、隼人正の上司にあたる。藤原道隆は甥にあたる一条天皇がまだ幼少のため、先日、摂政《せっしょう》に就任したばかりで、この国の最高実力者である。いずれも菊麻呂にとっては雲の上の存在であり、自分の鍛えた異形の剣が、そのような高貴な方々の目に触れたかと思うと、空恐ろしいような気分に襲われた。

「藤原佐理様は一条天皇の書の師でもあるから、藤原道隆様に守り刀を正国に鍛えさせてはと口添えなさったらしい。道隆様も気に入られて、正国とやらに御剣を打たせるように、とお命じになられたのだそうだ」

まさに青天の霹靂《へきれき》であった。帝の御前で狗吠《くはい》を発し、宮門を警護し、行幸《ぎょうこう》に従ったことのある菊麻呂にとって、天皇は意外と身近な存在であった。菊麻呂が隼人司に出仕していた時は円融《えんゆう》天皇の治世であった。一条天皇は円融天皇の子で、菊麻呂が今来《いまき》隼人に昇格した頃に生まれている。四年前に天皇に即位したばかりの帝はまだ十一歳の子どもだが、今年の一月二十五日には、藤原道隆の娘で、帝より三歳年上の定子《さだこ》が、女御《にょうご》として入内《じゅだい》していた。

菊麻呂は隼人正の話を聴いていて、一つだけ腑に落ちないことがあった。都の有力者や寺社は、それぞれ家の子郎党や僧兵を養うため、専属の刀鍛冶を抱えている。

「藤原道隆様がお抱えになっている刀鍛冶なら、さぞかし腕もよいはずです。娘の夫である帝の守り刀を、なぜ自分のような名も無い刀鍛冶に鍛えさせるのでしょう？」

菊麻呂は隼人正に疑問をぶつけてみた。

「お主の鍛えた両刃造《もろはづく》りの太刀を見て、気に入られたのであろう」

隼人正の口からは、ありきたりの返事しか返ってこなかった。菊麻呂は自分の知らない所で、みずからの運命が転がされているようで、何か空恐ろしい感情に囚われていた。

（これほどの光栄に預かることは二度とないであろうが、その代わり、すぐに薩摩へ帰ることができなくなった）

菊麻呂は万之瀬《まのせ》川の河口で嗚咽《おえつ》を洩らしていた葉瑠の貌を想い出し、失うものの大きさをひしひしと感じていた。

「菊麻呂が到着したら兵部卿殿にお目通りすることになっている。これから役所へ参るぞ」

菊麻呂の心を知ってか知らずか、隼人正はそう言って立ち上がった。

朝廷の軍事の最高責任者である兵部卿に対面とあって、菊麻呂は極度に緊張した面持ちで臨んだ。これまで接した人の中では、最も高位高官の方である。

「これに控えている者が正国にございます」

隼人正が菊麻呂を兵部卿に紹介した。

「おもてをあげよ、わしは堅苦しいことは好まぬ」

「はっ」

菊麻呂は初めて兵部卿と顔を合わせた。年の頃四十半ば過ぎ。まだ陽は高いというのに今しがたまで酒を呑んでいたのであろうか、顔は素面《しらふ》に見えるが菊麻呂の所まで酒の匂いが漂ってきた。身に付けている衣装もかなりだらしなく、口髭《くちひげ》、顎髭《あごひげ》も手入れを怠ったままである。座した姿も下の者を相手にしているとはいえ、あまりにもざっくばらんに過ぎた。酒飲みのぐうたら、ものぐさで怠け者、そのような世評をなるほどと思わせる風体《ふうてい》である。

藤原佐理は自堕落な生活を送っているが、それでも一条天皇の書の師を勤める当代一の能書家《のうしょか》である。流麗で躍動感のある草書を得意とし、味わい豊かな書風の持ち主である。生臭い兵部卿の役はお飾りと自認し、もっぱら書という芸に身を投じている。

「すでに隼人正からおおかたのことは聞いておろうが、そちの鍛えた太刀を見せてもらった。天国作の鋒両刃造り《きつさきもろはづく》の太刀も何度か見ているが、それに比べても遜色のない出来であった。隼人正に聞けば隼人司にいた時分、狗吠の巧《うま》さでは誰にも引けを取らなかったとか。狗吠に長じた刀鍛冶と聞いて、わしは帝の御剣《みつるぎ》の製作にはこれほどうってつけな者はいないと思い、正国を道隆様に推挙したしだいだ」

(そういう理由で、名も無い俺に守り刀製作の大役がまわってきたのか。狗吠がここでも俺の人生に関わっていたとは!)

菊麻呂はそれまでの疑問が氷解した思いであった。

「道隆様はお主の鍛えた太刀を見て、隼人の鍛えた刀なら悪霊を祓えるに違いないと、すぐに昼御座剣《ひのおましのけん》の製作を命じられた」

(ひのおましのけん……?)

「昼御座剣といっても、わからぬであろうな。ありていにいえば、帝の玉座《ぎょくざ》近くに置かれる護身の剣のことじゃ」

天皇の住まわれる御殿を清涼殿《せいりょうでん》というが、その中で天皇が政務を執られる部屋を昼御座、夜の寝室を夜御座《よるのおまし》という。昼御座に置かれている天皇の守り刀を昼御座剣という。

「実は定子様入内《じゅだい》のどさくさに紛れ、あろうことか、これまで使用していた昼御座剣が盗難にあってしまわれたのだ。それで代用の太刀を置いてあるのだが、このたび摂政の道隆様が御剣《みつるぎ》を新調して献上なされることになった」

「そのような事情でございましたか」

隼人正が頷いた。

「後で、太刀の寸法など、細かい指示があろうが、帝の御剣にふさわしい立派な守り刀を作って欲しい。鍛冶場は隼人司の兵営内に築くのがよかろう。必要な物はすべてそろえてつかわす」

「ははっ」

「摂政様から当座の資金を託されてきた。それを正国に」

兵部卿に命じられ、そば仕えの者が砂金袋を載せた角盆を菊麻呂の前に置いた。

「お預かりいたします」

菊麻呂はそれを恭しく受け取った。

「ところで御剣はいつ頃までにでき上がる。定子様は十月に皇后に冊立《さくりつ》される予定だが、それまでに間に合うか」

「私の方は打ち上がるとしても、帝の守り刀の拵えとなると、そちらの方がとても間に合いませぬ。

急いでも一年以上はかかりましょう」

「そのようなものか」

兵部卿の任にあたる者にしては、この方面の認識に欠けている。

「わかった。どうせ間に合わぬなら、急がぬともよい。じっくりよい物を作ってくれ」

聞きしにまさる、おおざっぱな性格である。

「かしこまりました。お心に添えるよう努力いたします」

菊麻呂と隼人正は兵部卿のもとを辞した。

「どうだ、変わったお方であろう。今日も酒の匂いをさせておられた」

隼人正が菊麻呂に言った。

「人間味溢れるお方かと」

「天衣無縫《てんいむほう》とはあの方のことを言うのであろう。小野道風《おののみちかぜ》様亡き後、書ではあの方の右に出る者はいない。それを微塵も感じさせないのが、あの方のすごいところだ」

簡単な文字の読み書きしかできない菊麻呂にとって、書の巧拙《こうせつ》を論じることなど遠い世界のことのように思えた。

「菊麻呂、相槌《あいづち》はどうするのだ。臨時の鍛冶場や鍛冶道具を揃えるのは易いことだが、刀は一人では鍛えられまい」

隼人正が心配して言った。

「はい、私もそのことを考えていたところです。刀鍛冶と相槌は、ぴったりと息が合わねばよい鉄を鍛えられません。隼人正様、私を宇陀へ行かせてもらえませんか。天国《あまくに》様に頼んで、相槌の勤まる弟子三人を、加勢にまわしてもらおうかと考えています」

　都で相槌を探せばいくらでもいるはずであるが、鍛刀の技は一子相伝《いっしそうでん》と言われるくらい秘中の秘である。菊麻呂も師弟の絆のない者に、鍛刀の技を披瀝《ひれき》したくはなかった。菊麻呂が度量に欠けているわけではない。この時代の厳然たる掟《おきて》である。

「それはよい考えだ。馬を手配する故、さっそく行って参れ」

　翌日、菊麻呂は宇陀に立つことになった。その夜、菊麻呂はなかなか寝付かれなかった。天皇の御剣製作という光栄に浴し、ことのあまりの重大さに昂ぶった気持ちを鎮めることはできなかった。それ以上に睡眠を妨げたのは、葉瑠のことだった。

（葉瑠には子が生まれる前に必ず帰るからと言い残してきたが……帰国は大幅に遅れることになるだろう。刀作りにはさまざまな職種の人間が関わっている。自分の領分は、どんなに丁寧な仕事をしても秋までには終わるであろうが、拵えの方がどうなることやら。おそらく来年の末までかかるはずだ。もしも拵えの完成を待って、俺が摂政様に持参するようなことになれば、薩摩へ帰れる日は皆目見当がつかぬ。葉瑠によけいな心痛をかけ、おなかの子に悪い影響がなければよいのだが）

　菊麻呂は転がり込んできた栄誉の反面、失うものの大きさに胸を痛めていた。

　翌朝、まだ夜が明けきらぬうちに菊麻呂は隼人司を立った。隼人司の営門を出たのは二騎であった。隼人正《はやとのかみ》が番上隼人の神嶋を付き添わせてくれたのである。隼人正にしてみれば、帝の御剣作りの御下命が下ったばかりの菊麻呂に、道中もしもの事があったらと危惧したからである。

　二人は二日ほどで宇陀に着いた。天国は今生の別れを告げて阿陀へ立ったばかりの愛弟子《まなでし》が、ふたたび顔を見せたので驚きを隠さなかった。つい先日、薩摩へ出かけたまま生死不明だった菊麻呂が突然帰って来て、薩摩で嫁を娶り鍛冶場まで築いたと言われ、驚かされたばかりである。

「ひょんなことから帝のお守り刀を鍛えることになりました。つきましては相槌の勤まる者を三人ほどお貸し願えませんでしょうか」

菊麻呂の口から洩れ出た言葉は、さらに天国を驚かせた。

「よくよく人を驚かす奴だ。これまでわしの弟子には、お主のような奴は一人もいなかったぞ。そうか、正国が帝の御剣を打ちたまうか。我が鍛冶場にとっても名誉なことだ」

愛弟子の快挙に天国も嬉しそうだった。

「この鍛冶場で作ることのできなかった異形の剣の写し物を、薩摩の地でどうにか完成させることができました。その太刀が偶然にも兵部卿様の目にとまり、今回の成り行きとなったしだいです」

「異形の剣……そう言えば、菊麻呂は先々代の鍛えた両刃造《もろはづく》りの太刀に、だいぶ執着しておったな。そうか、あの太刀の写しに成功したのか。わしも兵部卿殿を感心させたという、その異形の剣の写し物を拝見したかったものだ」

「親方にもぜひ見ていただきたかったのですが、薩摩への帰路は阿陀から直接難波へ出る予定でいたものですから、こちらまで持参することがかないませんでした」

「そうであったか。わかった、相槌の件、承知した。うちの弟子の中から、使えそうな奴を三人ほど助っ人に遣わそう。そいつらにとっても、またとないよい経験となろう。菊麻呂、わしも門流から名工が出て鼻が高いぞ。よくやってくれた」

「ありがとうございます。鍛冶場の人手をさいてしまい、その間、親方には不自由をおかけします。

何とぞご容赦のほど」

　天国はその場で三人の名をあげて呼び寄せた。いずれも鍛冶場で三、四年の年季を積んだ者たちで、その中の二人は菊麻呂と面識があった。

「正国が帝の守り刀を鍛えることになった。お前たちはこれから都へ行き、正国の相槌を勤めよ。そして正国の鍛刀の技をしっかり身に付けてこい」

「帝の御剣を鍛えるのですか！」

「何とも名誉なことだ」

「いちど都に出てみたかったのだ」

　三人はそれぞれの感想を口にした。菊麻呂は三人に支度金として、兵部卿から下げ渡された砂金の一部を分け与えた。

「私はこれから都に立ち返り、鍛冶道具を手配したりしなければなりません。皆さんは準備ができしだい、こちらを立って都の隼人司を訪ねて来て下さい。急なことでご迷惑をおかけいたしますが、何とぞよろしくお願いいたします」

　菊麻呂は三人に頭を下げた。

「菊麻呂、焼刃土《やきばづち》はどうするのだ。都なら鉄は最良の物が手に入るであろうが、焼刃土だけは一朝一夕に調合はできまい」

　焼刃土は刀の焼き入れに必要不可欠なものである。菊麻呂は谷山の鍛冶場では、三重野《みしげの》の白粘土に、荒砥《あらと》の粉、炭の粉などを混ぜて作っている。主体となる土の性状が変われば、添加物の配合比も変えざるを得なくなる。未知の土を用い、焼刃土を一から作るとなると、これに大変な労力を費やすことになる。

「はい、そのことも親方にお願いせねばと思っていたところです。焼刃土を都で一から調合しなおすのは時間的に無理です。使い慣れたこの鍛冶場の土を使わせていただければ助かります」

「うちのでよければ持って行け」

「ありがとうございます」

菊麻呂は相槌と焼刃土の件が片付き、肩の荷をおろした思いであった。

三

季節は梅雨の時期であった。長雨の晴れ間を縫うように宇陀から都に帰った菊麻呂は、隼人正《はやとのかみ》の助力を得てまず鍛冶場を築き始めた。帝の御剣《みつるぎ》一振りを鍛えるには、焼き入れなどに失敗した時のことも考え、予備の刀まで鍛えなければならない。

(影打ちの分も含めて三振りの刀を鍛えたら、どうせ取り壊す鍛冶場だ。雨露の凌げる簡単な物でよかろう)

菊麻呂は安易に考えていたが、帝の守り刀を鍛える鍛冶場ともなると、そのようなわけにはいかなかった。六歩(約十《メー》《トル》)四方の堂々たる鍛冶場が建てられ始めた。鍛冶の神、天目一箇神《あめのまひとつのかみ》を祀る立派な神棚まである本格的なものである。

細かい指図書《さしずしょ》も摂政家から届いた。刀の長さや身幅、重ね、反りなどの寸法は無論のこと、研ぎ師、鞘師、鎺師《はばきし》なども指名してあった。その上、でき上がった刀を入れる袋の色、桐箱の寸法など、指示は微に入り細にわたった。

（銘についてはなにも触れられていないな。銘を切るのは遠慮せよとのことであろう）

菊麻呂はそのように理解した。

番匠《ばんじょう》（大工）たちが鍛冶場を築いている間、菊麻呂は吹子《ふいご》や鉄を手配し、金敷《かなしき》を始めとする諸々の鍛冶道具をそろえていった。昼間は仕事に追われて考える暇もなかったが、夜、寝床に横になると、葉瑠のことが想い出された。子が生まれるまでに帰れなくなった事情を伝えたかった。しかし、それはかなわぬことであった。

六月も半ばになると梅雨も明け、まっ青な空に眩《まばゆ》い入道雲が現れ、強い陽射しが照りつけるようになった。火を使う鍛冶仕事には厳しい季節の到来である。七月の初旬、菊麻呂はいよいよ鍛刀に取りかかった。菊麻呂と三人の相槌は、毎朝、鴨川《かもがわ》に出かけて斎戒沐浴《さいかいもくよく》し、白い衣装に烏帽子《えぼし》姿で鍛冶場に入った。そして神棚に祈りを捧げてから仕事にとりかかった。

鉄は奥出雲《おくいずも》産のものを鍛えた。都で手に入る最上の鉄である。使い慣れた谷山の鉄ではないので不安があったが、鍛えてみると極上品だけに粘り強さがあって扱いやすい鉄であった。

鉄の性状がわかると、菊麻呂はいよいよ三振りの刀作りにとりかかった。兵部卿から渡された指図書には、刀身の長さは二尺四寸（約七十一《セン》チ）、重ね二分（約六《ミ》リ）となっていた。

周囲を山で囲まれた都の夏はとりわけ暑かった。気温の上昇とともに、油蝉《あぶらぜみ》の鳴き声がかまびすしくなり、その声と競うかのように隼人司《はやとのつかさ》の鍛冶場に鎚音が響いていた。

隼人正は日課のように鍛冶場を訪れ、仕事のはかどり具合を気にしている様子であった。兵部卿の藤原佐理と摂政の藤原道隆も相次いで鍛錬の見学にやって来た。二人は菊麻呂に親しく声を掛けて鍛刀の実況を検分し、満足した様子で帰って行った。二人からは後で陣中見舞いの酒が届けられた。菊麻呂は酒を嗜《たしな》まないが、相槌の三人は心ゆくまで呑んでその日の疲れを癒やした。

地鉄《じがね》作りが終わり、素延《すの》べ、火造り、切先作りと進み、いよいよ焼き入れの段階に入った。菊麻呂は天国の鍛冶場から持ち帰った焼刃土《やきばづち》を水でこね、品のよい直刃を想像しながら刀身に塗っていった。刃になる部分には薄く、それ以外は厚く塗り、土が乾燥するのを待った。

焼き入れは陽の落ちるのを待って行われることになった。赤めた鉄の色によって焼き入れ温度を見きわめるためである。焼刃渡しの日には夜間にもかかわらず、藤原道隆と藤原佐理が連れ立って見学に訪れた。隼人正も二人に随行していた。

(焼き入れだけは、気の散らぬ雰囲気で行いたかったのだが……)

菊麻呂にとって、摂政・関白殿下の見学は名誉なことではあるが少々迷惑だった。それにも増してやりにくかったのは、少し慣れたとはいえ仰々しい服装である。谷山の鍛冶場では動き易い粗衣をまとって仕事をしているのに、白い装束に烏帽子姿の仰々しい装いでは、どこか調子が狂ってしまうのだった。

菊麻呂は炎の中の刀身の赤まり具合を慎重に見きわめながら吹子《ふいご》を操っていた。もう菊麻呂の頭に雑念は何一つなかった。吹子の息づかいも、炭の爆《は》ぜる音も聞こえなかった。菊麻呂は不思議な静寂の中で、ただ赤められた刀身の色の変化だけに精神を集中させていた。

刀身の色合いに反応したように、吹子の取っ手から菊麻呂の手が離れた。それと呼応するように火床《ほど》の中から小豆色《あずきいろ》の刀身が抜き出され、菊麻呂は横座から立ち上がると、それを無言で水舟《みずぶね》の中に沈めた。ジューンという独特な音とともに、水が沸騰し水蒸気が立ちこめた。鍛えられた鉄に、刀としての命が吹き込まれた一瞬である。

「おおう！」

見学者の感嘆の声があがった。

（まずい……）

水舟に赤めた刀身を沈めた瞬間、菊麻呂は異変を感じていた。刃先の辺りにチーンという微かな音を聴いたのである。菊麻呂はそら耳であって欲しいと思った。

「どうであった」

菊麻呂が水中で刀身をふるって水泡を去らせていると、兵部卿の藤原佐理が訊ねた。

「明日、研いでみなければわかりませぬ」

「そうじゃの」

「まだ二振り焼き入れをしなければなりませんので、結果はそれらを終えてからご報告いたします」

菊麻呂は重い口調で言った。

「正国、今日はよいものを見せてもらった。守り刀ができ上がるのを心待ちにしておるぞ」

藤原道隆は菊麻呂の心を知ってか知らずか、そう言い残して鍛冶場を出て行った。

翌日、夜が明けると菊麻呂はまっさきに砥台《とだい》の前に座った。焼き入れの瞬間のチーンという微かな響きが気になって、夕べは熟睡することができなかった。菊麻呂は真新しい荒砥《あらと》で、焼き入れした刀身を簡単に研ぎ始めた。これで地肌《じはだ》（刀身の地の部分に現れた肌模様）までは見えないが、焼き刃の状態はわかる。

「やはり……」

見当をつけた物打《ものう》ちの辺りを研いでいた菊麻呂が短い声を漏らした。研ぎ汁を洗い流すと、刃先に微かな刃切れが生じていた。焼き入れ時の急激な温度変化に鋼が耐えきれず、刃に割れが生じたのである。よくよく見なければわからない疵であるが、帝の御剣《みつるぎ》としては致命的であった。

(まだ二振りあるではないか。今夜はうまくやってやる)

菊麻呂はすぐに気持ちを切り替えた。

その夜、菊麻呂は残りの二振りに焼き入れを行った。招かれざる見学者もなく、火床《ほど》の炎を見つめるのは、菊麻呂の外は三人の相槌《あいづち》だけであった。今夜失敗したら、鍛錬を一からやり直さなければならなかったが、「急がぬともよい。じっくりよい物を作ってくれ」と言った兵部卿の声が想い起こされ、落ち着いて焼き入れを行えたのだった。

翌日、菊麻呂は二振りの刀に荒砥をかけた。二振りとも全身を研いだが、刃切れや割れなどの疵もなく、納得の行く焼きが入っていた。菊麻呂は中心《なかご》を整え、無駄な平肉《ひらにく》を削ぎ落として、目標とする刀姿に近づけていった。

鍛冶押《かじお》し(刀工がみずから鍛えた刀を研磨すること)の終わった刀は、より入念な研ぎを施すため、ただちに研師に預けられた。菊麻呂はこれまで鍛えた刀はすべて自分で研いでいたが、都には専門の研師がいて、摂政家から届いた指図書《さしずしょ》には研師が指名されていた。

研ぎに出された刀は、その後、休むまもなく鎺《はばき》と白鞘《しらざや》作りにまわされた。休め鞘が完成するまでの間も、菊麻呂たちは刀を打ち続けた。

「摂政様が帝の守り刀を鍛えさせるほどだから、よほどの名工なのであろう」

「隼人の正国という刀鍛冶だそうだ。隼人が鍛えた刀を佩いておれば、悪霊も退散するとか」

そのような噂が公卿たちの間に広まったため、次々と鍛刀依頼が舞い込んだのである。

翌年の二月末、鎺《はばき》と白鞘《しらざや》が完成し、仰々しく桐箱に入れられた二振りの太刀が戻ってきた。初打ちから八ヶ月後のことである。菊麻呂はさっそく二振りの太刀を改めた。研師から前もって疵や欠点はなかったと聞いていたが、自分の目で確認するまでは安心できなかった。

刃長二尺四寸。細身、小鋒《こぎつさき》で腰反りの高い姿は、帝の守り刀にふさわしい品格を示していた。刃文は細直刃に小互《こぐ》の目《め》を交え、元を大きく焼落としている。地文《じもん》は板目《いため》に柾《まさ》が交じり、いくぶん白気《しらけ》ごころのある地鉄《じがね》になっていた。

菊麻呂は二振りの太刀を見比べた。いずれも優劣を付けがたい出来である。菊麻呂は鍛刀にあたっては、常に持てる力を出しきるように努めているが、帝の御剣とあってはおのずと力の入れようも違った。二振りとも会心の作と言ってよい。

（これなら御剣として及第であろう）

御剣鍛刀の下命を受けてより、菊麻呂を縛っていた緊張の糸がほぐれた。

打ち上げた刀は、藤原道隆と藤原佐理の内覧に供されることになった。三月の初旬、菊麻呂は隼人正《はやとのかみ》に伴われ、摂政の屋敷を訪ねた。白丁《はくてい》隼人二人が、太刀の入った桐箱を捧げ持って後に従った。

摂政宅には藤原佐理も先に訪れ、菊麻呂らの到着を待っていた。道隆三十九歳、佐理四十八歳。歳も官位も異なる二人だが、両人とも大の酒好きとあって馬が合った。

道隆の御前に、ふたを外した二つの刀箱が並べて置かれた。

「わしの前で焼き入れされた刀はいずれぞ」

まだ貴公子然とした端正な容貌の道隆が、思いがけない言葉を発した。一瞬、菊麻呂は返答に窮した。いちばん訊いて欲しくない質問だった。

「切先の近くに刃切れが生じてしまいました。この二振りはあの日の翌日に焼きを入れたものです」

菊麻呂は正直に応えた。

「そうか、わしら飲み助が顔を出したので、金屋子神《かなやこがみ》が怒られたかな」

道隆は佐理の顔を見ながら、快活に笑い飛ばした。金屋子神とは、鍛冶の神、天目一箇神《あまのまひとつのかみ》のことである。道隆のこの一言で、物々しかった座が一気になごんだ。冗談を口にした後、道隆は居ずまいを正して、手にした刀身に見入った。帝の守り刀としてふさわしいかどうか、その眼差しは真剣である。

「ご覧あれ」

しばらく刀身に見入っていた道隆は、手にしていた太刀を佐理に手渡した。そして別の太刀に手を伸ばし、鞘から刀身を引き抜くと同じように見入った。

「うーん」

道隆の口から感嘆とも失望ともとれる溜息《ためいき》が洩れた。道隆は佐理と太刀を交換すると、ふたたび刀身に見入った。しばらく沈黙が続いた。菊麻呂にはとてつもなく永く感じられた。

(摂政・関白様ともなると、天下の名刀を数多くご覧になっているはずだ。果たして帝の御剣《みつるぎ》として、お認めくださるだろうか)

菊麻呂の脳裡を不安が過ぎっていた。

「この二振りの太刀、優劣がつけ難いの」

道隆が初めて感想を口にした。

「いかにも」

佐理があいづちを打った。

「正国、作者に訊くが、帝の御剣にはいずれがふさわしい」

道隆は菊麻呂の鍛えた刀が一条天皇の守り刀としてふさわしいか否かではなく、二振りの刀のどちらを守り刀とすべきか迷っていたのである。

「この場には最上のもの一振りを持参いたそうと思いましたが、私には優劣をつけかねたため、摂政様にお選び頂きたく二振り持参いたしました」

菊麻呂は率直に申し述べた。

「それは困ったな」

道隆は腕組みをして考え込んだ。

「ならば陰陽師《おんみようじ》の安倍晴明《あべのせいめい》に決めさせてはいかがか。邪を祓う守り刀を選ぶなら、あの者が適任であろう。選にもれた太刀は春日神社にでも奉納されるがよかろう」

佐理が道隆に進言した。安倍晴明は当代一の占い師で、陰陽道にも通じている。春日神社は藤原氏の氏神である。

「そのように致すか。影打ちの太刀は、我が佩刀にでもと考えていたが、帝の御剣と優劣がつけ難いとあっては、恐れ多いからの。正国とやら、献上しがいのある太刀を鍛えてもらい、わしも鼻が高いぞ。隼人司にいた時分は、狗吠《くはい》の名手だったとか。お主の鍛えたこの太刀なら、さぞかし悪霊祓いに霊験あらたかで、玉座《ぎよくざ》の傍らにあって、必ずや幼少の帝をお守りすることであろう」

菊麻呂は藤原道隆から過分なお褒めの言葉を賜った。

「それでは後のことは佐理に任せたぞ」

そう言って道隆は座を立った。


それから数日後のことであった。菊麻呂は藤原佐理の私邸に呼び出しを受けた。

「正国、この太刀が帝の守り刀と決まった。さっそく銘を刻むように」

相変わらず酒の匂いを漂わせながら、佐理が菊麻呂に命じた。高貴な方から依頼された刀には銘を切らぬのが習いである。菊麻呂もそのつもりでいた。

「私はなにぶんにも字を書き慣れておりませぬ。何とぞ兵部卿様に銘の下書きをお願いできませんでしょうか。私の下手な字では帝に恐れ多いことでございます」

菊麻呂は咄嗟にお願いしていた。

「わかった、銘の下書きを書いて差し上げよう」

「ありがとうございます」

当代に並ぶ者のない能書家に快諾を得、菊麻呂は安堵した思いであった。

「朱漆《しゅうるし》で中心《なかご》に直接書く故、刀を一日預けてくれ。明日、そちのもとへ届けさせる」

「よろしくお願いいたします」

「それから、わしはもう兵部卿ではないぞ。ひと月ほど前、参議と兵部卿を辞任し、大宰大弐《だざいのだいに》として、四月の末頃、筑紫島《つくしのしま》へ下向することが決まっている」

大宰大弐とは大宰府の次官の役職である。

「そうでございますか！」

「正国もこのたびの仕事を終えれば、また薩摩へ帰るのであろう」

「はい」

「よかったら、わしの一行と同道したらどうじゃ。一人旅は何かと危なかろう」

願ってもない申し出であった。薩摩下向時に周防《すおう》の国で追い剥ぎに襲われた時のことが想い出された。次いで万之瀬《まのせ》川を船出する時の葉瑠の貌も脳裡を過ぎった。

「薩摩を立つ時、嫁は身籠《みご》もっておりました。子が生まれる前に必ず帰るからと約束してきましたが、それから一年近くが経とうとしています。一日でも早く我が子の顔を見たいと思っております。まことにありがたいお言葉ながら、御剣に銘を切って摂政様にお納めしたら、ただちに薩摩へ帰るつもりです」

「そうか、それなら仕方ないな」

一芸に秀でた者どうし、長旅のつれづれを肝胆相照《かんたんあいて》らそうと思って声をかけた佐理は、少し残念そうであった。


翌日、菊麻呂のもとに藤原佐理から太刀が返されてきた。菊麻呂が中心《なかご》を改めると、佩表《はきおもて》の鎺下《はばきした》中央に、「正国」と大振りの文字が朱漆で印されていた。

菊麻呂は佐理の朱筆に鏨《たがね》を入れ始めた。

（やはり佐理様に下書きを頼んでよかった）

美しい銘は、やはり刀を引き立たせる。菊麻呂は朱筆に添って鏨を走らせながら、太刀が帝のお守り刀にふさわしいものになっていくような気がしていた。

そして月末になって、菊麻呂の打ったお守り刀は、よき日を選んで藤原道隆に納められることになった。正装に身を包んだ菊麻呂は、藤原佐理に伴われて、太刀の入った桐箱を道隆邸に恭しく運んだ。

「銘を切り終えたか。永いことご苦労であった」

道隆は菊麻呂に労いの言葉をかけた。この国の最高権力者とは思えぬ気配りの人である。

「めっそうもございません。このような機会をお与え下さった摂政様に心より感謝いたします」

菊麻呂は深々と、頭を下げた。菊麻呂の鍛えた御剣《みつるぎ》には、藤原氏の長者である道隆によって、これから帝にふさわしい贅《ぜい》をつくした外装がほどこされ、帝に献上されることになる。それらが完成するには一年以上の時を要するであろう。帝の御座《ござ》の間《ま》など、どのような所か想像だにできないが、華麗な外装をほどこされた「正国」が帝の傍らに置かれている様を空想すると、菊麻呂は晴れやかな気分になるのだった。

菊麻呂には道隆より過分な褒美の品々が下げ渡された。

藤原道隆の御前を退出した菊麻呂は、陽の光をこの上なく眩しく感じた。一条天皇の御剣を打ち上げたことにより、「正国」の名は都でいやがうえにも高まっていた。

四

帝の御剣を藤原道隆に納め終えた菊麻呂は、四月の初旬、隼人司の面々に最後の別れを告げ都を後にした。今度こそ、もう二度と会うことはないであろう人々であった。今生の別れの辛さが胸にこみ上げてきて、万感胸にせまる想いであった。菊麻呂は相槌《あいづち》を勤めてくれた三人とともに、阿陀の天国《あまくに》の里へ向かった。洛外に出た所で、三人の中の一人が菊麻呂に訊いた。

「正国様は宗近《むねちか》さんをご存じですか」

「むねちか？」

「以前、うちの鍛冶場で働いていたそうですが……」

「ああ、宗近さんのことか！」

菊麻呂が宗近と一緒に仕事をしたのは一年半あまりであった。蝦夷《えみし》の出だと言っていた宗近の顔が、懐かしく想い起こされた。

「宗近さんがどうかしたのか？」

「さっき会ったのです。摂政様のお供で、内裏《だいり》へ来られていました」

「藤原道隆様の！」

菊麻呂は記憶の糸をたぐった。七年も前のことだった。

(父の葬儀を終えて天国の里に帰ると、兄弟子の宗近さんは鍛冶場を去った後だった。確か近衛中将様の郎党だった兄が亡くなったので、その跡を継がねばならなくなったということだったが……藤原道隆様の郎党だったか記憶に定かでない)

庶民が殿上人の名前など知るよしもない。菊麻呂はすっかり宗近のことは忘れていた。

「私が天国様の鍛冶場の人間と知って、話しかけて来られたようです。正国様が帝の御剣を鍛えられたということもご存じでしたが、正国が菊麻呂様の鍛冶名だとはご存じなかったです。菊麻呂様の名を出すと、とても驚いておられました」

「そうでしたか」

師の天国も、宗近は将来ひとかどの鍛冶に大成すると期待していた。菊麻呂も宗近の才には羨望の眼差しを向けていた。

（あの人があのまま鍛冶の道を進んでいれば、立場が逆になっていたかもしれない。そうか宗近さんは都に住んでいたんだ。それも藤原道隆様にお仕えしていたとは……会いたかったな）

菊麻呂は宗近の名を聞いて、都を去るにあたって一つ心残りができた。


菊麻呂らは十一ヶ月ぶりに宇陀の稲津村に戻った。一年近い時の長さが、菊麻呂の身に起こった騒動の大きさを如実に物語っていた。菊麻呂にはあっという間に過ぎ去った夢のひとときであり、また薩摩に帰国できる日を一日千秋《いちじつせんしゅう》の想いで待ちわびた永い月日でもあった。

「三人の手助けを得て、無事に帝の御剣を打ち上げることができました。これも親方のお導きと、協力のお陰と感謝しております。永い間、三人をお借りし、鍛冶場に大変なご迷惑をかけたことと思います。申し訳ありませんでした」

菊麻呂は天国《あまくに》に深々と頭を下げた。

「何を言うか、すべてはお主の精進のたまものだ。とにかく大任を無事に果たして何よりだ。わしも鼻が高いぞ」

天国は出藍《しゅつらん》の誉《ほまれ》の愛弟子に慈愛深い眼差しを向けて言った。

「ところで、これからどうするのだ。帝の御剣を鍛えたということは、鍛冶の世界で押しも押されもしない存在になったということだ。これを機会に都に鍛冶場を築き、薩摩にいる嫁御《よめご》を呼び寄せてはどうか」

　天国の話も一つの道であった。菊麻呂は薩摩で関係を持った人々の顔を想い浮かべた。みな純朴な人々であった。菊麻呂が薩摩に留まることを前提に、鍛冶の道に将来をかけた弟子たちもいる。菊麻呂の決意はゆるぐものでなかった。

「私はもう薩摩の地に根を深くおろしてしまいました」

　菊麻呂はきっぱりと言い切った。

「そうか、薩摩はお主の故地ゆえ、それも致し方あるまいな」

「色々とご心配いただきありがとうございます」

「おせっかいついでに……お主の鍛冶名のことだが」

「正国が何か？」

「このたびの栄誉を機に鍛冶名を変えてみたらどうじゃ」

「……」

「師を超えた弟子への、わしからのせめてもの褒美だ。薩摩の国には刀鍛冶は菊麻呂一人というではないか。遠国《おんごく》の地で一流一派を新たに打ち立てるよい機会だと思う。菊麻呂はその元祖たる器だ。新しい流派を興し、鍛冶名に自分の想いを込めるがよい。天国を名乗った初代にも、鍛冶名に込めた想いがあったはずだが、わしにはもはや知るよしもない」

「私には親方から頂いた名を変える気などありませんが、親方の言われたことは心に留めておきます。そのような境地になるようなことがあれば、今の親方の言葉を想い出してみます」

菊麻呂はふたたび深々と頭を下げた。

菊麻呂は阿陀に帰ると、今回の誉れを、まっさきに父母の位牌に報告した。そして阿陀比売《あだひめ》神社に出かけた。新緑の境内を薫風が過ぎっていた。菊麻呂は神殿に向かい、柏手《かしわで》を打った。

(俺の今があるのは阿陀比売神社のお陰だ。すべては十五夜すもうの夜から始まったのだ。もしも木花咲耶姫の夢を見ることがなかったら、もしもあの夜、大衣《おおきぬ》様がここに見えておられなかったら、俺の今日の栄誉はなかったはずだ)

菊麻呂は人生の数奇さを感じていた。

菊麻呂は阿陀に四日ほど滞在した後、薩摩に向けて出立した。薩摩への帰路は阿陀から難波津へ出て、それから海路をたどる予定であった。早朝にもかかわらず、兄弟縁者のみか、それこそ村中の人々が総出で菊麻呂を見送ってくれた。帝の御剣《みつるぎ》を鍛えた菊麻呂は、いまや村の誇り、隼人の誇りでもあった。菊麻呂はこの村に、おそらく二度と帰って来ることはないはずである。見送りに来た誰もが目に涙を浮かべていた。生き別れの辛さ。菊麻呂の胸は張り裂けそうであった。

凪《な》いだ瀬戸内の海を、莚帆《むしろほ》を風に孕《はら》ませた船は、滑るように快走していた。海が凪げば、菊麻呂の心も穏やかであった。

(今日の海のように、世の中がいつも安寧《あんねい》であればよいのに)

菊麻呂は海を見ながらそう思った。

（いや、刀鍛冶が世の安寧を願うなど笑止ではないか。乱世にこそ刀鍛冶の生きる場所があるのだ）

菊麻呂はそうも思った。

（自分が作るのは我が身を守る道具であるが、逆の見方をすれば人を傷つけ死に至らしめる道具でもある。刀鍛冶は何と因果な生業《なりわい》であろうか）

菊麻呂は自分の仕事を卑下しながらも、自分の作った刀は世の安寧に役立つものであって欲しいと願わずにはいられなかった。その時、菊麻呂の脳裡に天国の言葉が過ぎった。

「このたびの栄誉を機に鍛冶名を変えてみたらどうじゃ」

その言葉を聞いた時、菊麻呂は一瞬、天国に破門されたのでは、と思った。天国が弟子の栄誉を妬《ねた》み、気分を害しているのではと思ったのである。だが天国は、出藍《しゆつらん》の誉《ほまれ》の弟子を、心から喝采《かつさい》し称えようとしたのである。

「正国」の鍛冶名は、師の天国が自分の鍛冶名の一字をとって命名してくれたものである。菊麻呂は天国から改銘の話を持ち出されるまで、鍛冶名を変更するなど微塵も考えたことはなかった。鍛冶名は師から与えられたものを、無条件で末代まで継承していくものと思っていた。「正国」という刀工名を気に入っているのかと問われれば、由緒ある天国に連なる鍛冶名だと誇りにこそ思え、好き嫌いを意識したことはなかった。

（親方が褒美の意味で、せっかくああ言われたのだ。自分が好きな銘を切れるのだったら、改銘を考えてみるのもよいかもしれない。正国という刀工名は、初代天国様以来の鍛冶の系譜を表すものだが、もし改銘するとすれば、自分の作った刀には災厄《さいやく》をよけ幸運をもたらすような意味合いの銘を刻んではどうだろうか……中心《なかご》に切る銘に何らかの意味を持たせるのだ）

菊麻呂は舳先《へさき》まで歩いて行くと、腕組みし前方を見つめた。その時、博多津の辺りで見た夢のことが想い起こされた。海難で命を落としそうになった夢である。

「波は平らかになり、船も行き安くなるでしょう」

菊麻呂の脳裡に、木花咲耶姫《このはなさくやひめ》の言葉がよみがえっていた。

（夢の中で聞いたあの言葉には、何か意味がありそうな気がする。木花咲耶姫は俺に何かを訴えたかったのかもしれない。波は平らかになり船も行き安くなる。波、平、行、安か。波平行安、波平行安……、これだ、波平《なみのひら》の行安《ゆきやす》だ！　谷山の前浜は湖のような、まさに波の平らかな海だ。これなら鍛冶名に使ってもおかしくない。これからは波平の行安を名乗るぞ）

菊麻呂はそう決断していた。

菊麻呂の目に、延々と続く白い砂丘と、背後にそびえる金峰の山並みが見え始めた。阿陀を立って二十日余り、四月の下旬のことであった。菊麻呂はついに阿多に帰って来たのだった。

「おおい鯨だ！」

万之瀬《まのせ》川河口が近づいて来た頃だった。若い水夫《かこ》が沖を指さして叫んだ。菊麻呂が右舷に寄ると、かなりの数の鯨が、灰色の背中をぬめらせながら船と併走するように泳いでいた。大小十数頭はいるだろうか、大きいもので八歩《ぶ》（約十四メートル）はある巨大な鯨が、ときどき前方に潮を吹きながら、悠然と泳いでいた。菊麻呂は隠れ里に居候していた時分、話には聞いていたが、鯨を見るのはもちろん初めての経験であった。まるで菊麻呂の帰国を祝福しているかのようである。やがて鯨はしだいに船から離れて行った。鯨に気を取られているうちに、船はいつのまにか万之瀬川河口に舳先を向けていた。

船を下りた菊麻呂は、川沿いに清水の隠れ里へ向かった。菊麻呂は足取りも軽く、稲田の広がる清流沿いを上って行った。

隠れ里にたどり着くと、まっさきに出迎えたのはモモであった。河原で水を飲んでいたモモは、菊麻呂の足音に気づくと、耳をそばだててじっと菊麻呂を見つめていたが、すぐにそれとわかったらしく駆け寄って来て体をすりつけた。

「お前も元気でいたか」

菊麻呂が頭を撫でてやると、モモは菊麻呂を先導するかのように歩き始めた。広龍の家の前まで来ると、赤子の泣き声が聞こえてきた。

（もしや！）

菊麻呂が赤子の泣き声につられて行くと、背中に子を負ぶった葉瑠が、筧《かけひ》の水で真竹《まだけ》の筍《たけのこ》を洗っていた。

（無事に子を産んでくれたのか）

菊麻呂は目の前の母子に、言いしれぬ愛《いと》しさを覚えた。菊麻呂はしばらく声もかけず、その姿を見続けていた。竹笊《たけざる》に筍を載せて振り返った葉瑠と目線があった。

「あなた！」

不意に現れた夫に驚いた葉瑠は短く叫んだが、次ぎの言葉が出なかった。夫を信じてはいたものの、薩摩と大和はあまりに遠かった。夫は、子が生まれる前に必ず帰って来る、と言って出かけたが、子が生まれ、年が明け、桜が葉桜になっても帰って来なかった。旅の途中で病に倒れたりはしなかったか、よからぬ者たちや海難にあったりして、もう生きてはいないのではないだろうかとさえ考えた。それに夫を信じてはいたものの、万が一にも夫が変節するとも限らなかった。

（もうあの人は帰って来ないのかもしれない。そうなったらこの子と生きていくしかない）

葉瑠の心のどこかに疑心暗鬼《ぎしんあんき》が芽生え、最悪の事態を考えていたのも事実だった。だから、菊麻呂の姿を見た時、夢かと思い、言葉も出なかった。

「今帰った。赤子は男の子か、女の子か」

菊麻呂はただ呆然と立ちつくす葉瑠に声をかけた。

「男の子です」

葉瑠が絞り出すような声で応じた。

「そうか男の子か、何ヶ月になるのだ」

「去年の十二月十九日に生まれました。五ヶ月になります」

「子が生まれる前に帰るという約束だったが申し訳ない。難儀したであろう」

菊麻呂は葉瑠の背中の子をのぞき込みながら謝った。

「あなたの顔を見たら、これまでの苦労など忘れました。そうそう、この子にはまだ名前がないのですよ。早く名前を付けて下さいね」

「いまだに名無しなのか。義父《とう》さんに頼んで名付けてもらえばよかったものを」

「そういうわけには参りませんよ。あなたの子なんですから、父親が責任をもって名付けねば」

「この子もいずれ刀を打つ運命《さだめ》なら、鍛冶名こそが真の名。俺はそれほど名前にはこだわらなかったものを……そうそう、その鍛冶名だが、正国の名に少し箔をつけて帰って来たぞ」

「……」

「じつは都で帝《みかど》の守り刀を打つ栄誉に浴してきたのだ。それで帰りが遅くなってしまった」

「帝の！　天子様の守り刀ですか……」

「そうだ」

葉瑠は目を丸くして驚いている。

「義父さんや義母《かあ》さんも元気か」

「ええ、仕事場にいますよ」

葉瑠は赤子を負ぶっているのも忘れたかのように、仕事場の方に駆けだして行った。

その日は菊麻呂のみやげ話に花が咲き、夜が更けるのも忘れて宴が続いた。この席で、菊麻呂は我が子に峰彦《みねひこ》と名付けた。菊麻呂が初めて万之瀬川河口にたどり着いた時、そこから望んだ金峰の峰々を想い描いてのことだった。


隠れ里に数日滞在し、長旅の疲れを癒やした菊麻呂は、葉瑠と峰彦、それにモモを連れて谷山に戻った。谷山を留守にしてちょうど一年、須加と三人の弟子は菊麻呂の言いつけを守り、どうにか鍛冶場を守っていた。だが、それもきわどいことになっていたらしい。

「菊麻呂さんの帰りがあと数ヶ月も遅れたら、この鍛冶場はどうなっていたことやら」

年が明けても帰って来ない菊麻呂に、弟子たちの間で深刻な不協和音が生じていたらしい。須加はまだ刀鍛冶としては独り立ちしていなかった。菊麻呂が帰って来なければ、刀鍛冶を夢見て入門した弟子たちは時を無為に過ごすことになる。須加でさえ隠れ里に帰ろうかと考えたくらいであったから、他の弟子の気持ちは推して知るべしである。しかし菊麻呂の帰りが遅れた原因が帝の御剣《みつるぎ》を鍛えていたからだと知り、これまでのわだかまりは一気に吹き飛んでしまった。

「帝の御剣を鍛えたからというわけではないが、俺は鍛冶名を変えることにした。正国から行安に改める。これからは波平行安《なみのひらゆきやす》だ。そう承知しておいてくれ」

菊麻呂は弟子たちに申し渡した。

「なぜ改銘されるのですか！　天子様の守り刀を打たれて、正国の名をせっかく世に知らしめたというのに」

一番弟子の須加がいぶかしがった。

「上京する折り、船の中で夢を見たのだ。船が暴風雨に遭った夢だった。その時、観音様が現れ俺にこう申したのだ。お前の鍛えた太刀を海中に投げ込み、海神に捧げれば、波は平らかになり船は行き安くなると。観音様の言うとおり、太刀を海に投げ込むと、暴風雨はたちまち鎮まり、船は助かった。そもそも俺がこの薩摩に来ることになったのも、観音様の夢に導かれていたような気がする。この谷山の海を見てみよ。このような穏やかな海は他にはないぞ。まさに観音様の言われた波の平らかな地だ。それで俺は波平の行安を名乗ることにしたのだ」

菊麻呂は夢に出て来たのは観音様ということにして、木花咲耶姫とは言わなかった。菊麻呂の話を聞き、弟子たちは何とはなしに納得したのだった。

菊麻呂が一条天皇の御剣《みつるぎ》を鍛えたことは、すぐに薩摩の国に広まった。都に上ったきり、一年も消息が不明だったので、付近の人々は菊麻呂はもう帰って来ないものと思っていた。この間、四人の弟子たちは包丁などを鍛え、けなげにも鍛冶場の鎚音を絶やすことはなかったが、そのことが余計に事情を知る者たちの同情を誘っていた。

それが、とてつもない栄誉をぶら下げて帰って来たのである。刀鍛冶にとって帝の御剣を鍛えるということは、この上ない栄誉であり、それに預かれる者は希有《けう》である。菊麻呂の名声を聞いて、薩摩のみならず大隅辺りの郡司層から鍛刀依頼が次々と舞い込み、鍛冶場は一気に繁忙をきわめ人手不足に陥った。菊麻呂は新しく二人の弟子を採った。清水の隠れ里から一人、近在から一人である。刀鍛冶という仕事に興味を示す若者は結構いて、雇うには事欠かなかった。菊麻呂はこれで六人もの若者の行く末に責任を持たねばならなくなった。

刀の注文が増えると、当然のことながら鉄不足が深刻になった。一振りの刀を鍛えるには、その十倍もの目方の鉄が必要となる。これまでのように、鍛冶場の裏で小規模に鉄を造っていたのでは、到底必要な量に足りなかった。余所《よそ》から鉄を購入する手もあったが、菊麻呂は谷山の鉄にこだわりたかった。鍛冶場の前に無尽蔵に眠る砂鉄に光を当てたかった。

鉄を増産するにはタタラ炉を大きくしなければならない。そうなれば砂鉄と木炭と粘土も膨大な量が必要になった。砂鉄は近くの浜辺に無尽蔵に堆積していたから何の問題もなかった。木炭も谷山のあちこちに点在する炭焼き小屋から購入し、鍛冶小屋まで運ばせれば事足りた。問題はタタラ炉を造る粘土だった。

タタラ用の白粘土を産する三重野《みしげの》は、柏原《かしわばら》川を十里ほど遡《さかのぼ》り、そこからさらに支流沿いの急坂の山道を十里ほど登った山中にあった。鍛冶場まで粘土を運び出すのは容易ではなかった。

（このような山奥から、大量の粘土を鍛冶場まで運ぶなど、正気の沙汰ではない）

三重野の粘土採掘現場で、掘り出した白粘土を俵に詰めながら、菊麻呂は悩んでいた。しかし、この地の粘土しか他にあてはなかった。

（ここは発想の転換が必要なのかもしれない。ここには粘土とともに、松や椎や栗などの木も豊富だ。ならばここで鉄を造ったらどうだろう。重い粘土を鍛冶場に運んで鉄を造るのではなく、かさばらない砂鉄をここまで運んで来て、できた鉄を鍛冶場に運べばよいではないか。炭もここで焼けばよい。その方がはるかに合理的だ）

菊麻呂は三重野にタタラ炉を築き、ここで吹いた鉧塊《けらかい》を粗鉄《あらがね》にまで加工し、駄馬で鍛冶場に運ぶことにしたのである。

正暦《しょうりゃく》五年（九九四）、三重野の山中に踏鞴《たたら》場が完成した。築いたタタラ炉や集積した木炭、砂鉄などを雨露から凌ぐための、簡単な掘立小屋である。鍛刀の合間を縫って弟子たちと通い詰め、白粘土の採掘現場近くに築いたのであるが、すぐそばには炭焼き小屋も同時に建てていた。炭焼き小屋の完成とともに、経験のある人を雇って鍛錬に適した木炭を焼かせ始めた。都から帰国して三年後のこと、菊麻呂の鍛冶場はいよいよ活況を呈し始めていた。

五

「親方、でき上がりました」

須加が研ぎ上げたばかりの太刀を菊麻呂の所に持ってきた。三重野の踏鞴場で造った鉄が、初めて太刀に姿を変えたのである。記念すべき一刀であった。鍛錬、焼き入れ、成形とすべて須加の手になるものである。

「そうか、後で銘を入れておく」

菊麻呂はそう言って裸身《はだかみ》の太刀を受け取った。

その日の夜、寝床の中で、菊麻呂が葉瑠に声をかけた。

「葉瑠、新しい踏鞴場もどうにか落ち着いてきた。これで鉄不足に悩まされることもないだろう。それで前々から考えていたのだが、須加を独立させようと思う」

「独立って？」

「近くに新しく鍛冶場を作って、須加に与えようと思うのだ。清水で野鍛冶の仕事を手伝わせて以来、七年もの間、一緒に苦楽をともにしてきた。今では俺の代作をまかせることができるほど鍛冶の腕もあげた。この辺りで鍛冶名を与え、独り立ちさせようと思うのだ。鷹彦にもおいおい鍛冶場を持たせるつもりでいる」

葉瑠の従弟の須加は、葉瑠より一つ年下の二十三歳。二年前には谷山の娘を嫁にして、女の子も一人いた。

「須加も喜びますよ」

「それで明日、郡司様に相談に行って来るつもりだ。独立となると新しい土地が必要になる。心当たりがあるから、この鍛冶場を築いた時と同様、郡司様の力を借りねばならない」

菊麻呂は須加の独立を考え始めた時から、見当を付けている土地があった。そこに鍛冶場と住まいを建て、須加を独立させる腹づもりである。須加は婚姻を機に菊麻呂夫婦との同居を止め、鍛冶場の近くに家を借りていた。

「そうか、一番弟子の須加を独立させるか。そうなれば須加は、生粋の薩摩の刀鍛冶ということになるな。わしはお主と会って以来、この谷山の地に鍛刀の技を根付かせるのが夢だった。これでようやく夢が叶うな」

須加の独立を、郡司は諸手《もろて》をあげて喜んだ。

「それでお願いに参りましたのは、やはり土地の件です。私の鍛冶場から北へ少しばかり行った所に、豊富な出水があります。私がこの谷山に鍛冶場を築こうとした時、今の場所か、その場所か、どちらにするか迷いました。あの出水の辺りに鍛冶場を構えさせてやれたらと思っております」

「よしわかった。すぐに手配させよう」

郡司との話は首尾よくまとまった。

鍛冶場に帰った菊麻呂は須加に声をかけた。

「須加、中心《なかご》を作って持って来い」

八年前、師の天国も、突然、菊麻呂にそう命じた。そして今、その時の師の口調そのままに、須加に中心作りを命じている自分が可笑しかった。菊麻呂は須加の反応を待った。

「中心をですか？」

須加は怪訝《けげん》そうに言った。菊麻呂は八年前の自分を見る思いだった。

「そうだ、刀身を区《まち》の一寸ほど上で断ち割った中心の部分だ」

菊麻呂は記憶に残る天国の言葉をなぞりながら、心の中で苦笑していた。

「中心だけ作ってどうされるのですか？」

菊麻呂はついに吹き出していた。須加はなぜ菊麻呂が笑い出したのかわからず、キョトンとしていた。

「つべこべ言わず作って来い」

菊麻呂は須加の肩を叩いて言った。

翌日、菊麻呂は須加の持参した中心に鏨《たがね》を走らせていた。刻んだのは表に「行仁」の二文字、裏に「正暦五年八月吉日」の八文字だった。行仁と書いて「ゆきひと」と読ませるつもりであった。菊麻呂は初めての弟子に自分の鍛冶名「行安」の一文字を与え、師弟の絆としたのである。


その日は秋分の日だった。菊麻呂夫婦と須加夫婦が座敷に対座していた。

「清水で野鍛冶の真似ごとをしていた頃より、永い間にわたって俺をよく助けてくれた。何よりも俺が都に上っている間、よく鍛冶場を守ってくれた。とても感謝している。今日、須加を呼んだのは、お前に鍛冶名を与えるためだ。気に入ってもらえるかわからぬが、俺も最初の弟子ゆえ、一生懸命考えたものだ。箱を開けて見てくれ」

「……」

菊麻呂はそう言って、中心の入った桐箱を須加の前に置いた。

須加は突然のことで言葉もなく、言われるままに箱のふたを開いた。中に銘を刻んだ中心が入っていた。

「あれは……こういうことだったのですか」

須加が菊麻呂を見て苦笑いし、そして中心に彫られた二文字を注視した。

「ゆき……、何と読むのですか」

須加は読み書きができない。親方の鍛冶名、行安の行の字は読めたが仁でつかえた。

「仁と書いてひとと読ませることにした。お前の鍛冶名はゆきひとだ」

「行仁ですか。ありがとうございます。これからさっそく銘切りの練習をいたします」

須加が満面に笑みを浮かべて言った。

「それから郡司様に頼んで、お前の鍛冶場となる土地も手配済みだ。鍛冶小屋を建て、弟子も募らねばならないぞ。郡司様はこの国生粋の刀鍛冶の誕生だと喜んでおられた。お前の鍛冶場が波に乗るまで仕事もまわすつもりだ。三重野《みしげの》の踏鞴場《たたらば》は、これから先も一緒に切り盛りしていこうではないか。郡司様の期待を裏切らぬよう、また後に続く者たちの模範となるよう頑張れ」

「何から何まで、ありがとうございます」

須加夫婦がそろって頭を下げた。須加の嫁は目頭を押さえていた。

「よかったね」

須加の独立を、従姉の葉瑠は心から喜んでいる風であった。

第八章　宗近

一

菊麻呂が波平行安《なみのひらゆきやす》と名乗って五年目、長徳《ちょうとく》二年（九九六）の夏のことだった。三重野《みしげの》の踏鞴場《たたらば》で、吹いた鉄を粗鉄《あらがね》に加工していると来客があった。

「親方にお客さんです」

弟子の恒世《つねよ》が菊麻呂に声をかけた。

「客人だと？」

このような辺鄙《へんぴ》な山奥に人が訪ねて来たことなど、これまで一度もない。

「いったい何の用だ……」

菊麻呂は鎚を置いて立ち上がった。外に出ると、髭面の男が一人立っていた。

「何用かな……」

菊麻呂が男に声をかけた。どこかで見たことのあるような顔だった。

「わたしの顔を忘れましたか」

男が笑いながら言った。

「はて……もしや宗近《むねちか》さんですか！」

髭を生やしていたので直ぐにはわからなかったが、そこにいるのは天国《あまくに》の鍛冶場で兄弟子だった宗近である。

「そうです、宗近です」

「久しぶりですなあ、何年ぶりであろう」

「十四年ぶりです」

「そんなになりますか。私が父親の葬儀から帰ってみると、宗近さんが鍛冶場を辞めて都へ帰られた後だった。あまりにも突然だったのでびっくりしましたよ」

「あの時は何の挨拶もせず、大層失礼しました」

「何の、宗近さんにも相応の事情があったのでしょう」

「谷山の鍛冶場を訪ねると、妻女が出て来られて、こちらで泊まり込みで鉄を造っているとのこと。いつ山から下りて来るかわからないと言われるものですから、訊ね訊ねしながらようやくここにたどり着きました。こんなに難儀をするとは思いませんでした」

「ここで五年ほど鉄造りをやっているが、宗近さんが初めての客です」

「そうでしょうな。ところで、どうしてこのような山奥で鉄を造っているのです。宇陀の鍛冶場のように、鍛冶場の近くに炉を築けばよいではないですか」

「炉を築く土がここにしかないのです。宇陀のように運びやすい場所に粘土があれば、私もそうするのですが、このような山奥とあって、粘土を下に運び出すより、砂鉄をここに持ち込んで鉄を造った方がはるかに合理的だからです

「そのような事情ですか」

「ところで、どうして宗近さんが薩摩の地におられるのです。たしか、藤原道隆様にお仕えなさっていたのではないですか」

「ええ、道隆様に仕えていましたが、道隆様亡き後は、道隆様の四男で権中納言《ごんのちゅうなごん》の藤原隆家《ふじわらのたかいえ》様の郎党でした」

「道隆様は亡くなられたのですか！」

「昨年の四月にお亡くなりになりました」

摂政、関白、内大臣と位人臣《くらいじんしん》をきわめた道隆だったが、享年四十三の若さで薨去《こうきょ》していた。菊麻呂に一条天皇の御剣《みつるぎ》を鍛えるように申し渡したのは藤原道隆であった。宗近の仕えていたという隆家は、一条天皇の皇后定子の弟でもある。菊麻呂は東の方角に向かって合掌し頭《こうべ》を垂れた。

「今、隆家様の郎党だったと言われましたが……」

礼拝《らいはい》を終えた菊麻呂が、宗近を振り返って訊いた。

「じつは……」

宗近はそう言ったきり言い淀《よど》んだ。

「どうしました？」

「じつは私は流罪《るざい》の身なのです。故あって谷山の地に流されて来ました」

「何と！　……それはまたどうして」

菊麻呂は遠慮なく切り込んだ。

「私は花山《かざん》法皇に矢を射かけてしまいました」

「法皇様に奉射《ほうしゃ》されたと申されるか！」

菊麻呂は絶句し、ただ唖然《あぜん》として宗近を見つめた。それが事実なら、目の前にいる男は、まれに見る極悪人である。

「……それでよく遠流《おんる》だけで済みましたな。死罪を賜らなかったのが不思議です」

この年の一月十六日のこと、平安の都では花山院闘乱事件《かざんいんとうらん》と呼ばれる世間の耳目《じもく》をそばだてる奇妙な事件が起きていた。藤原道隆の息子の藤原伊周《これちか》とその弟藤原隆家は、女性関係が原因で花山法皇に矢を射かける事件を引き起こした。ことは直ぐに露見し、四月に、罪を責められた伊周は大宰権帥《だざいのごんのそち》、隆家は出雲権守《いずものごんのかみ》に左遷されて失脚したのである。もちろんそのような都の出来事を、菊麻呂が知るよしもない。

「なぜ、そのようなことになったのです」

法皇に矢を射かけるなど、ただごとではなかった。

「じつは藤原隆家様の兄の藤原伊周様は、故太政大臣藤原為光《ふじわらのためみつ》様の娘、三の君に想いを寄せられ、足繁く屋敷に通われていたらしいのです。そこへ同じ屋敷に住む四の君に花山法皇が通いだしたのだそうです。法皇にしてみれば四の君はかつて寵愛した女御《にょうご》、藤原忯子《ふじわらのしし》の妹。四の君に亡き忯子様の面影を見ておられたのでしょう」

「法皇様といえば出家の身ではありませぬか！」

「まだ三十にも手の届かぬ歳、ゆえなきことでしょう。とにかく同じ屋敷に住む二人の姫君に、伊周様と法皇様が通い出したのが問題の発端だったのです。法皇様が為光様の屋敷に通われていると知り、伊周様が自分の相手の三の君に通っているのだと誤解してしまったのです。それを兄の伊周様から聞いた弟の隆家様は、出家の身で女通いとは何事かと立腹し、ただ法皇様を脅すつもりで一行を襲ったのです。私は事情は何も聞かされずに、その日は隆家様の護衛のつもりで付き従っておりました。為光様の家の近くで待っていると、屋敷から出て来た公卿らしき人が、待たせてあった牛車《ぎっしゃ》に乗り込むのが見えました。それを見た隆家様が私に命じられたのです。宗近、あの者に矢を射かけよ。脅すだけでよいと。私は命じられるまま、的を外して射たのですが、手もとが狂い、矢は法皇様のお召し物の袖を射貫いてしまいました。驚いた一行は慌てて立ち去りました。私が矢を射かけた相手が法皇様だったと知ったのは後のことです。法皇様は女通いが露見すると世間体が悪いので、口をつぐんで閉じこもっていたようですが、噂はすぐに都中に広まってしまいました。それを聞いた時、私は命は無いものと覚悟しました。こうして薩摩の国で命を永らえているのが不思議なくらいです」

宗近は数奇な体験を淀みなく語った。

「大変な経験をなさいましたな」

「私は一歩間違えば法皇様に矢傷《やきず》を負わすところでしたが、主人の命で相手が法皇様とは知らずに矢を射たため、薩摩への遠流の罪で済んだのです。もしも矢が法皇様に当たっていたら、理由の如何《いかん》にかかわらずこの首はなかったことでしょう」

「宗近さんにとっては迷惑千万《めいわくせんばん》この上なしですな」

菊麻呂は人生はどこでどう転ぶかわからないものだと思った。それは自身がこれまでに体験してきたことだった。

「話は変わりますが、都にいた時、大和の正国という刀鍛冶が、一条天皇の御剣《みつるぎ》を打たれたことは聞き及んでおりました。もしや天国様の弟子筋の方ではと思っておりましたが、まさか正国が菊麻呂さんとは思ってもみませんでした。菊麻呂さんは私の知っている天国親方の弟子の中では最も新入りだったし、私はつい兄弟子たちの顔を想い浮かべてしまったからです」

「それは当然のことです」

「そうそう、一条天皇といえば、菊麻呂さんは帝の婚儀の年に御剣を鍛えたのでしたな」

「ええ、そうです」

「一条天皇中宮《ちゅうぐう》の定子様は、御懐妊中だったそうですが、兄弟らの引き起こした事件のとばっちりを受け落飾《らくしょく》されたとか。薩摩へ流されて来る直前に聞いたことです」

藤原伊周《これちか》、藤原隆家の二人は、それぞれ定子の兄と弟である。菊麻呂はそれを聞き、人ごとでない気がした。

(俺の鍛えた守り刀は、一条天皇に降りかかった災いを防げなかったのか)

菊麻呂は自責の念に駆られていた。

「しかし、菊麻呂さんがこのような遠国の薩摩で刀を作っているとは意外でした。てっきり大和の宇陀辺りに鍛冶場を構えているものと思っておりましたから。谷山に流されて来て、当地に一条天皇の御剣を鍛えた名工がいると聞き、それが正国その人だと知りました。今では波平行安《なみのひらゆきやす》と鍛冶名を変えていることも。そのようなわけで、菊麻呂さんが懐かしくなって、こうして訪ねて参りました。この薩摩の地に、知人など一人もおりませんから」

「そうでしたか」

流罪の身と聞いて、少し構えてしまった菊麻呂であったが、主人の命で法皇とも知らず矢を射たと聞き、少し胸をなでおろしていた。

遠流《おんる》になると配所先に強制的に移住させられ、配所到着後は現地の戸籍に編入され、一年間の徒罪《ずざい》に服さねばならなかった。徒罪とは受刑者を一定期間獄に拘禁して、強制的に労役に服させる刑であるが、宗近の場合は徒罪はなく比較的自由な身で、口分田《くぶんでん》が与えられて、赦免《しやめん》になる日まで現地の良民《りょうみん》として扱われていた。

「私はいつ赦免になるかわかりませんが、谷山にいる間、菊麻呂さんの弟子にしていただけませんでしょうか」

宗近は菊麻呂に頭を下げた。

「何をおっしゃいます。宇陀の鍛冶場で兄弟子だった人が弟弟子に入門を乞うなど、私にしてみれば猿に木登りを教えるようなものではないですか」

「私も鎚を手放して十四年になります。もうすっかり鍛冶の腕は鈍っていることでしょう。遠流先で思いがけず菊麻呂さんの存在を知り、これも天の配剤《はいざい》かもしれないと、鍛冶の道を一から修業しなおしてみたくなったのです」

どうやら宗近は本気らしかった。

「宗近さんが宇陀の鍛冶場に残していかれた太刀を親方に見せてもらいました。あのころ宗近さんはすでに独り立ちできるほどの腕を持っていたのですね。親方もこれなら代作をまかせられたものを と、驚いておられました。そんな宗近さんを弟子などにできません」

「私は家の事情でやむなく鍛冶修業を断念せねばなりませんでした。昔のことはいざ知らず、菊麻呂さんは今では私の方が仰ぎ見る存在。わずかばかりの口分田を耕して日々を送るより、若い日に果たせなかった夢を、もう一度追わせてはもらえませんか」

そこまで言われては、菊麻呂も宗近を受け入れないわけにはいかなかった。現在、菊麻呂の鍛治場には七人の弟子がいるが、鍛刀依頼が引きも切らず、鍛冶場はてんてこまいの状態であった。古参の弟子である鷹彦には、行忍《ゆきもと》の鍛冶名を与えていた。本来なら行仁《ゆきひと》に続いて鍛冶場を持たせるはずであったが、代作もこなせる行忍を人手不足のためまだ手放さずにいた。

「今、私の鍛冶場は猫の手も借りたいほど忙しいです。宗近さんがそんなに鎚を振るいたいなら、助っ人ということで、鍛冶場を手伝ってもらえませんでしょうか。お役人の許しさえあれば構いませんよ」

「わからないところは教えていただけますね」

「もちろんです」

「それではやはり師匠だ」

「勝手にして下さい」

菊麻呂は苦笑いしながら、かつての兄弟子を受け入れたのである。

菊麻呂は郡司の許可を得て宗近が鍛冶場で働けるようにした。宗近は踏鞴《たたら》場や鍛冶場で菊麻呂の仕事を手伝うようになった。師の天国が、このまま鍛冶修業を続けていれば、ひとかどの鍛冶に大成すると期待し、菊麻呂がその恵まれた才に羨望の眼差しを向けた宗近である。十四年もの間、鍛冶の仕事から遠ざかっていたとは思えないほど、その腕は鈍っていなかった。

（宗近さんはやはりすごい。あのまま天国の里で修業を続けていれば……）

菊麻呂は宗近の不運を哀れに思った。

二

葉瑠《はる》は長男の峰彦を産んで以来、二度の流産に見舞われ、次子を授かることはなかった。長徳《ちようとく》三年（九九七）の七月のことだった。数日前、焼きを入れ終え、今しがた研ぎ上げたばかりの太刀を、菊麻呂は研ぎ場で身じろぎもせず見つめていた。常の作よりもできがよかった。透徹《とうてつ》とした鉄色《かないろ》の向こうに、菊麻呂はいつか海から眺めた開聞岳《ひらききがたけ》のたたずまいを想い浮かべていた。

それから数日後、菊麻呂は高城《たき》の拵え屋の暖簾《のれん》をくぐった。いつも作業場に座っている、この家の主の姿がなかった。

「誰かおられるか」

菊麻呂は奥に向かって声をかけた。

「おう、行安殿ではござらぬか」

板戸が開き宗明《むねあき》が顔を出した。

「また仕事をお願いしに参りました。じつはこの太刀を枚聞《ひらきき》神社に奉納しようと考えているので、白鞘と鎺《はばき》、それを入れる桐箱を作っていただけませんか」

枚聞神社は薩摩国南端の穎娃《えい》郡にある古い歴史を持つ神社である。薩摩に住む隼人たちは太古の昔より、秀麗な火山である開聞岳を神奈備山《かんなびやま》（神の鎮座する山）として崇《あが》めてきた。枚聞神社は創建時は開聞岳の北麓、一合目付近にあったが、貞観《じようがん》年間の大噴火（八七四年）によって被災したため、二里（約一キロ）ほど北へ遷座《せんざ》している。現在は薩摩一宮として、薩摩の人民は無論のこと、朝廷の尊崇《そんすう》も厚い神社である。

「この太刀を枚聞神社に……何か願かけでもされるのですか」

「特にそういうわけではないのですが、私も薩摩にやって来て、いつのまにか十年の月日が経ってしまいました。これまで仕事にかまけて、神仏を顧みる心の余裕がなかったように思います。初めて宗明殿に拵えを依頼しに高城へ伺った時、海路を利用したのですが、その時海上から見た開聞岳の姿が瞼に焼き付いていて、いまだに忘れられません。その開聞岳を祀《まつ》った枚聞神社に、己の作った一刀を奉納したい心境に至っただけのことです。それに開聞岳は航行のよき目安になることから、船乗りや漁夫らの守護神として厚い信仰を受けているとか。不肖、私の鍛冶名、波平行安に相通ずるところもあり、このたび奉納を決意したしだいです」

「そういうことでしたか」

「枚聞神社の大祭《たいさい》は毎年九月九日に定められています。その日に奉納したいので、それに間に合うように作ってもらえませんでしょうか」

「わかりました、なるべく早く仕上げるようにいたします」

奉納刀と聞いて、宗明は太刀を押し戴くように受け取った。


奉納刀の鎺《はばき》や白鞘が仕上がり、桐箱に入れて届けられたのは九月の始めのことだった。宗明は無理をして、奉納日に間に合わせてくれたらしい。

「葉瑠、枚聞神社に太刀を奉納しに行くんだが、一緒に行かぬか」

菊麻呂は葉瑠に声をかけた。夫婦《めおと》になって九年になるが、清水の隠れ里に帰る以外、二人で遠出した記憶は一度もなかった。菊麻呂にとっては、それほど忙しい九年間であった。

「歩いて行くのですか」

「いや、谷山から山川まで船で行くつもりだ。山川から枚聞神社までは陸路だが、そう遠くはないそうだ。神社の近くには筑紫島《つくしのしま》で一番大きい池田湖という湖があるそうだから、ついでに見物して来ようではないか。葉瑠は温泉にも入ったことはないだろう。あの辺りには温泉も湧いているそうだから、この際、のんびりと浸かって来ようか」

葉瑠は開聞岳や池田湖を見たことはない。温泉に入浴したこともなかった。今回の枚聞神社への旅は、永年、献身的に連れ添ってくれた葉瑠への、菊麻呂の感謝の念が思い立たせたのかもしれなかった。

「いつ行かれるんですか」

「枚聞神社の大祭の日に奉納するつもりだから、前の日に立とうではないか」

「わかりました。今から楽しみです」

葉瑠が娘のような笑顔を見せた。奉納する太刀の準備はできたし、あとはその日の来るのを待つだけだった。


九月八日は秋晴れの気持ちのよい日であった。菊麻呂と葉瑠は谷山の松崎の河口を船出し、山川へ向かった。九年前、谷山で初めて鍛えた太刀を高城の宗明のもとへ持参したが、その時の船よりはひとまわり小さい船であった。

山川浦が近づくと、湾奥の絶壁の彼方に開聞岳《ひらききがたけ》の頂部が顔をのぞかせていた。二人は船酔いする間もなく山川で船を下りると、湾の南側の七曲がり坂を登った。峠を越えると、原野の向こうに円錐形のみごとな開聞岳が鎮座していた。菊麻呂は葉瑠に海に浮かぶ開聞岳を見せたかったので、開聞岳の麓にある川尻浦を経て枚聞神社に向かうことにした。

「わぁー、何て美しい景色でしょう。雄々しい桜島と違って、何とも優しげな山ね」

海沿いの松林の向こうに、開聞岳が半ば海に浮かんでいた。鹿児島湾と違い、外洋に面した海には長い周期のうねりがあり、紺碧の海に緑に包まれた円錐形の岳がそびえていた。

「そうだな。それほど高くもないのに、まわりに山が無いせいで、実に人目を惹く山だ。この山は今から百年ほど前に大噴火を起こしたのだそうだ。辺りは昼間でも真っ暗になり、夜は星も見えず、雷鳴が轟《とどろ》いて、石ころや砂が雨のように降り続いたとか。そのため開聞岳の周辺は石ころや砂が厚く積もって一時は不毛の地と化したそうだが、自然の営みとはすごいものだな。かつての大噴火の痕跡を、草木がすっかり覆い隠してしまっている」

菊麻呂は周囲を見まわしながら言った。

枚聞神社の一の鳥居をくぐると、明日の大祭を前に、氏子《うじこ》たちが祭りの準備に余念がなかった。二の鳥居の下に立つと、朱塗りの社殿の背後に圧倒的な存在感で開聞岳がそびえていた。まさに神の鎮座する岳を遥拝《ようはい》するために建てられた神社である。菊麻呂夫婦は参詣を済ませると社務所《しゃむしょ》に顔を出した。

「宮司様にお会いしたいのだが」

菊麻呂は中にいた巫女《みこ》に声をかけた。

「しばらくお待ち下さい」

巫女は奥へ姿を消した。

「何か御用でしょうか」

宮司が姿を現した。

「私は谷山の刀鍛冶で行安と申します。刀を奉納しに参りました。お納め願えませんでしょうか」

「谷山の行安殿！　あの一条天皇の守り刀を鍛えられたという」

「そうですが……どうして私のことをご存じなのです」

「谿山《たにやま》の郡司殿に伺いました」

「久佐宇志麻《くさうしま》様に」

「ええ、そうです。久佐殿がこちらに来られた時、行安殿のことが話題にのぼったものですから」

「そうでございましたか」

谿山の郡司は、かつて頴娃郡一体に割拠していた衣君《えいのきみ》の支族の末裔である。先祖代々、開聞岳を神奈備山として崇めている久佐家は、今でも枚聞神社に毎年多大な寄進を続けていた。

「まあ、ここでは何ですからどうぞお上がり下さい。妻女殿もお疲れになったでしょう」

二人は社務所の一室に通された。

「私が谷山に根をおろして、ちょうど十年になるのを機会に、刀の奉納を思い立ったしだいです。精魂込めて打ち上げた太刀ですので、どうぞお納め下さい」

菊麻呂はそう言って、持参した刀箱を宮司の前に置いた。

「この神社は朝廷の崇拝も厚く、開聞岳の噴火によって遷宮《せんぐう》をよぎなくされた折りには、手厚い援助もいただきました。その朝廷とご縁のある行安殿に太刀を奉納していただけるとは、この上なく有り難いことです。喜んでお受けいたします」

「薩摩の国の一宮に奉納を許され、私の方こそ光栄に存じます」

「明日は大祭のため神事も立て込んでおります。早朝に奉納の儀を執り行いたいと思いますが、よろしいでしょうか」

「お忙しい時にご面倒をおかけいたします」

「今夜は当社でごゆるりとおくつろぎ下さい」

菊麻呂夫婦は神社に泊めてもらうことになり、翌日に太刀を奉納することになった。


大祭の日の朝、神社の境内はまだ静けさに満ちていた。白装束に身を包んだ宮司を先頭に、太刀の入った箱を捧げ持った菊麻呂と葉瑠が後に続いた。

「おぉおぉ〜、おしおし」

拝殿に入る前に、突然、宮司がみさきばらいの声を発した。神前へ供物《くもつ》を奉る時などに発する祓い清めの声である。

(狗吠《くはい》ではないか!)

宮司の発した警蹕《けいひつ》の声は、初めの部分が隼人の狗吠にそっくりであった。菊麻呂は葉瑠の貌を見た。葉瑠もそう感じたらしかった。

太刀は宮司の厳かな祝詞《のりと》の声とともに、本殿の神に捧げられた。

「先ほど宮司殿が発せられた警蹕の声は、隼人の狗吠によく似ております」

本殿を退出した後、菊麻呂が宮司に言った。

「狗吠をご存じですか」

「存じているもなにも、私はかつて隼人司《はやとのつかさ》にいた時分、狗吠の役を命ぜられておりました」

「それはまた奇遇な」

「あまりにも警蹕の声と狗吠が似ているので驚いたしだいです」

「それも無理からぬことかもしれませんな。開聞岳はその昔、この辺一帯に勢力を持っていた隼人の一族衣君《えいのきみ》が、神奈備山として崇めていた山。それを祀る当社に隼人の狗吠が残されていても不思議ではありませんな。私は古来の作法をただ受け継いでいるにすぎませんので、特に意識したことはありませんでしたが、狗吠を経験された方にそう指摘されればそうなのでしょう」

菊麻呂にとって、その日は懐かしいものに出逢った日であった。

枚聞神社を後にする時、境内は賑やかになり囃《はや》しの音色も響いていた。二人はそのまま近くの池田湖へ向かった。

「何という大きな湖なんだ」

鏡のような水面に、開聞岳が逆さに映っていた。二人は初めて見る珍しい景観に心を奪われ、しばらく湖畔に立ちつくしていた。

二人はその夜は揖宿《いぶすき》神社に泊まった。揖宿神社は開聞岳の噴火で枚聞神社が災禍を被った際、再建されるまでの間、この地に避難遷宮《ひなんせんぐう》されていた歴史がある。二人は枚聞神社の添え文を持って、一泊させてもらったのである。

揖宿神社の近くに、温泉が湧き出ている場所があった。

「地下からお湯が湧き出て来るなんて、何とも不思議ですね」

冬場の寒い時期以外、隠れ里の豊富な川の流れで沐浴《もくよく》するのが習いだった葉瑠にとって、温泉に浸かるのは初めての経験であった。

翌日、二人は陸路谷山に戻った。

三

長保《ちょうほう》元年（九九九）三月、富士山が大噴火を起こした。平安京にその報告がもたらされたのは三月七日のことであった。都では陰陽師《おんみょうじ》の安倍晴明《あべのせいめい》らによって占いがなされ、兵乱や疫病の前兆と恐れられた。その情報が薩摩に伝えられ、菊麻呂らが知ることになったのは三月も末、桜の季節も終わった頃だった。

「富士山が大爆発を起こしたそうだ」

薩摩の地にあっては、富士山といえども認知度は低い。ましてや桜島の噴火を見慣れている谷山の人々には、山が爆発したと聞いても日常茶飯の事、何ら驚くに足りなかった。菊麻呂は富士山を見たことはなかったが、日本で一番美しく高い山だということは知っていた。その山に起きた異変が、宗近の運命を変えたのである。

「郡衙《ぐんが》に出頭するように」

五月の初旬、鍛冶場で鍛錬の最中だった宗近に呼び出しがかかった。

「何の用かわかりませんが、出かけてもよろしいですか」

宗近が菊麻呂に許可を求めた。流罪の身の宗近は、定期的に郡衙に呼び出され、対面点呼に応じなければならなかった。それはつい最近終えたばかりだったので、今回の呼び出しの目的は不明であった。

「難しい話でなければよいですが」

菊麻呂はそう言って宗近を送り出した。

一刻（二時間）ほどすると、宗近が郡衙から駆け戻って来た。顔中玉の汗を浮かべていた。

「いったいどうしました？」

菊麻呂が息を弾ませている宗近に訊ねた。

「赦免になりました。都に帰京することになりました」

宗近が喘ぐように応えた。

「ほう、それはよかったですね！」

「富士山のお陰です」

「富士山の？　何のことです」

宗近がおかしなことを口にした。

「富士山が噴火したため、悪いことの前触れと恐れた朝廷が、罪人に恩赦を行ったのです」

「そういうことですか。とにかくよかったではないですか」

宗近に花山法皇奉射《ほうしや》を命じた藤原隆家は出雲権守《いずものごんのかみ》に左遷されたが、事件のあった翌年には召還され、長徳《ちょうとく》四年（九九八）には兵部卿に任じられていた。事件の元凶たる藤原伊周《これちか》も大宰権帥《だざいのごんのそち》に左遷された後、翌年には罪科を赦され帰洛していた。主人に命じられるまま、法皇に矢を射た宗近のみが流罪のままだったので、赦免は遅きに失した感があった。

しかし、そのお陰で、宗近は菊麻呂の鍛冶場で鍛刀の腕を磨くことができたのである。まさに災い転じて福となすであった。宗近が菊麻呂の鍛冶場に来て三年の月日が流れていた。このわずかな間に、宗近の鍛冶の腕はめざましく進歩し、菊麻呂を凌駕するほどになっていた。流罪の身という逆境にもめげず、それを撥ねのけようと精進したことにもよるが、生まれ持った天与の才によるところが大きかった。

「世の中、何が幸いするかわかりません。矢を射かけた相手が法皇様と知った時には、腰を抜かすくらい驚きましたが、こうして遠流《おんる》の地で行安様と出逢い、自分の生きる目標を見つけることができました。谷山で暮らした三年間は、私の人生のなかで最もかけがえのない期間だったと思います。今後の身の振り方は都に帰ってみなければわかりませんが、私としてはこれからも刀鍛冶の道を究めていきたいと思います」

宗近は訥々《とつとつ》と胸のうちを語った。

「天国《あまくに》様も申しておられたが、宗近さんには生まれ持った鍛冶の才がある。これからも刀鍛冶として生きることが、最良の道だと思います」

過去に鍛冶の道を断念せざるを得なかった宗近である。菊麻呂は宗近に二度と鎚を手放して欲しくないと思った。

「まだ未熟者ですが、ここを去るにあたって師から鍛冶名をたまわりとうございます。将来師の名を汚さぬほどに腕をあげることができたら、その鍛冶名を名乗りたいと思います」

菊麻呂はこれまで宗近を弟子として扱ったことはない。あくまで客人である。宗近も鍛冶場で働くようになってからは、天国の鍛冶場で兄弟子だったにもかかわらず、決して対等な物言いをすることはなく、周囲には行安の弟子を名乗っていた。菊麻呂にはそのことが面映《おもは》ゆくもあったが、宗近の気のすむようにさせていた。

その宗近が都に立つ前日、菊麻呂に自分から鍛冶名の授与を求めたのである。少々節度をわきまえない言動であったが、宗近にして見れば、おそらく二度と逢うことはないであろう菊麻呂から、ぜひとも鍛冶名を授けてもらいたかったのである。しかし、菊麻呂は宗近の切なる希望に応じることはなかった。

「宗近さんには刀鍛冶として天与の才が備わっています。これからも精進を重ねるならば、近い将来、必ずや一流一派をなす人です。そのようになった時、みずから好きな鍛冶名を名乗るのがよいでしょう。かくいう私も、師の天国様から国の一字を授かり、正国と名乗っていた時期がありましたが、期するところがあって波平行安を名乗るようになりました。宗近さんが並の刀鍛冶なら、喜んで私の鍛冶名の一字を授けますが、宗近さんは出藍《しゅつらん》の誉《ほまれ》を地でいく人ですから、それは無用のことと思います」

そう言って菊麻呂は宗近の要望を断ったのである。短い間ではあったが兄弟子と仰ぎ見た宗近に、心のどこかに遠慮があったのも事実である。

宗近はそれからまもなくして、任を解かれて帰京する薩摩国府の官吏の一行に加わるため、谷山を去って行った。

四

初め部落の中に一軒しかなかった鍛冶場は、「行仁《ゆきひと》」、「行忍《ゆきもと》」、少し遅れて恒世《つねよ》に「安則《やすのり》」の鍛冶名を与えて鍛冶場を持たせたため、今では四軒の鍛冶場が軒を並べるようになっていた。それにつれて一帯は人の数も増え、波平行安にちなんで波之平部落と呼ばれるようになっていた。狭小な田畑の点在する寒村だった波之平の地には、蛙や鳥の鳴き声に代わって、鉄を鍛錬する鎚音がかまびすしく響き渡るようになっていた。それはひとえに菊麻呂の働きによるが、谷山の郡司が刀鍛冶たちを手厚く保護してくれた功績も大きかった。

長保《ちょうほう》四年（一〇〇二）の新緑の頃だった。拵え屋の宗明が二人の男を伴い、頼んであった数振りの太刀を持って菊麻呂の鍛冶場を訪れた。二人は鍔《つば》や鎺《はばき》などを手がける金工の実俊《さねとし》と宗次郎《そうじろう》であった。菊麻呂が谷山で初めて太刀を鍛えてから十四年の歳月が流れていたが、いまだに打ち上げた刀身を高《た》城《き》に送り届け、拵えを作ってもらう状況に変わりはなかった。菊麻呂は二人とはもちろん面識のある間柄である。

「行安殿、今日は刀を届けるついでに、相談事があって参りました」

宗明は草鞋《わらじ》を脱ぐなり菊麻呂に言った。

「相談とは……」

「行安殿はじめ一門の方々のお陰で、私たちの仕事の大半が、この波之平に関《かか》わるものとなりました。しかし高城と谷山、この二つの地はあまりにも距離がありすぎます。今のままではお互い何かと不自由でございます」

　宗明の言うとおりであった。谷山と高城を行き来するには、三つの経路があった。直接陸路をたどる方、薩摩半島沿岸を船でめぐる方、もう一つは谷山から鹿児島湾湾奥にある大隅国府まで船を利用し、大隅国府のある府中から薩摩国府のある高城まで陸路で行く方である。いずれの経路も途中で一泊を余儀なくされた。谷山の郡司のはからいで、菊麻呂はよく薩摩半島を回る船便を利用させてもらっていたが、船便は日和《ひより》に恵まれれば二日の行程であったが、そうでなければ陸路より日数がかかることがたびたびだった。

「そこで我ら三人で語らったのですが、この谷山に仕事場を移す時期にきているのでは、との結論に達しました」

　宗明はそこで一呼吸置き、菊麻呂を見つめた。菊麻呂の意見を求めている顔である。

「そう願えればまことに有り難いですが」

　菊麻呂がこの地に鍛冶場を築いて以来、常に脳裡から離れなかった懸案である。

「しかし我々が急に仕事をたたんで谷山に移住することは、薩摩の国司様がなかなかお認めにはなりますまい。高城にもそれなりの需要がありますから」

「そうでしょうな」

「そこで考えたのですが、私と宗次郎は高城の仕事場を息子に継がせ、隠居という形で谷山に移住しようかと思っています。実俊には優秀な弟子がいますので、その者に任せるそうです。そうすれば高城の需要にも応えることができます」

「それはますます結構なお話です。技を究めたお方がたが、谷山に来ていただければ、この上もなく仕事がはかどります。刀は刀鍛冶が作りますが、それだけでは何の役にも立ちません。あなた方の作られた鞘や鍔や諸々の金具をまとって、はじめて使いものになります」

「こちらの郡司様は私どもの仕事にひどく理解のある方と、行安殿から聞き及んでおりますが、我々の波之平移住にあたって、便宜をはかっていただけないものでしょうか。その仲立ちを行安殿にお願いできないものかと考え、こうして三人うちそろって参りました」

「そのようなことでしたら、郡司様は諸手をあげて歓迎なさるかと。私の弟子たちも、独立にあたっては世話になっております。この話、さっそく郡司様に申し上げてみましょう」

菊麻呂は宗明らの頼み事を快諾し、さっそく三人を郡司に引き合わせた。

「わしは行安がこの地に鍛冶場を築きたいと申した時、一粒の種を播くつもりで受け入れたが、正直これほどまでに育ってくれるとは思ってもみなかった。そして今度はお主たちが現れた。これでいよいよこの谷山の地が、刀剣生産の拠点としての体裁を整えることができる。波之平部落の一角に、それぞれが仕事場を構えることができるよう、土地をあてがってつかわす。一日でも早く仕事場を築き、高城から移って来られよ」

郡司は一も二もなく高城からの来訪者の話に乗った。

宗明らの谷山移住の話はとんとん拍子に進み、その年の秋口になると三人は波之平でさっそく仕事を始めていた。そして彼らの移住が呼び水になり、波之平部落を南北に貫く道沿いには、鞘、鍔、鎺《はばき》、組紐といった刀装関連の看板が次々と掲げられていった。その中には研ぎの看板もあった。これまで打ちおろした刀は、刀鍛冶が研いでいたが、地方にあっても専門の研ぎを生業《なりわい》とするものが現れたのである。これらの職人の中には、隣国の大隅辺りからも移住して来る者さえあった。こうして波之平の地は、着々と薩摩の刀剣産地としての地歩を固めていったのである。

第九章　磨崖仏

一

寛弘《かんこう》三年（一〇〇六）四月二日の深夜のことだった。葉瑠《はる》は近所の犬のけたたましい鳴き声で目が醒めた。家の外が騒々しく、何やら人の喚《わめ》き声も聞こえた。葉瑠はただならぬ気配を感じた。

「あなた、起きて下さい」

葉瑠は隣で寝息を立てている菊麻呂を揺り起こした。

「どうした……」

昼間の力仕事の疲れで熟睡していた菊麻呂が、迷惑そうな声を出した。

「外の様子が変です。火事でも起きたのではないでしょうか」

「火事だって！」

菊麻呂が寝床から跳ね起きるのと同時に、家の出入り口の戸が激しく叩かれた。

「父さん、起きてくれ。大変だ」

弟子部屋で寝起きしている峰彦の声だった。うわずった声の調子から、何かよからぬ事が起きたらしい。菊麻呂夫婦は慌てて床を抜け出した。

「南の空に大変なことが起きている」

戸を開けた途端に、峰彦が大声を浴びせてきた。二人が心配した火事ではなさそうだった。

「何事だ？」

「とにかく外に出てみてくれ」

菊麻呂は葉瑠と顔を見合わせ、急いで峰彦の後に続いた。いつもなら村は寝静まっている刻限であるが、あちこちの家に灯りがついていて、近くの辻には人が寄り集まって声高《こわだか》に話しているのも見うけられた。月は夕暮れとともに沈み、星のみが瞬く深夜のはずであったが、周囲はまるで煌々《こうこう》と冴える満月の光を浴びているかのような光景であった。

「ほら、あそこ」

峰彦は見晴らしのよい道端に出ると、南西の方角を指さした。菊麻呂夫婦もそちらの方に視線を向けた。低い山並みの稜線近くで、満月ほどもある火の玉が、青白い光を放っていた。目も眩むような明るさである。

「何だ、あれは！」

これまで見たこともない怪しい火球に、菊麻呂は戦慄《せんりつ》を覚えた。

「お月様が燃えているんじゃないの！」

葉瑠が突拍子もないことを口にした。見る者の心の平静を乱さずにはおかない異様な輝きである。

「月なもんか。月があんな低い所に見えるわけがない。それに新月になったばかりだ」

峰彦が強く否定した。南の空には赤星《あかほし》（アンタレス）と、すぐその上にある火星が、ほぼ縦に並んで見えたが、その西側の赤星と同じくらいの高度に出現した火の玉によって、その存在すらうすぼんやりとしたものになっていた。くっきりと浮かび上がった稜線の上に見えているから人為的な火などではなく、明らかに天文現象と思われた。

「客星《かくせい》か……」

客星とは天空に一時的に現れる見慣れない星のことである。菊麻呂は十七年ほど前、ちょうど谷山に鍛冶場を築いた翌年のことだったが、突如現れた箒星《ほうきぼし》に遭遇した経験があった。箒星の出現はゆゆしき大事件とされ、永延《えいえん》三年は永祚《えいそ》元年と改元されたほどであった。

(あの時現れた箒星は長い尾を引いていたが……今見えている正体不明の明かりは、箒星とは似ても似つかぬものだ。葉瑠が言ったように、まるで満月が燃えているようだ)

菊麻呂は遠い記憶を呼び覚ましながら立ちつくしていた。

「天変地異《てんぺんちい》の前触れでなければよいのですが」

葉瑠が鳥肌立った両腕をこすりながら、震える声で呟いた。

「大丈夫だ。前に箒星が現れた時も、改元までして大騒ぎだったが何も起こらなかったではないか。あまり心配しない方がよい」

菊麻呂はそうは言ったものの、今、稜線の上でおどろおどろしい光を放っている怪火《かいか》は、以前見た箒星などとは比較にならないほど、異様な天文現象であった。菊麻呂の胸にも言いしれぬ不安が兆《きざ》していた。

「しだいに明るさを増していますね」

葉瑠の瞳に青白い火球が宿っていた。さきほどまで見えていた赤色の火星も、かき消されたように失せてしまっていた。菊麻呂が辺りを見まわすと、まるで月明かりに照らされたように、周囲の立ち木や家に濃い影ができていた。

菊麻呂らは時の経つのも忘れ、妖しい火球を見つめていた。それは、やがて月が沈むように山の向こうに消えていった。


翌朝、菊麻呂が目を覚ました時、いつもなら先に起きて朝餉《あさげ》の支度をしている葉瑠が、まだ寝床で横になっていた。菊麻呂は昨夜の異様な天文現象を想い出した。客星らしき天体が姿を消し、ふたたび寝床に入った後も、二人はなかなか眠つかれなかった。

「何かよからぬ事が起きなければいいのですが」

葉瑠は何度も同じ言葉をくりかえした。二人はまんじりともせず一夜を明かしたが、明け方になってようやく寝入ったらしい。

(夕べ寝付かれなかったから、そのせいだろう。起こしてやるか)

「どうした葉瑠、起きないのか」

菊麻呂が葉瑠に声をかけ、その顔をのぞきこむと、額に寝汗を滲ませていた。

「葉瑠、すごい汗じゃないか！」

「ごめんなさい、今朝、気分がすぐれないのです」

「夕べ、夜露にあたったのが悪かったか」

「そうかもしれません」

「今日は寝ていたらいい。あとで粥《かゆ》でも作ってやる」

「すみませんね」

それが葉瑠の病の始まりだった。なかなか熱も下がらず、喘ぐような息をするようになった。里中《さとなか》医《い》（民間の医師）を呼んで診てもらったが、病名も皆目わからなかった。

青白く輝く大客星《だいかくせい》は、夜ごとに南西の空に輝き続けるようになった。夜間でも文字が読めるほどの明るさで、晴天の日など日中でも見えることがあった。

（あれはやはり凶星《きょうせい》だ。葉瑠に不幸をもたらした）

菊麻呂は不吉な星を呪《のろ》わずにはいられなかった。

「あの星はどうなりました」

葉瑠が毎日のように客星のことを訊ねるようになった。

「相変わらずだ……」

菊麻呂は客星のことを訊かれるたびに心が痛んだ。葉瑠の病が快癒するためにも、早く消え去ってくれればと願わずにはいられなかった。

「モモがお前の顔を見ないので寂しそうだぞ。早くよくなって元気な姿を見せてやらねば」

菊麻呂はそう言って葉瑠を励ますのだった。

発病当初は凄艶《せいえん》な美貌をたたえていた葉瑠の貌も、やがてやつれの色が目立つようになり、食べ物も受け付けなくなっていった。その頃からであった。夜になり客星が姿を現す頃になると、菊麻呂の家の庭から、犬の吠え声が聞こえるようになった。

（行安様の家では犬は飼われていないはずだが？）

近所の人たちは訝《いぶか》った。

犬の声の正体は狗吠《くはい》だった。いっこうに回復しない葉瑠の病状を見かねた菊麻呂が、藁にもすがる想いで狗吠を発していたのだった。

(隼人の狗吠が悪霊退散の呪声《じゆせい》だと信じ、俺は必死に練習に打ち込んだではないか。ひょっとしたらあの苦しかった日々は、今日のために あったのかもしれない)

菊麻呂は不吉な客星に向かって夜な夜な吠え続けた。

「行安様はおかしくなったのではないか？」

隼人の本国である薩摩、大隅でも、狗吠という言葉自体、死語になりかけていた。菊麻呂の行為の意味するところを理解できる人は、今では数えるほどになっていた。

「父さん、客星が夜ごとに輝きを失っているように見える。狗吠が効いているのかもしれない」

峰彦が声を弾ませて言った。そのことは毎晩客星と対峙している菊麻呂が一番よくわかっていた。

客星は出現してから十日ほどでその輝きが最大になった後、それまで青白かった色がしだいに橙色に変化し、それとともに明るさが減少していた。だが、客星が輝きを失うにつれ、葉瑠の貌からもしだいに精気がなくなっていた。菊麻呂は最愛の妻の貌に、死相を見るようになっていた。

(客星が消えるのが先か、葉瑠の命が尽きるのが先か。客星が先に消えたら、葉瑠の命は助かるかもしれない)

菊麻呂はそう願いながら、夜ごとに吠え続けていたのである。

客星はますます輝きを失い、しだいに赤みがかった星になっていた。火星ほどの大きさである。

「清水の蛍をもう一度見てみたかった」

葉瑠が虫の息の中で菊麻呂に呟いた。葉瑠の枕元には峰彦と、従弟の行仁《ゆきひと》こと須加夫婦も顔をそろえていた。

「見られるさ。来年になったら見に行こう」

葉瑠の右手を握り締めながら、菊麻呂が力強く言った。

葉瑠が微かに笑みを浮かべると、その頬を一筋の涙が伝った。菊麻呂がその痕跡を目で追っていると、突然、葉瑠の貌が力なく崩れた。

「葉瑠……」

「母さん」

二人の声が部屋に響いた。

葉瑠は発病から三ヶ月後、菊麻呂の連夜の狗吠も虚しく、静かに息を引き取ったのである。享年三十六歳の若さであった。葉瑠を失った菊麻呂の嘆きはたとえようもなかった。不思議なことに、その夜から、それまで輝き続けていた客星が、南天の夜空から跡形もなく消え去っていた。

（あの星は葉瑠の死に際の、命の輝きだったのかもしれない）

菊麻呂はそう思わずにはいられなかった。

葉瑠の死から数日経った日のことだった。菊麻呂が葉瑠がかわいがっていた鹿に餌を与えに行くと、モモは丸まった格好で寝ていた。もう二十近い老齢である。最近では歩くのもままならない状態であった。

「おい、餌を持って来たぞ」

菊麻呂がモモに呼びかけても、反応がなかった。

「おい、どうした！」

　菊麻呂が心配になって近寄ってみると、モモは呼吸をしていなかった。体に手を当てると冷たい感触が返ってきた。

「お前まで……」

　菊麻呂は絶句して、冷たくなった鹿の体をなで続けた。モモはまるで葉瑠の後を追うように旅立ったのである。

二

　葉瑠が亡くなった時、菊麻呂は四十一歳、一粒種の峰彦はまだ十七であった。峰彦はいずれ「行安」の鍛冶名を継ぎ、波之平部落の長《おさ》となるべき運命《さだめ》であった。まだ十にもならない頃より鍛冶の道に入り、今では十年の経験があり一人前の腕があったが、菊麻呂はなお一層の技量向上を求めて厳しく修業させていた。

　葉瑠が亡くなった翌年の四月のことだった。夕方、菊麻呂が庭に出ると、峰彦が庭に立って南の方角を見つめていた。

「どうした、峰彦？」

　菊麻呂が息子に声をかけた。

「去年の今頃でしたね。あの凶星《きょうせい》が現れたのは」

「そうだったな」

　菊麻呂はあれから一年経ったのかと思った。時の移ろいは速い。

「あの星の出た方角に枚聞《ひらきき》神社はあるんですね」

「ああ、また何でそんなことを……」

「父さんが枚聞神社に刀を奉納したのは、ちょうど十年前でしたね。私が八歳の時でした」

「もうそんなになるか」

「父さんと母さんが二人とも家を留守にしたのは初めてだったのでよく覚えています」

「そうか……」

「父さんはなぜ枚聞神社に刀を奉納なさったんですか」

「そうだな……母さんはお前を産んでから、二度の流産に見舞われた。できればお前に兄弟を作ってやりたいというのが一つ。もう一つは、父さんが大和から薩摩に下って来て十年の歳月が流れていたので、けじめのよいところで奉納を思い立ったのだ」

「そうでしたか」

「それがどうかしたのか」

「まだ薩摩の国の一の宮に行ったことがありません。考えてみれば父さんが枚聞神社に刀を奉納しに行った年より、父さんから鍛冶の手ほどきを受け始めました。今ではどうにか父さんの代作もこなせるようになりました。これから先、刀鍛冶として大成できるよう、枚聞神社に願掛けに行こうかと思い始めたのです。刀を奉納するのはまだ早いでしょうか」

「刀の奉納か。早いことはないだろう。お前の鍛えた刀なら、神様も受け入れて下さるであろう」

「それでは奉納刀を鍛えてもよろしいですか」

「もちろんだ。確か枚聞神社の大祭は毎年九月九日と定められていたはずだ。今から鍛えれば……今年の大祭までは五ヶ月あるから十分間に合うぞ」

「わかりました。波平行安の息子として、恥じることのない刀を鍛えてみせます」

昨年、凶星の瞬いていた辺りには上弦の月が輝いていた。


翌日から、普段の仕事の合間に峰彦の奉納刀作りが始まった。菊麻呂は一切口だしせず、ただそれとなく見守っているだけであった。最初の一振りは焼き入れで少し傷が出たらしかった。神に捧げる特別な刀ということで、菊麻呂の目には峰彦が気負っているように見えていた。

「神に捧げる刀も、普段作っている刀も、何も変わるところはないのだぞ。どのような刀であろうと、持てる力をあるだけ注ぎ込め。奉納刀だからと言って、特別視するな。平常心で鍛えよ」

菊麻呂は、峰彦にそう助言したのだった。

峰彦がふたたび焼き入れし、自分で研ぎ上げた刀を菊麻呂のもとに持参したのは、七月の中旬であった。

「見ていただきたいのですが」

「出来たか」

菊麻呂は太刀を受け取り、目を走らせた。奉納刀ということで、常の作よりいくぶん長寸である。姿も、鍛えも、焼きも破綻《はたん》なく仕上がっていた。

（息子が薩摩一の宮に太刀を奉納するという。親の欲目かもしれぬが、よくできた刀だ。親馬鹿ならこの辺りで二代目行安の鍛冶名を与え、中心《なかご》に行安の銘を刻ませるところだろうが、それにはまだ少し早すぎる。波之平の長《おさ》となるべき峰彦には、もう少し修業を積ませた方がよかろう）

菊麻呂はそう心を定めた。

「峰彦にはまだ鍛冶名がない故、銘は切らずともよい。すぐに拵え屋に頼んで、白鞘と鎺《はばき》、それに刀を入れる箱を作ってもらえ。少し急がせないと枚聞《ひらきき》神社の大祭には間に合わぬぞ」

「はい」

峰彦は嬉しそうに返事をした。


奉納刀は九月の初旬にはすべて準備が整った。枚聞神社へは親子二人で出かけることになった。以前、葉瑠と出かけた時と違い、谷山から山川への船便に恵まれなかったため、二人は陸路で枚聞神社に向かうことになった。

九月八日、菊麻呂親子はまだ薄暗いうちに谷山を立った。鹿児島湾沿いに南下し、途中、池田湖の湖畔を通った。峰彦は池田湖を見るのは初めてであった。鏡のように鎮まった湖面に、開聞岳が逆さになって映っていた。

(十年前、葉瑠と眺めた光景と何ら変わっていない)

ありし日、二人で感嘆した景観を前にして、菊麻呂の胸を感傷が襲っていた。

枚聞神社の一の鳥居をくぐったのは夕方近くであった。境内には色とりどりの幟旗《のぼりばた》がはためき、笛や太鼓などの囃子《はやし》の音も響き、大祭前日の華やいだ雰囲気に包まれていた。

十年前、菊麻呂が刀の奉納に訪れた時、応対してくれた宮司は健在だった。菊麻呂のことを覚えていて、親子二代にわたって太刀を奉納しに来てくれた来訪者を歓迎し、一夜の宿を提供してくれた。

奉納は翌朝ということに決まった。

陽が沈むのを待って、かがり火の焚かれた境内で、二人の巫女《みこ》によって舞が奉納された。千早《ちはや》に緋袴《ひばかま》、白足袋《しろたび》の装いに、きらびやかな頭飾りをつけ、神楽鈴《かぐらすず》と扇を手にして二人は舞った。菊麻呂親子もそれを観賞していた。

（葉瑠の若い頃にそっくりな娘だ！）

巫女の一人が、菊麻呂も驚くほど、葉瑠に似ていた。菊麻呂は思わず傍らの峰彦を振り返った。息子の同意を得たかったのだ。峰彦は父親に顔を覗き込まれているのも気づかぬほど、熱心に巫女舞を凝視し続けていた。鳴り物が止み、舞が終わった。

「母さんにそっくりな巫女がいたな」

「……」

菊麻呂の問いかけに峰彦は何も応えなかった。

翌朝、神前で奉納刀の奉納の儀が執り行われた。十年前と同じく、狗吠に似た警蹕《けいひつ》の声が響いた。

「おぉぉぉ〜、おしおし」

それを聞くと、菊麻呂は夜ごとに凶星に向かって吠え続けた日々のことが想い起こされた。菊麻呂の発した狗吠は、葉瑠の病を快癒《かいゆ》させることはできなかった。そして今、かつて葉瑠とともに座った拝殿の板間には、息子の峰彦がかしこまっていた。菊麻呂の胸一杯に、無常感が広がっていた。

宮司が奉納刀を恭しく神殿に納め、いつのまにか儀式は滞りなく終わっていた。奉納を終えた二人は社務所に案内され、もてなしを受けた。その時、白湯《さゆ》と菓子を運んで来た巫女が、昨夜、巫女舞を踊った葉瑠似の娘であった。

「昨夜の舞はみごとでしたな」

菊麻呂が巫女に声をかけた。娘ははにかんだように微笑み、頭を下げて出て行った。

「宮司殿の娘さんですか」

菊麻呂が訊いた。

「いや、私の姪御《めいご》のちどりです。私には男の子しかおらぬので、巫女を手伝ってもらっております」

「そうですか。美しい娘さんですな。昨夜は巫女舞《みこまい》を見て、年甲斐も無く見とれてしまいましたぞ。色々と引く手あまたでしょう」

「まあ、年頃ですから。……ところでこれからどうなさいます。今日は大祭なので私はお相手できませんが、今夜もお泊まりになって構いませんよ」

宮司は遠来の客を気遣ってくれた。

「せっかくここまで来たのですから、これから開聞岳《ひらききがたけ》に登ってみようかと思っております。さあ、登って来い、と言わんばかりにそびえている山を見ると、頂きをきわめてみたくなりました。その後は、山川浦へ出て温泉にでも浸かり、船便があればそれで谷山に帰ろうと思っております」

「おう、是非そうなされよ。山頂からの眺めは絶景ですぞ」

宮司は開聞岳の登山口の場所や、登頂に要する時間などを細々と語ってくれた。

「それではこれで失礼いたします」

「こちらこそありがとうございました」

宮司は一の鳥居を出た所まで、菊麻呂親子を丁重に見送ってくれた。その傍らには、葉瑠に似た巫女の姿もあった。

開聞岳の登山道は、岳の北麓に始まり、円錐形の山を右回りに螺旋《らせん》を描くように続いていた。滑りやすいさざれ石の麓から、登るに従い岩が多くなっていった。仁和《にんな》元年（八八五）八月の最後の大噴火から百二十年ほどが経ち、噴火の痕跡はほとんど見られなくなっていた。

菊麻呂の後に続く峰彦は終始無言であった。開聞岳は修験の山である。時折、修験者と出逢ったが、その時に挨拶を交わす以外、峰彦は黙りこくったままであった。

菊麻呂は初めて葉瑠に出逢った時のことを想った。隠れ里の大きな桜の下だった。霏々《ひひ》と舞う花びらの中に現れた葉瑠は、まさに木花咲耶姫《このはなさくやひめ》その人だった。その時の自分の心境を想い起こすと、急に寡黙になった息子の心中が痛いほどわかった。峰彦は美しい巫女に、すっかり心を奪われてしまったのだろう。

頂上に立つと全周が見渡せた。山裾を見おろすと、南半分は海、北半分は陸地である。池田湖のはるか彼方に桜島も望めた。峰彦はそのような壮大な景観には目もくれず、頂上の岩の上に仁王立ちになって、ひたすら眼下の一点を見つめていた。そこにはこんもりと緑に囲まれた枚聞神社の杜《もり》があり、朱塗りの社殿が木々の合間からのぞいていた。

（峰彦も今年で十八か。そろそろ嫁をもらってやらねば）

菊麻呂は峰彦の横顔を見つめながら、そのようなことを考えていた。

谷山に帰った峰彦は、いつもと変わらぬ様子で鍛冶仕事に取り組んでいた。

（何だ、枚聞《ひらきき》神社の巫女に懸想《けそう》したのではなかったのか……）

菊麻呂は自分の思い違いを恥じた。

峰彦は仕事が終わった後や休憩時などに、木を加工し始めた。材は黄楊《つげ》だった。清水の隠れ里へ里帰りした時、祖父の広龍《こうりゆう》からもらってきたものである。

「峰彦さん、何を作っているんですか」

鍛冶場の弟子たちに訊かれても、峰彦はただ黙って笑顔を見せるだけだった。

初め長方形の薄い板だった黄楊材は、鋸《のこぎり》や鉋《かんな》で半月状に形を変えていった。それを最終的な形に整えると、峰彦は弦側の直線部分を鋸で垂直に挽《ひ》き始めた。切れ目と切れ目の間を可能な限り薄く挽いていった。

峰彦が作っていたのは黄楊櫛《つげぐし》だった。亡くなった葉瑠の実家は黄楊細工で生計を立てていた。峰彦は母と里帰りした折などに、隠れ里の細工場で祖父に黄楊の加工法を学んでいた。

歯を挽き終えると、峰彦は櫛に彫刻刀で鳥の姿を浮彫にし始めた。水辺で餌をついばむ二匹の千鳥の図である。櫛に彫りを終えた峰彦は、砥草《とくさ》で櫛の隅々まで磨き上げ、艶出しのため椿油に二日ほど漬け込んだ。峰彦は手作りの黄楊櫛が、枚聞神社で出逢った美しい巫女の翠髪《くろかみ》を梳《す》く日を夢見て作業を続けてきたのだった。

「二、三日、休みをもらえませんか」

黄楊櫛が仕上がった翌朝、峰彦は朝餉《あさげ》を終えて鍛冶場に向かおうとした父親に申し出た。九月も今日で終わりという日であった。

「休みを？」

峰彦が休みをくれなどと言い出したのは、これまでなかったことだった。

「何かあるのか……」

「枚聞神社に行って来たいのです」

「枚聞神社へ……」

何の用だと言いかけて、菊麻呂は口をつぐんだ。峰彦が神社に用があるとすれば、言わずもがなであった。峰彦は無言のまま、父親を見つめたままである。

「わかった、行って来い」

菊麻呂は息子の気迫に押された格好で、峰彦の枚聞神社行きを認めた。以心伝心《いしんでんしん》で通ずるとは、まさにこのことだった。

(俺は葉瑠に自分の想いを告げるのに一年も要したというのに、こいつめ、何とも思い切りのよい。いったい誰に似たんだ)

菊麻呂は苦笑いしながら、朝餉の膳を片付け始めた息子を見つめた。葉瑠の亡くなった後、食事の支度は峰彦がやっていた。


父親の許しを得た峰彦は、小さな葛籠《つづら》を背負って家を立った。旅の準備は数日前には終えていた。陽はすでに大隅半島の峰高く昇り、どんなに急いでも明るいうちに枚聞神社に着くのは無理に思えた。峰彦は南薩へと続く海沿いの道を急ぎ足で歩いた。

枚聞《ひらきき》神社で母に似た巫女《みこ》に逢ってから、二十日余りが過ぎていた。優美な巫女舞を見て、会釈を交わしただけの女であった。枚聞神社の宮司の姪であることと、名をちどりという以外は、女の歳すらも知らなかった。

枚聞神社の一の鳥居の前で別れて以来、寝ても醒めても峰彦の脳裡に浮かぶのは女の美しい貌であった。それは日を重ねるごとに、理想化されていき、峰彦をますます狂おしくさせていた。峰彦が異性に一目惚れしたのは、初めての経験であった。

峰彦が池田湖を見おろす高台に立ったのは、陽が落ちた直後だった。薄闇に包まれた湖面の彼方に、山の頂を残照に染められた開聞岳《ひらききがたけ》のたたずまいがあった。坂道を駆け足で下り、湖畔にたどり着いた時は、辺りはすっかり暗くなっていた。

湖畔の近くに名も知らない大樹が根を張っていた。峰彦は今夜はその木の下で野宿することにした。立冬《りっとう》も過ぎ、南国といえども冷え冷えとしていた。峰彦は持参した干物を食べ終えると、葛籠《つづら》の中から取りだした布にくるまり、木の根を枕に横になった。

月のない星月夜である。大気が澄んでいるのか、七つ星（昴《すばる》）の一つ一つを見分けることができた。枚聞神社までは十里（約五㌔）ほどの距離である。すぐ近くであの巫女が眠っているのかと想うと、峰彦はなかなか寝付かれなかった。

朝方、湖畔で餌をついばむ鴨の濁声《だみごえ》で目が醒めた。朝焼けに映える開聞岳が、狭霧《さぎり》の流れる湖面に影を落としているのが望めた。峰彦は水辺で顔を洗うと、ふたたび枚聞神社を目指し始めた。湖畔の急な坂道を登り終えると、開聞岳との距離が一気に縮まった。

しばらく歩くと枚聞神社の鎮守の杜《もり》が見えてきた。ここに来て峰彦は弱気になっていた。あれやこれやと考え始めると、気持ちが萎えそうになるのだった。

一の鳥居の前に立つと、社殿までの距離がずいぶんと長く感じられた。峰彦は大きく深呼吸した。（まずは宮司様に会って自分の気持ちを伝え、娘との仲立ちをお願いするのだ）

峰彦はこれからの段取りを確認するかのように心の中で呟いた。

峰彦は意を決して鳥居をくぐった。次いで二の鳥居。社殿の背後にそびえる開聞岳が異様に大きく感じられた。その時、峰彦は地面を掃く箒《ほうき》の音を聞いた。

（もしや……）

峰彦の予感は当たった。音のする方を見ると、白い小袖に緋袴《ひばかま》をはいた巫女が、境内の落葉を掃き集めていた。

（やはりあの人だ！）

枚聞神社の境内に足を踏み入れた時から、峰彦の胸は高鳴っていた。突然、目に飛び込んできた目当ての巫女の姿に、峰彦の心の臓は破れんばかりに鼓動を高めた。巫女が峰彦に気づいた。

「あら、この前の……」

たったそれだけの短い言葉だったが、男心をとろけさすような甘い声だった。峰彦が女の声を聞いたのは初めてであった。峰彦は声すら耳にしたことのない女に、胸のうちを告げようとしていたのだ。峰彦は思わず頭を下げた。頭の中がまっ白になっていた。心の準備ができておらず、巫女に何と言葉をかけてよいやら、にわかには思いつかなかった。

（この場所で二人きりで逢えたのも何かの縁かもしれない。思い切って、ここで自分の気持ちを打ち明けよう）

峰彦は咄嗟に決心した。

「この前は色々とお世話になりました」

「いえ、こちらこそ。宮司も立派な刀を奉納していただいたと、喜んでおりました。今日はお一人で来られたのですか」

「ええ」

「何か忘れ物でもなさいましたか」

「……とても大切なものを忘れてしまいました」

峰彦は我ながら巧く言葉を返したと思った。

「何でございましょう」

「この神社の境内でたいそう美しい人に出逢いました。舞の上手な、立ち居振る舞いにも優雅さのある方でした。私はこの人に一目惚れしてしまいました。開聞岳《ひらききがたけ》の頂上からこの社《やしろ》を見おろしながら、その人を嫁にするぞと誓いました。今日はその人に求婚するために、意を決して谷山からここまで歩いて来ました」

峰彦は一気にまくし立てた。自分でも何を話しているのかわからないくらい、口が勝手に動いた。気づけば、巫女は困惑した表情で聞いていた。

「その人というのは、もちろんあなたです。どうか私の嫁になってはいただけませんか」

「……」

「だめですか」

峰彦がたたみかけた。

「私は……」

巫女は両手で箒《ほうき》を握り締め、下を向いて黙りこくった。その時、社務所から社殿に昇ろうとした宮司が、立ち話をしている二人に気づいた。

「おや、行安殿のご子息ではござらぬか」

「あっ、宮司様」

宮司は二人の微妙な間に割り込んできた格好である。

「失礼します」

巫女は箒を持って、慌てたようにその場を去って行った。

「今日はまた何用でござりますか。この前、開聞岳登山はいかがでした」

「ええ、とても眺めがよかったです。今日は宮司様に相談事があって参りました」

「相談……そうですか。まあ、こんな所ではなんですから、中へお入り下さい」

峰彦は社務所の方に通された。

「それでご相談とは」

対座した峰彦に宮司が切り出した。峰彦はさきほど、巫女本人に自分の胸のうちを打ち明けた直後なので、かなり気が楽になっていた。

「実はさきほどの娘さんに一目惚れしてしまいました。私の嫁にいただけないものかと、こうしてやって参りました」

峰彦の言葉に宮司は驚いた表情を見せ、それはすぐに困惑の顔つきに変わった。先ほどの女の顔色と同じだった。峰彦は嫌な予感がした。そしてそれは現実となった。

「あの娘《こ》は近々嫁ぐことになっているのです」

「……」

峰彦は心の臓をいきなり槍で突き刺されたような衝撃を受けた。うかつにも、うら若い巫女に許嫁《いいなずけ》がいるかもしれない、ということまで考えが及ばなかった。

「そういう事情なのです」

言葉を発することもできないくらいに打ちのめされている峰彦に、宮司は申し訳なさそうに言った。峰彦は穴があったら入りたいくらい恥ずかしかった。

「そうでしたか。私が軽率でした。あの娘さんは亡くなった私の母によく似ていました。それで一目惚れしたようなわけでしたが……、そうですか許嫁がおられましたか。醜態をさらしてしまい、本当に申し訳ありませんでした。許嫁がいるとなれば、私も思いきることができます。あの巫女さんに、私が謝っていたとお伝え下さい」

「遠方からわざわざ来ていただいたのに、こちらこそ恐縮です」

娘は峰彦の前に二度と姿を見せることはなかった。

峰彦は足取りも重く、枚聞《ひらきき》神社を後にした。一刻も早く神社から遠ざかりたいのに、昨日からの疲れからか、足が思うように動かなかった。

峰彦はふたたび池田湖までやって来た。峰彦はふと想い出したように本道をそれ、昨夜、野宿した大木の所まで降りて行った。木陰で葛籠《つづら》を開け、中から小さな平たい桐箱を取りだした。箱を握り締めて瞑目《めいもく》すると、丹念に彫り上げた二羽の千鳥の図柄や、櫛の歯の一本一本までもが目に浮かんできた。

峰彦は水辺まで歩いて行くと、手にした桐箱を沖に向かって放り投げた。湖面に群れていたカイツブリが、キリリリと鋭く鳴きながら、水面を蹴って一斉に飛び立った。峰彦はざわめく湖面をみつめながら、思わず涙を浮かべていた。

三

初めて味わった人生の蹉跌《さてつ》――峰彦はその後も鍛冶仕事に打ち込んでいたが、ほろ苦い体験のせいか、何度か持ち込まれた縁談も断り続けていた。

寛弘《かんこう》六年（一〇〇九）の師走の中旬のことだった。

「峰彦は幾つになった」

所用があって郡衙を訪ねた菊麻呂に、郡司の久佐宇志麻《くさうしま》が訊いた。

「年が明ければ二十一になります」

「そうか、ずいぶんよい歳じゃの。行安のお陰で、谷山には行仁《ゆきひと》、行忍《ゆきもと》、安則《やすのり》と鍛冶場も増え、波之平物といえば、今では筑紫島《つくしのしま》はおろか都でも評判になっていると聞く。波之平鍛冶の本家たる行安の名は、これからも末永く続いて欲しいものだ。峰彦に早く嫁を迎え、行安の系譜を揺るぎないものにいたせ」

「お気遣いありがとうございます」

「行安、峰彦とぜひとも妻合《めあ》わせたい娘がいるのだが、どうであろうか」

「それはありがたいお話にございます」

二年余り前、枚聞《ひらきき》神社から帰って来ても、峰彦は何も語ることはなかった。しかし峰彦の顔色を見れば、何があったのか聞かずとも歴然としていた。以来、峰彦はこれまで数あった縁談話をすべて断っている。理由はあの巫女にあるのは明らかだった。

（峰彦も郡司様の持ち込んだ縁談とあっては、そう無下《むげ》にはできまい）

菊麻呂は郡司の縁談話に一縷《いちる》の望みを抱いた。

その後、郡司からの連絡は何もなかった。年が明けると、郡司の長寿を祝う「六十の賀」が郡司の屋敷で催されることになり、菊麻呂親子も招待にあずかった。その日の正午頃、郡司の屋敷の広間は百人近い人々で埋め尽くされていた。

宴もたけなわになった時だった。菊麻呂は一人の男の視線を感じた。その男は菊麻呂とは少し離れた斜交《はすか》いの席から、菊麻呂をじっと見つめていた。菊麻呂よりいくぶん年若く見えるその男は、菊麻呂と視線が合うと頭を下げた。

（はて誰であろうか？　どこかで会ったような方だが）

菊麻呂はそう思いながら会釈を返した。男とはその後もたびたび視線が合った。男は菊麻呂を意識して見ている風であった。気になった菊麻呂は、瓶子《へいし》（白い壺型の酒器）を持って、その男の席へ行った。

「失礼ですが、どなただったでしょうか。どこかでお会いした覚えがあるのですが」

菊麻呂は男に酒を勧めながら率直に訊いた。

「枚聞《ひらきき》神社の宮司ですよ。行安殿が刀の奉納に見えられた時にお会いしました」

枚聞神社と聞いて、菊麻呂の中で瞬時に記憶の糸がつながった。

「あっ、これは失礼いたしました。その節は大変お世話になりました」

「いえ、こちらこそ。親子二代にわたって立派な刀を奉納していただき感謝しております。ほんとうに、ありがとうございました」

「神主姿ではなく平服を召しておられたので、どうしても思い出せませんでした。大変、失礼いたしました。今日はわざわざ開聞《ひらきき》から来られたのですか」

「ええ、こちらの郡司様と枚聞神社は、因縁浅からぬ間柄なものですから」

「そうでしたか」

峰彦は隣に座っていた父親が、突然、席を立って行ったので、その後姿を何気なく見つめていた。するとと父親が見覚えのある男と話を始めた。

(枚聞神社の宮司さんだ)

若い脳はすぐに記憶の糸をたぐり寄せていた。生涯忘れられない日の、生き証人のような人だった。あの時の苦い想いが、やにわによみがえっていた。

夕方近くになり、宴が終わった時だった。

「行安は残ってくれないか。話がある」

郡司はそう言って、別の小部屋へ菊麻呂親子を誘った。郡司の後について二人が部屋に入って行くと、先客が二人いた。さきほどの枚聞神社の宮司と若い女である。女はあのちどりという名の巫女《みこ》であった。菊麻呂親子は思わず顔を見合わせていた。

「まあ、二人とも座りなされ」

郡司が声をかけた。菊麻呂親子と、宮司と巫女は対座することになった。

先月の師走の始めのことであった。久佐宇志麻は枚聞神社に参拝していた。

「つかぬことをお訊ねいたします。谷山の刀鍛冶、行安殿のご子息のことですが」

参拝を終えた郡司に、宮司が話しかけた。

「……峰彦のことかな」

「はい、峰彦殿は結婚なさいましたか」

「いや、まだじゃが」

「そうですか……」

「峰彦がどうしたのじゃ」

「まだ嫁をもらう予定がないのならばの話ですが……」

宮司はそう言った後、二年前の出来事を郡司に打ち明けた。

「あの色恋には無縁そうな、刀一途の峰彦がのう。そのようなことがあったのか」

「あの事故さえなければ、三郎殿とちどりは人並みな幸せをつかんでいたのでしょうが」

三郎こと物袋《もって》三郎は、郡司の遠縁にあたる若者であった。ちどりと婚儀を交わす直前、落馬事故のため命を落としている。顗娃《えい》郡は馬の産地で、郡司直轄の牧場《まきば》があり、物袋三郎はその責任者を命じられていた。それだけに馬の扱いにはたけていたが、荒馬を乗りこなそうとして振り落とされ亡くなったのである。

「最近、ちどりの沈んだ顔を見るにつけ、谷山から単身ちどりをもらい受けに来た、あの生真面目そうな行安殿のご子息が想い出されてなりません。もしまだ独り身ならば、ちどりとの仲立ちをお願いできませんでしょうか。ちどりの気持ちも確かめてあります」

「わかった。波之平鍛冶の本家の跡取り息子に嫁がいないので、わしも心にかけていたところだ。近々わしの長寿祝いが行われるので、ちどりを連れて谷山に来られよ。その席で二人を引き合わそうではないか」

二人は示し合わせて、峰彦とちどりのために一肌脱ぐことになった。

「峰彦、お主はなかなか女子《おなご》を見る目があるの」

郡司は着座するなり峰彦に声をかけた。

「……」

「どうじゃ、ここにいるちどりを嫁にする気はないか」

郡司は単刀直入に訊ねた。

「ちどり殿には許婚《いいなずけ》がいると聞きましたが。……結婚なさったのでは」

「許婚は挙式前に馬から落ちて亡くなりました」

宮司が峰彦を見つめ、静かな物言いで応えた。

「落馬事故で亡くなられたのですか！」

「そのようなわけで、ちどりはいまだに巫女《みこ》を続けています」

「ではまだ独り身！」

ちどりは下を向いたままである。

「許婚が亡くなったので、姫をもらってくれとは虫のいい話なのですが……」

一目惚れした巫女のことが忘れられず、これまで縁談を断り続けてきた峰彦である。峰彦に異存などあるはずがなかった。

「私でよろしいのですか」

峰彦は視線を下に落としたままのちどりに訊いた。

「ふつつか者ですが、よろしくお願いいたします」

ちどりは顔をあげ、峰彦の目を見てきっぱりと言った。

四

葉瑠の死から五年経った、寛弘《かんこう》八年（一〇一一）の七月下旬のことだった。早朝、海辺で愛馬を駆った郡司は、屋敷に帰る途中、菊麻呂の鍛冶場の前で馬を止めた。

「去る六月の二十二日に、一条天皇が薨去《こうきょ》されたそうだ。行安にとって、一条帝は因縁浅からぬ方であろう。今朝はそれを知らせに立ち寄った」

「一条天皇様が！」

郡司は新しい国司が着任したため、五日ほど高城に出かけていて、昨日、谷山に帰って来たらしかった。天皇崩御の情報はそこで得たものであろう。菊麻呂が守り刀を鍛えた時、帝《みかど》はまだ十一歳の子どもであった。それから二十一年もの歳月が流れていた。

「御年《おんとし》三十二歳であられたそうだ」

「まだお若いのに……」

菊麻呂は帝の訃報を聞いて、大和の国や平安の都で関わった人々のことを想った。天皇なればこそ、都から国府へ、そして郡衙《ぐんが》へとその消息がもたらされるが、中央から遠く離れた薩摩の国にあっては、庶民の消息などは知るよしもなかった。

（都から下向するとき、皆とは永久《とわ》の別れを交わしてきたが……あれから二十数年の歳月が流れてしまった。すでに多くの親戚や知人が亡くなったことだろう。最近別れたばかりと思っている宗近《むねちか》さんですら、十数年の歳月が経っている）

菊麻呂の心は無常感で満たされていた。その時だった。郡司の口から、はからずも宗近の名が飛び出したのである。

「確か宗近という者であったな。花山《かざん》法皇に矢を射かけ、この地に流されて来た男は」

「はい……宗近さんが何か？」

「新しく着任された国司殿から伺ったのだが、都の三条大路に鍛冶場を構えて三条宗近《さんじょうむねちか》と名乗り、今では帝の御剣《みつるぎ》を鍛えるほどの名工になっているとか」

「それはまた嬉しい知らせにございます！　あの男なら必ず大成するであろうと予期しておりました。そうですか、三条宗近ですか。よい響きの鍛冶名にございます」

宗近が罪を許され都に立つ前日、菊麻呂に鍛冶名の授与を求めた日のことを想った。

（やはり鍛冶名を与えずによかった。三条宗近か。親の付けてくれた名を、そのまま鍛冶名に使っているのか。それもまたよかろう）

菊麻呂は色褪せ始めている宗近の顔を想い出しながら心の中でつぶやいた。

「新しい国司殿は、自分の赴任先の薩摩で宗近が鍛冶修業したことを知り、宗近の師である行安に興味を持たれていた。近々、任地の国情を知るため国内を視察されるが、谷山を訪れた際は、是非ともそなたに会いたいそうだ」

郡司が誇らしげに言った。

「もったいないお言葉でございます」

菊麻呂は恐縮していた。畿内在住の知人の消息がわかり、無常感に苛《さいな》まれていた菊麻呂の胸には一《ひと》条《すじ》の光がさしていた。


九月になってまもなくのことだった。郡司から菊麻呂に呼び出しがあった。

「至急、屋敷へ来られよとのことです」

使いの者は息を切らせて駆けて来た。

「何の用でしょうか？」

「行安様をお連れしろ、としか伺ってはおりませぬが、ただ国司様がお見えになったので、そのことと関係があるのではないでしょうか」

「国司様が来られているのですか！」

「はい、さきほど山川の方から船で到着なさいました」

「そうですか。わかりました。郡司様にはただちに参りますとお伝え下さい」

（いつか郡司様は、国司様が俺に会いたいとおっしゃられた、と言われたが……きっとそのことだろう）

菊麻呂はすぐに服装を整え、郡衙《ぐんが》に向かった。

郡衙では、国司一行のもてなしの宴が始まっていた。その席へ菊麻呂も通された。

「この者が波平行安《なみのひらゆきやす》にございます」

郡司は菊麻呂を国司に紹介した。

「おお、そちが宗近の師の行安か。宗近から聞いて名前だけは存じているぞ」

「おそれいります」

「宗近がそちに入門した経緯も本人から訊いた。まことに数奇な運命よな。放った一本の矢が、人の運命を大きく変えたわけだ。今日はそちに会いたかったのと、見せたいものがあるので呼び寄せた。この太刀を見るがよい」

　国司はそう言って、脇に置いていた太刀を菊麻呂の方に差し出した。

　菊麻呂は国司のもとへにじり寄り、太刀を受け取った。立派な拵えの施された太刀である。黒漆塗に黄色糸巻《いとまき》、赤革《あかがわ》の帯取《おびとり》に鼠色の太刀緒《たちお》を通した革包太刀《かわづつみたち》の拵《こしら》えである。

「この太刀は？」

「まあ、抜き身を見てみよ」

　菊麻呂は国司にうながされ、鞘から刀身を抜き放った。刃長二尺六寸余り。細身で反りが大きく、刀身の鍔元《つばもと》の幅が広く、切先の幅が狭くなった極めて優美な太刀である。地鉄は小板目《こいため》肌がよく詰《つ》み、刃文は小乱《こみだ》れで三日月形の打《う》ち除《の》けがしきりに入っている。

「この太刀はもしや……」

　名刀然とした太刀であった。作者は相当な力量の持ち主である。宗近に心酔している国司の話ぶりから、宗近の作かとも思われ、実際、宗近の手癖らしき部分もあった。

「わしが宗近に作らせたものだ」

「やはり宗近……」

　菊麻呂は声もなかった。谷山で鍛刀していた頃は、無骨な剣形であったが、都で公家衆相手に刀を鍛えているうちに、彼らの好みに合わせて太刀姿も優美なものとなっていったのであろう。

「谷山で刀を打っていた頃と違い、垢抜けした作柄になっております。格段に腕をあげております。いいものを見せていただきました」

菊麻呂はそう言って刀身を鞘に納めた。

「宗近の師匠にそう言ってもらえると、わしもうれしい。昨今、宗近は都では当代一の刀鍛冶で通っている。注文してもなかなか手に入れづらいのが実情だ。その宗近がわしの赴任先で鍛刀を学んだとは、これまた奇遇。こうして、その師に会えてますますこの太刀に愛着が湧いてきた。行安にも是非とも一振り鍛えてもらいたい」

「ありがとうございます」

国司は行安との対面を、たいそう嬉しく思っているようである。菊麻呂は普段は酒を嗜《たしな》まないが、その日ばかりは美酒に酔いしれたのだった。

五

峰彦とちどりが夫婦《めおと》になって二年が過ぎていた。二人の間には長男も誕生し、波之平鍛冶の本家の行く末は揺るぎないものに思えた。

「峰彦、ちょっと来てくれ」

ある日、火作りを終えた刀身に鏟《せん》（打ち上げた刀を整形するため、削るのに用いる工具）をかけていた峰彦を、菊麻呂が母屋の方に呼んだ。

「はい」

峰彦は父親に従って母屋の一室に入った。

「これを見てみろ」

菊麻呂が峰彦の前に拡げたのは、天国《あまくに》の鍛冶場で異形《いぎょう》の剣《けん》の木型を写した絵図であった。この太刀のことについては、まだ息子に語ったことはなかった。

「これは？」

菊麻呂は絵図をのぞき込む峰彦の表情に注視していた。自分の運命を変えた異形の剣の絵図である。この太刀との出逢いがなければ、菊麻呂がこうして谷山の地で刀を鍛えることも、この世に峰彦の存在すらもなかったはずである。菊麻呂は息子が異形の剣の絵図を見て、どういう反応を見せるか興味があった。目の輝きから、峰彦は関心を抱いた様子である。

「隼人司《はやとのつかさ》で使われていた邪を鎮めるための霊剣の絵図だ。今から百年ほど前に、先々代の天国様が鍛えたものだ」

「切先が両刃になった、かなり変わった太刀ですね。霊験《れいげん》あらたかな剣形《けんぎょう》をしています」

峰彦は体を乗り出し、絵図の皺を伸ばしながら、細部の造りを確認している。

「どうだ、この太刀を鍛えてみないか」

菊麻呂はそれが目的で、絵図を峰彦に見せたのである。

「難しそうですね」

峰彦が顔をあげ、菊麻呂を見つめた。

「難しいぞ。父さんは二十一の歳に、この太刀に挑戦したが作れなかった。再度挑戦し、ようやく完成させたのは二十五の時、ちょうどお前が生まれた年だ。そしてその太刀が思わぬいきさつで時の摂政《せっしょう》様の目にとまり、帝のお守り刀を打つ栄誉に浴した。この太刀は父さんを刀鍛冶の道に導き、刀鍛冶として飛躍するきっかけを作ってくれた因縁ある太刀だ。どうだ、お前も父親になった記念に、この異形の剣を鍛えてみないか」

「父さんとそのような深い謂《い》われのある太刀なら、ぜひ作らせて下さい」

峰彦は力強く言い切った。

「そうか、ではやってみろ」

菊麻呂は絵図を丸めると峰彦に渡した。

翌日から峰彦は異形の剣作りに取りかかった。

(やはり俺と同じ行程で壁にぶち当たっているな)

試行錯誤を繰り返している息子を見ても、菊麻呂は一切口を出さなかった。峰彦もかたくなに父親に頼ろうとはしなかった。

ある日、菊麻呂が鍛冶場に顔を出すと、火床《ほど》の横に、菊麻呂が異形の剣を焼き入れした時に使った縦置きの水舟《みずぶね》が横たえてあった。二十年ほど前、異形の剣の焼き入れに成功した後は、鍛冶場の片隅で埃《ほこり》をかぶっていた物である。

(峰彦の奴、この水舟に気づきおったか)

菊麻呂が水舟を改めると、永い年月の間に虫食いの痕が目立っていたが、使用には差し障りなさそうだった。そこへ峰彦がやって来た。

「この木箱のことは、一体何に使ったのかと、前から気になっていたんですが、水舟だったのですね。先日、異形の剣の焼き入れに失敗した後、何気なくこの木箱を見て閃いたのです。赤めた刀を横ではなく、縦にして水に突き刺すように焼き入れしたらうまく行くのではないかと。それで父さんと一緒に異形の剣を鍛えたはずの行仁《ゆきひと》さんに、当時のことを訊ねてみたんです。そうしたら詳しく話してくれました。火床《ほど》の横に人がすっぽり入るほどの深い穴を掘らされたので、異形の剣を鍛えた時のことは鮮明に覚えておいででした。槍ならともかく、刀でそのような焼き入れの方法があるなど、思いもよりませんでした」

「父さんも、どうしようもなく行き詰まった時、ふと閃いたのだ」

「そうでしたか。さっそくこの水舟を使って焼き入れに挑戦してみます」

峰彦が晴れ晴れとした顔で言った。

季節は移ろい、年も改まった頃であった。その日、菊麻呂は行仁《ゆきひと》の鍛冶場へ出かけ、行仁と二人で談笑していた。そこへ峰彦が駆け込んで来たのである。手にはまだ水を滴らせた鍛冶押ししたばかりの刀身を携えていた。

「できました。異形の剣ができましたぞ」

峰彦は濡れた手で握り締めてきた刀身を菊麻呂に差し出した。

菊麻呂は昨夜、峰彦が鍛えた太刀に焼きを入れたのを知っていた。行仁の鍛冶場へ来る時、研ぎ場をのぞくと峰彦が刀を研いでいた。

（夕べ焼き入れした太刀を鍛冶押ししているな）

そう思った菊麻呂は、峰彦が研いでいる太刀を覗き込みたいのを我慢して、行仁の所へ行く、と声をかけただけで鍛冶場を出て来たのである。

菊麻呂は手渡された太刀をひととおり眺めた。とくに両刃の部分に焼きが破綻なく入っているかが問題であったが、両刃の表裏ともに見事な焼きが入っていて、地鉄《じがね》にも割れなどの疵は一つもなかった。菊麻呂は何も言わず、太刀を傍らの行仁に手渡した。

「見事なものだ。ついにやりましたね！」

じっくりと太刀に目を通した行仁が感嘆の声をあげた。

それから数日経った日のことだった。

「波之平のすべての鍛冶場をまわって、今日の昼、一門の者は皆ここに集まるようにと伝えよ」

菊麻呂は自分の鍛冶場の弟子にそう命じた。

昼になると、行仁《ゆきひと》、行忍《ゆきもと》、安則《やすのり》をはじめ、入門間もない者まで、波之平にある鍛冶屋の面々が続々と集まって来た。皆が顔をそろえたのを見て、菊麻呂が話の口火を切った。

「今日は皆に話したいことがあり、こうして集まってもらった。わしも齢《よわい》四十七になった。今日、二月十三日は、わしが大和から阿多の万之瀬川にたどり着いて丁度二十五年目の日だ。話というのは他でもない。わしはこの場で、波平行安《なみのひらゆきやす》の鍛冶名を峰彦に継がせようと思う。まだ二十四になったばかりの若輩者だが、皆で引き立てていってもらいたい。よろしく頼む」

峰彦は父親からまだ何も聞いていなかった。

「よろしくお願いします」

峰彦は慌てて、皆に頭を下げざるをえなかった。菊麻呂の鍛冶場は、代が替わり二代目行安の時代となったのである。

六

「明日、清水の隠れ里へ行って来る。しばらく向こうに滞在するつもりだ」

菊麻呂が峰彦夫婦にそう告げたのは、「行安」の鍛冶名を峰彦に譲って間もない頃のことである。

「しばらくって……」

峰彦が訝《いぶか》しそうな顔をした。葉瑠《はる》の実家とはいえ、その両親も亡くなった今、菊麻呂が隠れ里へ出かけてもせいぜい一泊どまりで、これまでも長逗留《ながとうりゅう》することはなかった。

「向こうにどれほど滞在するかわからないが、気がすむまで清水の空気を吸ってみたくなったのだ。鍛冶場の方は頼んだぞ」

「わかりました。気をつけて行って下さい」

翌朝、菊麻呂は息子夫婦に見送られ、谷山の家を後にした。谷山から川辺峠を越え、清水へ至る山道は、菊麻呂にとって通い慣れた道である。

（この道を葉瑠と何度歩いたことだろう）

夢に向かって歩いたこともあった。義父母の危篤《きとく》の報に、胸を痛めながら歩いたこともあった。甥や姪が誕生し、祝いの品を持って歩いたこともあった。それらのことが、昨日のことのように想い出されていた。

清水川の流れは相も変わらぬ清冽《せいれつ》さで、のどかな水音を立てながら流れていた。渓谷のあちこちで鶯の声が響き、いたる所に桜が咲き誇っていた。渓流が大きく蛇行している辺りで菊麻呂は歩みを止めた。左手は垂直の断崖、右手には菊麻呂と葉瑠が初めて契りを結んだ、あの砂洲があった場所である。想い出の砂洲は、川の状態が変わったため今では無くなっていた。

菊麻呂は断崖を見つめた。平らな壁面が刀身の中心《なかご》にも見えた。菊麻呂は持参した鑿《のみ》と金鎚を取り出した。岩肌に鑿を当て、金鎚で軽く叩いた。柔らかい石の感触が返ってきた。今度は強く叩いてみた。岩が粉状になって飛び散った。

(この岩の硬さなら彫れる)

菊麻呂は振り返ると、今度は川の周囲を見まわした。

「清水の蛍をもう一度見てみたかった」

死の間際に葉瑠が洩らした最期の言葉が耳によみがえり、菊麻呂は胸を締め付けられるような感傷に襲われていた。

(今でも蛍はあの日のように無数に乱舞するのだろうか。刻むとしたらここしかないが……)

菊麻呂は心の中で呟いていた。

菊麻呂はふたたび歩き出した。黄楊《つげ》林を抜け、あの日、葉瑠と初めて出逢った桜の木の前で足を止めた。

「この木も一段と大きくなったたな」

菊麻呂は咲き誇る桜を見上げながら言った。あの日の出来事が無性に懐かしく、昨日のことのように想い出された。

「うおー」

菊麻呂は花弁を散らしている桜に向かって、何とはなしに狗吠《くはい》を発していた。あの日と同様に谺《こだま》が返ってきた。二度、三度と狗吠を繰り返した。だが返ってくるのは自分の発した狗吠のみで、いくら耳を澄ましても、あの日のように葉瑠の狗吠が返ってくることはなかった。

隠れ里では葉瑠の兄夫婦をはじめ、親戚縁者が変わらぬ生活を続けていた。

「そうですか、菊麻呂殿がここへ来られたのは、二十五年前の今日でしたか」

義兄の斗加《とか》は昔を懐かしむような口調で言った。

「二月十三日に万之瀬川の河口にたどり着き、ここへは二十三日の春分の日にやって参りました。今日は懐古趣味《かいこしゅみ》に駆られて、ここを訪れたしだいです」

「どうぞゆるりとして行って下さい」

「じつは峰彦に二代目の行安を名乗らせ、鍛冶場を任せて参りました。これからは好きに生きるつもりです」

「まだ鍛冶仕事から身を引く歳でもありますまい」

「もちろんです。まだ刀は鍛えるつもりですが、少々鍛冶仕事を休みたくなりました。葉瑠が亡くなってからも、仕事が忙しかったため、十分に供養してやることができませんでした。今日、ここにやって来たのは、葉瑠の供養のまねごとでもしてみようかと思ったからです」

「と言いますと？」

「ここへ来る途中に断崖絶壁がありますね。あの岩肌に仏の像を彫りたいと思うのですが、差し障りはないでしょうか」

「あの断崖に仏の像ですか。……別に構いませんが」

「あの辺りは昔は蛍の多い所でしたが、今でも蛍は見られますか」

「ええ、もちろんです。蛍の季節になれば、他のどこよりも蛍が舞いますよ」

「そうですか、それを聞いて安心しました。じつは葉瑠が死の間際に、清水の蛍をもう一度見てみたかった、と言って亡くなりました。それであの場所に仏の像を刻もうかと」

「葉瑠がそのようなことを……」

「岩に仏を彫るために、鑿《のみ》や金鎚を特別に鍛えて参りました。義兄さんの許しをいただければ、明日からでも作業にかかりたいと思います」

「どうぞ好きになさって下さい」

「ありがとうございます。葉瑠も喜ぶことでしょう」

菊麻呂は義兄には仏の像と言ったが、じつは記憶に残る葉瑠の面影を岩肌に刻むつもりだった。

翌日、菊麻呂は甥などの手を借り、断崖の真下に杉丸太で足場を築いた。そして足場が組み上がると、さっそく黒い顔料《がんりょう》で像を描き始めた。船が暴風雨に翻弄《ほんろう》される夢を見た時、その舳先《へさき》に現れた木花咲耶姫《このはなさくやひめ》の姿と、この隠れ里で初めて出逢った時の葉瑠の初々しい貌《かお》がないまぜになった、等身大より一回り大きい像である。

「葉瑠叔母さんに似ていますね」

足場を降りて来た菊麻呂に甥の功彦《ひさひこ》が言った。

「そうか、似ているか。そう言ってもらえれば本望だ」

菊麻呂はまんざらでもない表情で応えた。

小高い山に周囲を囲まれた隠れ里は、陽が落ちるのも早い。菊麻呂はその日の作業はそこまでで打ち切った。

翌日、菊麻呂は木箱を抱えて、昨日築いた足場に上った。木箱の中には石を刻むために特別に鍛えた、刃幅の異なる八本の鑿と大小の金鎚などが入っていた。菊麻呂は中くらいの刃幅の鑿と金鎚を手にすると、昨日描いた下絵と向き合った。岩肌はまだしっとりと朝露に濡れていた。

（蛍が飛び交う四月末までに彫り終えねば）

菊麻呂はそう決意して、下絵の線に最初の鑿を打ち込んだ。刀身の中心《なかご》を鏨《たがね》で彫り刻む時と勝手が違ったが、下絵をなぞるように少しずつ岩肌を刻んでいった。菊麻呂は線彫りではなく、岩盤から像が浮くように厚みを持たせて彫るつもりでいた。

隠れ里の断崖の岩は柔らかく、彫刻に適していた。菊麻呂は鑿の一振りごとに、葉瑠への想いを込めて彫り進めていった。頬の輪郭、目鼻立ち、唇……像の細部にわたって葉瑠の面影を追いながら、緻密な鑿使いでその貌を再現するように努めていた。

鑿の音は毎日渓谷に響いていた。断崖の真横を流れる清水川のせせらぎ同様、渓谷の日常の音になってしまった感があった。初めの頃は鑿の音が響き出すと付近の鳥たちは逃げ去ってしまっていたが、今では何ら警戒もせず餌をついばみ、仲間どうしでじゃれあっていた。

「菊麻呂殿、少し休まれては」

雨の降る日も蓑《みの》をまとって彫り続ける義弟の姿を見て、斗加《とか》は心配して声をかけたが、日中、隠れ里に鑿の音が止むことはなかった。その音はどこかもの悲しく、哀調を帯びていた。

鑿は使い続けていると、岩を砕く時の摩擦熱でしだいに鈍《なま》ってきた。菊麻呂はその日の作業を終えると、鑿に焼き入れを施し、翌日に備えた。

四月の初旬を過ぎる頃になると、菊麻呂が一日の作業を終えて義兄宅に帰った後、河原には蛍が舞い始めていた。その数は日ごとに増えていった。

そして四月の末、二ヶ月以上も続いた鑿の音が止んだ時、断崖の岩肌には、浮き彫りにされたみごとな女人像が完成していた。ほっそりとした体に薄衣《うすぎぬ》をまとい、肩に垂らした羽衣のような領巾を優美にたなびかせている像である。その像は、まるで葉瑠がそこに立っているようであった。

(やっと彫り終えたぞ。これで葉瑠の願いをかなえることができる。葉瑠の像はこれからもずっと、清水川の蛍を見続けることであろう。今宵は葉瑠と二人で蛍見物だ)

像を彫り終えた菊麻呂は、筆と顔料を手にすると、像の足もとに「波平行安」と印した。明日、足場を外し終えたら、中心《なかご》に銘を切るように、その四文字を線彫りにするつもりであった。

隠れ里に宵闇が忍び寄っていた。菊麻呂はどこかおぼつかない足取りで河原に降りて行った。そこはかつて、菊麻呂が葉瑠と一緒に乱舞する蛍を眺めた場所だった。


陽が落ち、隠れ里に夜の帳《とばり》がおりる頃、二つの松明《たいまつ》が上流の方から近づいて来た。暗くなっても帰って来ない菊麻呂を心配して、斗加と功彦《いさひこ》が迎えに来たのである。

足場の組まれた辺りに、菊麻呂の姿はなかった。斗加が足場を松明で照らすと、岩肌に彫られた像が暗闇に浮かび上がった。

「葉瑠……」

松明に照らされた像は、実兄の口から思わず妹の名が出るくらい、葉瑠にそっくりであった。松明の明かりでは判然としなかったが、像は完成しているようであった。足場の下には、菊麻呂が使用している鑿《のみ》などの工具が置かれていた。

（どこへ行かれたんだ？）

斗加は胸騒ぎがした。

「叔父さん！」

菊麻呂の姿を最初に見つけたのは功彦であった。断崖の前の河原には、無数の蛍が乱舞していた。菊麻呂は川辺の石に背をもたれて、飛び交う蛍を眺めているようであったが、功彦の声が耳に入らない風であった。

「菊麻呂殿！」

斗加が義弟に呼びかけた。それでも菊麻呂は身動きひとつしなかった。

「おかしいぞ！」

斗加が河原に駈け降り、菊麻呂の前に立った。菊麻呂は腕を組み、足を投げ出した格好で座っていた。眠っているのか目は閉じたままである。

「菊麻呂殿！」

斗加がひざまずき、左手で菊麻呂の肩を揺すった。松明に照らしだされた菊麻呂の顔が、力なく崩れた。菊麻呂は葉瑠の像を彫り終えると、蛍を眺めながら息を引き取っていたのである。

終章

平安時代の中頃、波平行安《なみのひらゆきやす》が日本刀の草創期に薩摩の谷山に打ち立てた波平派は、その後、薩摩、大隅、日向の太守となった島津家と命運を共にしながら、連綿と明治まで続き、島津の領国に数多くの刀工を輩出し栄えていった。

元寇《げんこう》、島津家の九州制覇、朝鮮出兵、関ヶ原、幕末と、戦に臨む隼人の末裔たちの腰を飾るのは、いつの世にも波之平物であった。特に幕末の回天の事業に際しては、示現流《じげんりゅう》の腕と波之平物に命を託し、多くの若者が時世を切り拓く先兵となって散っていった。

行安の名跡《みょうせき》も嫡流《ちゃくりゅう》によって襲名され続けたが、「正国六十三代孫波平住大和守平朝臣行安《やまとのかみたいらのあそん》」銘の行安を最後に終焉《しゅうえん》の時を迎えた。明治十五年（一八八二）、旧暦四月二十五日のことである。彼は孝明《こうめい》天皇の御剣《みつるぎ》を鍛え、禁裏御用《きんりごよう》をいくども勤め上げるなど、波平鍛冶の末尾を飾るにふさわしい名工で、同派で正国の末孫である旨を中心《なかご》に切った者はこの工のみであった。

このように九百年近くも続いた刀鍛冶の流派は、日本全国を見まわしても他に類がなかった。この間、代々の行安が鍛えた刀は、その縁起のよい銘から海に生きる人々に好まれ、明治の廃刀令以後も海軍士官などに人気を博していた。

波平行安が焼き刃渡しに用いた波之平の出水は、悠久の時を経た今日でも、昔と変わらぬ清冽《せいれつ》な水を滾々《こんこん》と湧き出させている。

完

参考文献

「薩摩の刀と鍔」　福永酔剣著　雄山閣出版
「日本刀大百科事典」　福永酔剣著　雄山閣出版
「日本刀名工伝」　福永酔剣著　雄山閣出版
「昭和大名刀図譜」　本間順治編著　日本美術刀剣保存協会
「技法と作品　刀工編」　大野　正著　青雲書院
「日本刀職人職談」　大野　正著　光芸出版
「古代日本の鉄と社会」　東京工業大学製鉄史研究会　平凡社選書78
「現代における小たたら　―実操業と関連技術の全て―」　加藤　誠・天野武弘著　コンパス社
「たたら製鉄の復元とその鉧について」　たたら製鉄復元計画委員会報告　日本鉄鋼協会
「季刊　考古学　第8号　古代日本の鉄を科学する」　芳賀章内編　雄山閣出版
「わが国古代製鉄と日本刀」　長谷川熊彦著　技術書院
「古代の製鉄　日本古代製鉄の起源と謎」　山本　博著　學生社版
「鉄　一塊の鉄が語る歴史の謎」　立川昭二著　學生社版
「谷山市誌」　谷山市誌編纂委員会

「開聞町郷土誌　改訂版」　開聞町郷土誌編纂委員会編　開聞町
「隼人の盾」　中村明蔵著　學生社
「隼人と律令国家」　中村明蔵著　名著出版
「新訂　隼人の研究」　中村明蔵著　丸山学芸図書
「南九州古代ロマン　ハヤトの原像」　中村明蔵著　丸山学芸図書
「隼人の実像　鹿児島人のルーツを探る」　中村明蔵著　南方新社
「神になった隼人　日向神話の誕生と再生」　中村明蔵著　南日本新聞社
「十五夜綱引の研究」　小野重朗著　慶友社

あとがき

中学時代、私は波之平の地に下宿していたことがあった。まだ谷山市が鹿児島市に併合される前のことである。下宿先のすぐ近くに大きな石碑があったが、当時は一度も注意を向けたことはなかった。碑の隣には小さな祠《ほこら》があり、その傍らからは清水が湧き出ていて、夏ともなれば周りの田圃《たんぼ》では蛍が乱舞していた。

後に小説に手を染めた時、刀剣鑑賞を趣味としていた私は、薩摩の刀匠波平行安をもじって「波平由紀靖」をペンネームに使用するようになった。その折り、懐古の情に駆られて波之平の地を訪れたが、石碑には「波之平刀匠遺跡」と刻まれていた。湧き水は平安時代の古《いにしえ》より明治まで、波之平の刀工たちが連綿と焼刃《やきば》渡しに使用していたものであった。

五郎入道正宗（正宗）、一平安代《いちのひらやすよ》（薩摩刀匂えり）、波平行安（狗吠《くはい》）三工の生涯を作品にするのは、私の永年の夢であった。今、「狗吠」を校了《こうりょう》し安堵の想いである。それに波之平で人生最初の蹉跌《さてつ》をきたした私が、この波之平を舞台とした小説で賞を頂いたことは、特に感慨深いものがある。

本書の出版にあたっては、劇画家バロン吉元氏、田村俊基《としもと》刀匠、白薩摩絵付師西田秋雄氏、鹿児島県歴史資料センター黎明館深港恭子学芸員、温泉宿元屋《もとや》の吉元学夫妻、佐藤聡氏をはじめとする郁朋社の皆様にお世話になりました。この場を借りて感謝申し上げます。

平成三十年六月八日

波平由紀靖

【著者経歴】

波平　由紀靖（なみのひら　ゆきやす）

昭和26年、鹿児島県指宿市に生まれる
「天鉄」で南日本新聞・新春文芸入選
九州芸術祭文学賞鹿児島地区優秀賞受賞
（第22回、第27回、第32回、第37回）
「薩摩刀匂えり」で、第4回「中・近世文学大賞」
優秀賞受賞
本作品で、第18回「歴史浪漫文学賞」特別賞受賞

著書
「白薩摩憂愁」高城書房（日本図書館協会選定図書）
「薩摩刀匂えり」郁朋社（日本図書館協会選定図書）
「正宗」郁朋社
「香妃の末裔」出版企画あさんてさーな

狗吠《くはい》

平成三十年七月三十日　第一刷発行

著　者　波平《なみのひら》　由紀靖《ゆきやす》
発行者　佐藤聡
発行所　株式会社　郁朋社《いくほうしゃ》
東京都千代田区神田三崎町二―二〇―四
郵便番号　一〇一―〇〇六一
電　話　〇三（三二三四）八九二三（代表）
ＦＡＸ　〇三（三二三四）三九四八
振　替　〇〇一六〇―五―一〇〇三二八

印　刷
製　本　日本ハイコム株式会社

落丁、乱丁本はお取替え致します。
郁朋社ホームページアドレス　http://www.ikuhousha.com
この本に関するご意見・ご感想をメールでお寄せいただく際は、
comment@ikuhousha.com までお願い致します。

ISBN978-4-87302-678-7 C0093